Na sala ao lado

Adriana Noviski

Na sala ao lado

os mundos invisíveis e seus segredos

generale

Presidente
Henrique José Branco Brazão Farinha
Publisher
Eduardo Viegas Meirelles Villela
Editora
Cláudia Elissa Rondelli Ramos
Projeto gráfico de miolo e editoração
Listo Estúdio Design
Capa
Listo Estúdio Design
Preparação de texto
Listo Estúdio Design
Revisão
Listo Estúdio Design
Impressão
Gráfica Paym

Copyright © 2015 *by* Adriana Noviski

Todos os direitos desta edição são reservados à Editora Évora.

Rua Sergipe, 401 – Cj. 1.310 – Consolação
São Paulo – SP – CEP 01243-906
Telefone: (11) 3562-7814/3562-7815
Site: http://www.editoraevora.com.br
E-mail: contato@editoraevora.com.br

N841n

Noviski, Adriana
 Na sala ao lado / Adriana Noviski. – São Paulo : Évora, 2013

 320p. ; 16x23cm.

 ISBN 978-85-63993-69-4

 1. Ficção brasileira. I. Título.

CDD – B869.3

JOSÈ CARLOS DOS SANTOS MACEDO – BIBLIOTECÁRIO – CRB7 N. 3575

*"Nós não vemos as coisas como elas são.
Vemos tudo como nós somos."*
Anais Nin

*Para minha amiga Denise Vince.
Sem ela, este livro nunca teria sido escrito.*

Esta história é baseada em fatos reais.

Depois de um ano de curso, teríamos nossa primeira aula prática. Eu estava superansiosa. Aliás, todos nós estávamos. Muitos, assim como eu, nunca haviam presenciado um transe em que se recebem mensagens vindas de outras dimensões, a chamada incorporação ou clarividência. Aquele tal acontecimento, onde alguém começa a falar ou escrever recados de quem já foi "para o outro lado" ou consegue "ouvir" os pensamentos mais íntimos de uma pessoa. Os russos usavam esse transe para pesquisas do serviço secreto, com a finalidade de achar lugares e pessoas. Esse era todo o meu conhecimento na área de paranormalidade.

Minha classe do curso de sábado tinha em torno de quarenta alunos. Havia mais duas turmas, menos numerosas, às terças e às quintas-feiras. Sylvia, minha amiga e também companheira de curso, falava que a nossa turma era composta por pessoas que não tinham o que fazer no fim de semana e iam lá para preencher as tardes de sábado.

Não era um grupo homogêneo, uma tribo específica. Havia uma diversidade de pessoas e interesses. Essas abordagens de cunho alternativo sempre atraem mais atenção das mulheres, mas até que havia um bom número de homens. Alguns faziam, ou já tinham feito, curso de mediunidade, clarividência, mentalismo ou frequentavam casas espíritas, pois a doutrina era a única religião cristã ocidental que aceitava a vida após a morte, a reencarnação e as manifestações mediúnicas.

Os participantes pertenciam às mais diversas linhas profissionais e de estudos: físicos quânticos, psicólogos, terapeutas, numerólogos, teosofistas, advogados, arquitetos, empresários, aposentados, católicos, comerciantes e donas de casa.

A idade das pessoas variava entre os trinta e sessenta anos. Quatro alunos e eu, com 29 anos, estávamos entre os mais jovens. A maioria estava na faixa dos cinquenta anos, mas aparentavam muita energia e jovialidade.

Era um sábado do mês de março. Um dia típico de verão. Todos vestidos como se fossem passear no parque: sandálias rasteiras, bermudas, camisetas, tênis, vestidos coloridos. Eu usava uma saia jeans clara até os joelhos, uma camiseta branca e chinelos de dedos rosa. Não havia ar-condicionado e, para tentar aliviar o calor, estava com meus cabelos, longos e loiros, enrolados no alto da cabeça.

Naquele sábado estava atrasada, pois tinha almoçado com meus pais antes de seguir para o curso. Entrei apressada, passei pelo meio das pessoas já acomodadas em desconfortáveis cadeiras brancas de plástico e me ajeitei na única cadeira vazia, encostada na parede, mas por sorte perto da janela.

Estávamos na sala de espera da pequena casa onde aconteciam os cursos e os atendimentos de cura espiritual, a técnica que estudávamos.

A casa localizava-se em um bairro antigo de São Paulo, a Lapa, que ainda mantinha sua característica de nascença. Embora muitos dos antigos sobrados e casas geminadas terem sido reformados, alguns permaneciam quase originais, como era o caso daquele imóvel. Tinha passado apenas por pequenas intervenções, como pintura, instalação de divisórias e abertura de algumas paredes, para poder acomodar as pessoas que procuravam pelo atendimento. Era uma casa bem simples. Três salas de atendimento que eram antigos dormitórios, uma sala de estar que foi transformada em sala de espera, uma pequena cantina no lugar da antiga cozinha, toalete, uma lojinha com objetos doados e livros, além de uma mesa de escritório velha que servia de recepção e apoio para o telefone. O que não era doado foi comprado com o dinheiro das pessoas que trabalhavam como voluntários. Deixavam todo mês uma certa quantia depositada em uma caixinha de doação que ficava na recepção. Como os tratamentos não eram cobrados, os próprios trabalhadores eram os mantenedores da fraternidade.

Uma mulher que eu nunca havia visto antes estava em pé na frente de todos e nos falava naquele dia, enquanto nosso professor estava posicionado ao seu lado. Ela tinha cerca de cinquenta anos e era bastante séria. Possuía uma presença muito marcante. Era bem alta e seu olhar era profundo e passava confiança. Chamavam-na de dona Vanda.

Ela usava uma roupa que parecia uniforme de guarda de prisão. Calça e camisa da mesma cor, um caqui para marrom, esta última abotoada até quase o pescoço. Não favorecia em nada seu físico. O quadril, apesar de não ser gorda, parecia enorme dentro daquela calça apertada. Seu tom de pele era pálido, seus olhos e cabelos castanhos, e tudo acabava ficando no mesmo tom da roupa-uniforme. Não pude deixar de pensar que, apesar daquele visual militar, ela me pareceu bem verdadeira e serena enquanto falava. Tirou nossas últimas dúvidas e não cansava de repetir:

– Não esqueçam que vocês devem estar sempre com o pensamento elevado, voltado para a caridade e a verdade. Não deixem que a vaidade e o ego tomem conta do trabalho, pois estaremos lidando com as vidas e as almas de pessoas necessitadas.

Meu professor, que estava quieto até então, anunciou que formaria os grupos para a tão esperada aula prática. Pegou um papel sobre uma cadeira encostada na parede e começou a chamar os nomes ali escritos. E assim, os grupos foram sendo formados: A, B, C e D. Cada grupo possuía em torno de dez pessoas. Fiquei no segundo grupo, o B, que iria para a sala B. O primeiro grupo foi para a sala A. Os outros nos esperariam terminar para poderem depois usar as mesmas salas. Só havia duas salas disponíveis para nossa aula prática.

Essas salas eram chamadas "salas de atendimento". Nelas eram realizados os tratamentos espirituais e só eram usadas para este fim. Todos os dias, de segunda à sexta-feira, um grupo diferente ocupava estas salas, das sete às dez da noite.

Cada sala possuía um dirigente responsável pelo grupo. Era ele quem tomava as decisões e conduzia os trabalhadores como uma espécie de maestro, que coordena cada músico para tocar a mesma melodia. Meu professor era um deles durante a semana, trabalhava às quartas-feiras, e em nossa primeira aula prática ele também seria nosso dirigente.

Para meu desespero, dona Vanda anunciou que seria a dirigente da minha sala. Tinha acabado de conhecê-la, ainda não existia nenhuma afinidade entre nós. Estava completamente insegura, queria ter caído com meu professor, assim me sentiria um pouco menos desamparada. Além do mais, nenhuma das pessoas que participaram comigo dos grupos de trabalho durante aquele ano de curso foi sorteado para minha sala. Eu ficaria sozinha! A maioria eu só conhecia de vista. Nenhum dos meus amigos caiu comigo e só conseguia pensar, caso me assustasse com algo, se pularia em cima de alguém que mal conhecia. Que vexame! Não poderia perder o controle naquele momento tão esperado e que ninguém sabia como seria.

Tinha muita gente como eu, com aquela cara de quem vai fazer exame de sangue mas tem pavor de agulha. Minha amiga Sylvia estava tão séria que nem me olhava. Ela também devia estar se concentrando para não perder as rédeas lá dentro, afinal, ela era exageradamente espalhafatosa e, com certeza, era mais difícil se controlar em uma situação completamente nova.

Enfim, entramos na sala. Todo mundo quieto. Só se ouvia o barulho do arrastar das cadeiras em volta da mesa retangular estreita, coberta com uma toalha rendada branca. Alguns diziam:

– Pode ficar aqui. Por mim tanto faz!

Outros se apoderaram, literalmente, da cadeira, com aquela cara de "esse osso eu não largo". O moço sentado na cabeceira oposta da mesa onde a dirigente se encontrava em pé era o que mais demonstrava isso. Ele era pequeno, não sorria muito e tinha uma postura de muita confiança. Como dizem os especialistas em linguagem corporal, quem escolhe a ponta da mesa gosta de dominar.

Fui a última a entrar na sala. Tinha me dado uma vontade louca de lavar as mãos e fazer xixi, então sentei no único lugar que havia disponível, ao lado de uma mulher que aparentava ter cinquenta anos. Muito gorda e extremamente maquiada, tinha cabelos curtos, afofados no alto da cabeça e duros de tanto spray. Fiquei imaginando como aquela maquiagem não derretia como sorvete escorrendo na casquinha. Fazia muito calor!

Nos sentamos uns de frente para os outros. Na ponta da mesa perto da porta ficava o dirigente, o tempo todo de pé. Sobre a mesa, uma cesta com bloquinhos de papel, canetas, uma garrafa de água, copos descartáveis, dois livros e uma caixinha de lenços de papel.

De imediato a caixinha fixou minha atenção e fiquei divagando para que serviria uma caixinha de lenços de papel ali. Só havia visto caixinhas como aquela na terapia ou no dentista, por motivos óbvios: ou porque as pessoas choravam ou babavam. Preferi acreditar que ela não estava lá por nenhum dos dois motivos e que alguém havia simplesmente a esquecido.

Em uma das paredes, mais ou menos a um metro e oitenta de altura, havia uma fileira de lâmpadas coloridas fixadas horizontalmente na parede, cada uma com um interruptor logo abaixo. Perguntei para uma senhora sentada à minha frente para que elas serviam e ela me disse que era para a espiritualidade, que cada cor tinha um propósito. As cores eram: vermelho, laranja, amarelo, verde, azul e, a última, em um tom lilás meio violeta.

Em outra parede, havia uma imagem de Jesus Cristo, um quadrinho de tecido bordado com uma prece ou um mantra, não identifiquei exatamente, um ar-condicionado desligado e um ventilador de teto.

Mais uma vez, dona Vanda falou que nós trabalharíamos com pessoas e almas necessitadas. Pediu para mantermos nossos pensamentos elevados e positivos, pensar em nossos mestres – no caso dela, Jesus – para que fossemos guiados de forma positiva e amorosa. Enquanto ela ainda tirava dúvidas de algumas pessoas mais ansiosas assim como eu, a caixinha de papel começou a me incomodar bastante. Acabei sentando justo de frente para ela. Empurrei a bendita para a ponta da mesa para, assim, finalmente, me concentrar no que dona Vanda falava. Enfim, ela anunciou que começaria.

Primeiro, pediu que fizéssemos uma oração que todos os cristãos conhecem, o Pai Nosso. Quem não conhecesse poderia ficar em silêncio. Depois, ela começou a ler um papel com as instruções de conduta do trabalho: como bloquear interferências negativas e como limpar o ambiente. Tudo foi realizado mentalmente, através de nossa intenção, e por fim, foi feito o nosso desdobramento, que é a separação do corpo físico do corpo etéreo, alma, verdadeira essência, enfim, como cada um preferisse chamar. Era algo conceitual, mas que parecia funcionar de verdade.

Esse desdobramento nos colocaria em ligação com outras dimensões, que eu gostava de chamar de "a sala ao lado". Uma conexão direta com o mundo espiritual, transcendental, onde estão os universos paralelos ao nosso. Onde, na verdade, tudo está de forma não materializada, mas em estado de energia. É o campo onde começa o processo da criação, em que tudo se dá primeiro antes de ser materializado e onde, também, está todo o registro do que já existiu, existe e ainda vai existir.

Lá encontram-se as verdadeiras emoções, as emanações de energia, os portões para as diversas dimensões, passado e futuro, lugares teorizados pela ciência como outros mundos paralelos ao nosso, e nossos campos energéticos, que podem ser vistos como se fossem matéria propriamente dita. Seria como se estivéssemos flutuando em volta de uma situação e a enxergássemos em 360 graus, inclusive em alguns casos nós mesmos também pudéssemos estar participando da situação observada. Observador sendo observado. A atenção seria colocada nesse lugar com um único propósito – procurar por algo que pudesse ajudar alguém a superar um problema onde os métodos tradicionais não estavam surtindo muito efeito.

Só havia acessado esse lugar que alguns chamam de campo das ideias, vacuidade, o não manifesto, dimensão espiritual, durante meu sono. E a maioria das pessoas o faz enquanto dorme, mas não tem consciência disso.

Alguns poucos fazem de forma consciente. Sabem quando não estão simplesmente sonhando. Acontece geralmente quando nos vemos voando, flutuando, caindo, ou mesmo tendo diálogos ou aprendendo sobre algo. Às vezes, temos a sensação de que tudo é real, mas na verdade estamos dormindo.

É diferente de sonhar aquelas coisas desconexas, surreais, que conhecemos bem. O tal "sonho que não parece sonho" é mesmo muito real e, no próprio sonho, temos a impressão de que aquilo não é apenas fruto da nossa imaginação.

Sabia que algumas vezes, durante meu sono, eu "saía" para fazer trabalhos em locais que lembravam hospitais ou clínicas, em salas de estudo que nunca havia nem imaginado poder existir, ou simplesmente me via em lugares onde era conduzida com algum propósito. Durante o "sonho" conversava comigo mesma, algumas vezes sabia até aonde estava indo e o que iria fazer, mesmo antes de chegar ao destino. Às vezes, era mera espectadora de fatos que ainda não tinham acontecido na vida real. E isso tudo era bem diferente de estar sonhando. Era uma sensação de certeza e nos tais sonhos em que era somente espectadora dos acontecimentos, eles aconteciam algum tempo depois na vida "real". Eram premonições.

O que faríamos naquela sala era, mais ou menos, o que fazemos durante o sono, mas estaríamos acordados. Viajaríamos pelo cordão do tempo, pelas dimensões, usando nosso "estado desperto da alma", como dizem os orientais.

Não tinha a menor ideia de como isso funcionava na prática. No curso, nós ouvíamos as histórias, a teoria. E pensar que, um ano antes, nem sabia que tudo o que estudei durante o curso era possível, muito menos que pudesse se aprender em algum lugar. Eu! Que nem era ligada a temas esotéricos, nem mesmo gostava de assistir filmes que tinham como tópico o sobrenatural. Sempre tive um pé atrás com esse tipo de assunto, achava que era coisa de bicho-grilo, gente que tomava drogas como o Santo Daime, LSD ou chá de cogumelo.

Tive contato com assuntos ligados à alma, estudei um pouco de teologia, cabala, filosofia, antroposofia e várias outras literaturas ligadas à espiritualidade, mas nunca ouvira nada sobre o que tratávamos no curso. Havia fenômenos e manifestações tidos como milagres em algumas dessas filosofias e literaturas. Manifestações muito semelhantes. Mas o que faríamos dentro daquela sala era meio "tudo-junto-ao-mesmo-tempo" e com um único propósito: beneficiar alguém que procurava ajuda que não estava obtendo por meio de tratamentos mais ortodoxos.

Depois do desdobramento feito, a dirigente nos conduziu a um local no campo da imaginação, um tipo de hospital do mundo das ideias. Nos apresentou para a equipe médica, que ela conhecia pelos nomes, e nos falou para "ouvirmos" as instruções para o trabalho daquele dia. Não vi médico e hospital nenhum, mas sabia que tinha gente que via. Descreviam detalhes do lugar, confirmados por outras pessoas que também viam a mesma coisa. Sabiam o nome da equipe que prestava assistência "no lado de lá", juntamente com os paranormais e médiuns do lado de cá.

Quando acabou todo o processo, que ainda se estendeu mais um pouco, ela perguntou um a um como se sentiam. Alguns diziam que não sentiram nada, outros que sentiram um formigamento, outros descreveram em detalhes o hospital. Apenas senti como se tivesse sido puxada para fora de meu corpo, algo fluído subindo pela minha coluna e saindo pelo alto da minha cabeça. Mas não vi nada, nem ouvi as instruções de como proceder durante o tratamento da pessoa que atenderíamos.

A senhora do cabelo duro de spray começou a falar freneticamente. Achei até que ela trouxe "lá de cima" o papagaio do pirata-da-perna-de-pau, de tanto que ela se agitava. Disse que não aconteceu nada, porque ela tinha certeza que aconteceria, já que na casa dela ela sabia quando o telefone tocaria e quem era do outro lado da linha, etc. Todos pararam para dar atenção àquela senhora. Se Sylvia, que era de paciência bem limitada, tivesse na minha sala, com certeza já soltaria um comentário nos meus ouvidos do tipo:

– Alguém pode oferecer uma bala pra ela calar logo a boca?

Dona Vanda esperou pacientemente a mulher se acalmar. Disse que não havia problema nenhum se nem todos viram ou ouviram algo naquele momento. Isso não era o mais importante, e nos informou que faríamos um "tratamento a distância".

É um procedimento que não requer que a pessoa que será tratada esteja presente fisicamente. Esse tipo de tratamento ocorre quando quem a solicita não pode estar presente, por motivos de locomoção, de saúde, por estar hospitalizada ou morar em outro estado, por exemplo.

Ela pegou um pedaço pequeno de papel que estava em cima da mesa à sua frente e começou a lê-lo:

– Marcelino Quintana de Araújo, sete anos, mora com os pais na Rua Almirante Nirandu, 444, na cidade de Maringá, Paraná. Não toma medicamentos, faz psicoterapia há oito meses sem melhoras aparentes. Apresenta muita irritação, grita muito, não consegue se comunicar bem para a idade e está com depressão.

Quando dona Vanda acabou de ler, perguntou se alguém estava sentindo alguma coisa diferente, algum tipo de desconforto, se estavam tendo alguma intuição. Nada. Todos balançaram a cabeça negativamente. Ela pediu que todos fechassem os olhos e falassem qualquer coisa que viesse à mente; imagens, sussurros, alguma intuição. Era pra deixar fluir. Mais alguns segundos se passaram enquanto ela dava mais detalhes sobre o menino. Não vi, não ouvi, nem senti absolutamente nada. Por um momento cheguei até a desanimar, pensando no que é que eu havia me metido. Todos nós, um bando de pessoas que acha que tem algum tipo de poder especial, todos querendo ser super-heróis, a liga da justiça.

De repente o silêncio foi cortado por uma senhora que trajava um vestido branco florido:

– Vejo um menino, na porta de uma sala, vestindo um pijama azul claro. Ele está assistindo uma briga entre os pais.

Outra pessoa disse estar vendo a mesma imagem:

– A família está passando por um problema muito difícil, inclusive financeiramente. O casal está se desentendendo há algum tempo. – um longo silêncio se fez – Eles pensam na separação. O menino está muito triste. Está chorando. Não quer que os pais o vejam chorando.

Eu continuava me sentindo um peixe fora d'agua.

Neste momento, o homem de camisa amarela sentado à minha frente, começou a tossir muito. Imediatamente nossa dirigente se posicionou atrás dele e colocou as mãos, sem chegar a tocar, uma na frente da garganta e a outra na nuca.

Ele continuou tossindo muito, levando suas mãos ao pescoço, como se quisesse arrancar algo que o estava sufocando. Agora eu estava embasbacada, sem saber exatamente o que estava acontecendo, mas tentando não demonstrar. Será que estava presenciando uma incorporação de espíritos?

Depois dela sussurrar algumas coisas no ouvido do homem, que ninguém conseguiu ouvir, pediu para que todos nós imaginássemos uma luz azul, calmante, sobre a garganta dele.

Ele tossiu mais um pouco, só que agora, parecia estar engasgado com alguma coisa, como se algo estivesse obstruído sua garganta. Aos poucos foi se acalmando, respirando fundo, e começou a falar:

– Vou vender meus brinquedos pra minha mãe poder ficar feliz! Eu dou o dinheiro pra ela. Meu pai tá muito bravo, não brinca mais comigo. Minha mãe tá triste.

Fiquei chocada! Como aquilo podia acontecer tão facilmente? Era o tal menino!

Por alguns momentos havia esquecido completamente que naquele tipo de tratamento espiritual, diferentemente de outras técnicas que fazem contato com os mortos e seus guias, tínhamos acesso a uma coisa que se chama "nível de consciência". Até então, não tinha exatamente ideia de como se conectava a isso.

"Nível" é uma espécie de subconsciente. Uma camada do ego. A alma da pessoa, a verdadeira consciência, aquela vozinha que sussurra dentro da nossa cabeça o tempo todo, mas muitas vezes não é ouvida. É onde estão armazenadas todas as informações da pessoa, mesmo as mais escondidas, as mais profundas, aquelas que queremos esquecer, aquelas que a pessoa não admite. O nível pode ser tanto dessa vida como de vidas passadas e, geralmente, quando acessadas para tratamento, são resquícios que não foram bem resolvidos, como se fosse uma sombra.

É como se fosse o espírito da pessoa, mas neste caso, de uma pessoa ainda viva, encarnada. Ele pode tanto ser da vida atual, como de um nível de consciência ainda ligado a alguma experiência ocorrida em vidas passadas. Havia aprendido o que era um nível na teoria, mas ver como era ali, na minha frente, foi bem surpreendente. Fiquei imaginando o que os militares poderiam fazer com algo assim.

Quem não acredita em reencarnação ficaria surpreso em saber que muitos traumas atuais vêm junto, gravados na alma, proveniente de vidas passadas. Nem tudo é só trauma de infância e de experiências ruins. Um nível dentro de vários outros tantos, que estivesse com um problema a ser resolvido, era o que se manifestaria. No caso do menino, era o nível atual.

Abri meus olhos enquanto todos ainda permaneciam com os seus fechados. Queria ver o que estava acontecendo. Algumas filosofias orientais relatam desdobramento e aparição de pessoas vivas em outros lugares, inclusive em vários lugares ao mesmo tempo, como se fosse um avatar. No livro "Autobiografia de um Yogue", escrito pelo iogue indiano Paramahansa Yogananda que teve sua primeira publicação em 1946, há relatos de fenômenos extraordinários que costumam ser chamados de milagres mas que, para os indianos, são procedimentos normais que os mestres fazem dependendo de seu grau de evolução. Os mestres se desdobravam quando necessário, similar com o que fazíamos durante o tratamento, mas em outro contexto. Normalmente era usado para passar ensinamentos ou enviar alguma mensagem importante para os discípulos. Há casos relatados de materialização de objetos e comida, transformação de um lugar em outro totalmente diferente, curas milagrosas, levitação, diálogos com guias espirituais que transmitiam ensinamentos para serem compartilhados em novos tempos, etc.

O homem que estava falando pelo menino agora chorava feito uma criança.

Um sentimento enorme de compaixão tomou conta de mim. Queria abraçar aquele "menino", segurar sua mão, fazer alguma coisa por ele.

Ao seu lado, a mulher de vestido branco florido estava com uma expressão diferente, de cara fechada e, de repente, começou a falar:

Fiquei intrigada. O que será que ela fez? Por que estava falando isso? Como o ser humano é esquisito! Imediatamente dona Vanda se colocou atrás dela e perguntou:

– O que você fez?

Demorou uns segundos para eu entender. Aquela mulher também estava incorporando! Fiquei confusa com tantos acontecimentos, ainda mais por ser minha primeira vez.

– Eu num quiria, ele é tão novo, mas mi obrigarum. – disse o espírito que falava através da mulher.

"Ele" falava com uma voz meiga, um português errado e a expressão da mulher era de muita humildade, de alguém que sofria muito, submissa. Lembrava a expressão de um empregado que trabalhou como jardineiro na casa de praia de meus pais. Era um tipo de obsessor, um espírito desencarnado, que não encontrou um caminho de luz e ficou perambulando entre a dimensão dos vivos e dos mortos. Nem sempre existe uma relação direta entre o espírito e a vítima. Eles podem ser "paus mandados" de alguma outra entidade, como Sylvia tinha mania de chamar esses pobres coitados. Espíritos irados que culpam alguém pela raiva, apego ou medo que sentem depois que passam para o "outro lado". Podem usar pessoas próximas e ligadas ao objeto de vingança deles, como o filho do casal para atingir o pai ou a mãe do menino, por exemplo.

Fazem por troca de favores, pelo simples fato de prejudicar ou são escravos de entidades mais poderosas do que eles. Pelo menos foi assim que eu aprendi durante o curso. Nada muito diferente do nosso sistema de vida, uma mão que lava a outra, ou, em alguns casos, alguém se aproveitando da fraqueza alheia.

Não tive como deixar de lembrar do inferno bíblico que minha amiga católica ex-fervorosa, a Carina, volta e meia repetia. Ela tinha desencanado de achar que inferno era um lugar fedendo a enxofre e agora tinha uma certeza quanto a esse assunto, que o inferno é aqui, agora, são nossos medos, os desafios que não superamos, nossos monstros, nossas sombras. Criamos nosso próprio destino, colhemos o que plantamos, vivemos aquilo que habita em nossas mentes. As nossas luxúrias, nossos desejos nunca satisfeitos, nossa falta de capacidade de perdoar...

Enquanto a mulher incorporada falava, todos a olhavam, menos o homem pequeno sentado na ponta da mesa. Ele ficava falando o tempo todo que estava sentindo e vendo uma igreja, algumas freiras e anjos, mas dona Vanda não dava muita atenção, porque o que ele dizia parecia não ter ligação com o que estava acontecendo naquele momento. Acho que ele estava querendo chamar a atenção e, por alguns instantes, até conseguiu.

Com uma enorme doçura, a dirigente continuou focada na entidade (que estava na mulher incorporada), e começou um interrogatório:

– O que está acontecendo? Por que você está aqui?

– Eu num queru mais fazê isso com esse mininu. Eu num queru. – disse a entidade.

Fiquei com dó. Parecia tão meigo e humilde!

– Então nos deixe te ajudar. Você quer? – perguntou dona Vanda em tom amoroso.

– Eu tenhu medu! Ele num vai dêxá! Ele só vai mi dêxá saí, si eu fizé tudu que ele manda!

Dona Vanda perguntou:

– Quem? Quem não deixa você sair? Onde você está?

Silêncio.

– Você quer ser ajudado?

A senhora que incorporava a entidade balançou a cabeça afirmativamente.

– Então nós iremos te ajudar. Não precisa ficar com medo que ele não vai te ver. Mas antes, você precisa ajudar esse menino. O que você fez com ele?

– Eu coloquei um colá nele.

Pelo que pude entender, era um colar, porque a mulher fez um gesto como se estivesse abrindo o fecho e tirando.

– Pronto. Ocêis me ajuda agora?

Dona Vanda pediu que mentalizássemos uma luz branca envolvendo a senhora que falava pela entidade. Nesta hora, aconteceu algo muito estranho comigo. Eu tinha a sensação de estar flutuando. Sentia um leve formigamento, como se uma corrente elétrica estivesse percorrendo meu corpo. Não era nem agradável nem desagradável.

Senti uma enorme vontade de fechar meus olhos e, assim que o fiz, lágrimas começaram a escorrer pelo meu rosto. Não chorava propriamente, era estranho, as lágrimas simplesmente saíam. Um sentimento de compaixão absurdo me envolvia e, dentro de minha cabeça, podia ouvir claramente uma voz feminina, em um tom muito doce, dizer:

– Obrigada! Eu espero por esse momento há muito tempo!

Em um lampejo, vi a imagem de uma mulher jovem, de longos cabelos escuros, vestindo uma túnica branca, com as palmas das mãos voltadas para frente e uma expressão serena de puro amor. Parecia uma daquelas imagens de Iemanjá, Virgem Maria, Jesus, todos retratados com as palmas das mãos abertas voltadas para quem observa a imagem, como que oferecendo alguma coisa. E meus olhos continuaram vertendo lágrimas. Fiquei envolvida em uma atmosfera deliciosa, de conforto, serenidade e amor por alguns segundos, mas que pra mim pareciam vários minutos e, de repente, tudo sumiu.

Abri meus olhos e vi dona Vanda novamente atrás do "menino". A mulher que falava por aquela entidade humilde estava de olhos abertos e bebendo um copo de água. Havia perdido alguma coisa, pois ela não estava mais incorporada. Não sabia dizer por quanto tempo eu havia ficado de olhos fechados chorando sozinha. Só pensava em como aquilo havia sido estranho e se todos haviam me visto chorar por nada.

Dona Vanda fez um procedimento que acalmou "o menino" e o encaminhou para um hospital espiritual.

Não consegui prestar muita atenção como ela fez, pois ainda estava confusa com o que havia se passado comigo. Gentilmente, a senhora do cabelo duro de spray entregou-me um lencinho de papel. Agradeci baixinho e enxuguei minhas lágrimas. Ironicamente, entendi o que aquela caixinha de papel fazia ali.

Sequei meu rosto, assuei meu nariz e respirei fundo para tentar retomar minha atenção. Dona Vanda avisou que encerraria aquele atendimento e começou os procedimentos para tal. Agradeceu todos os amigos espirituais que ajudaram no trabalho, pediu permissão para deixarmos nossos postos no mundo espiritual e foi conduzindo nossos corpos astrais de volta para nosso corpo físico. Acoplados, energizamos nossos chacras e campos energéticos e, ao final de tudo, ela pediu que todos orassem a prece de São Francisco de Assis. Na verdade só ouvi, pois a única coisa que eu sabia sobre São Francisco de Assis era que ele nasceu em uma família abastada e renegou a tudo, como Buda. Fez voto de pobreza e se dedicou aos pobres e doentes. E a linda oração é esta:

Senhor! Fazei de mim um instrumento da vossa paz.
Onde houver ódio, que eu leve o amor.
Onde houver ofensa, que eu leve o perdão.
Onde houver discórdia, que eu leve a união.
Onde houver dúvidas, que eu leve a fé.
Onde houver erro, que eu leve a verdade.
Onde houver desespero, que eu leve a esperança.
Onde houver tristeza, que eu leve a alegria.
Onde houver trevas, que eu leve a luz.
Ó Mestre, fazei que eu procure mais:
Consolar, que ser consolado;
Compreender, que ser compreendido;
Amar, que ser amado.
Pois é dando que se recebe.
É perdoando que se é perdoado.
E é morrendo que se vive para a vida eterna.

Quando tudo acabou, todos estavam com uma expressão meio abobalhada. Menos o homem sentado na ponta da mesa, que exalava excesso de confiança. Dona Vanda perguntou ao homem de camisa amarela e à senhora de vestido florido se estavam sentindo-se bem. Ambos responderam que sim.

Perguntou ainda se eles já haviam incorporado antes. Eles responderam que sim, que já haviam feito cursos de mediunidade. O homem ainda trabalhava em um estabelecimento da religião espírita uma vez por semana, com passes energéticos – uma versão do Reike, técnica japonesa que significa, literalmente, energia espiritual, usada com o objetivo de cura e canalizada através das mãos.

O homem comentou que esse tipo de tratamento era bem diferente do que ele conhecia, das casas espíritas que frequentava. Lá também realizavam curas espirituais, desobsessões, mas essa técnica era mais completa. Poderiam até ser confundidas por algum leigo. Porém, eram bem diferentes e casos de difícil solução poderiam ser tratados de forma mais abrangente.

A mulher de cabelo duro de spray parecia inconformada. Comentou que gostaria de ter sentido o que nós sentimos e, no início, tinha certeza de que teria alguma visão ou ouviria algo. Estava nitidamente frustrada.

Saímos da sala e as pessoas das outras turmas que aguardavam para entrar nos lançaram olhares curiosos e inquietos. Sylvia, que já tinha terminado bem antes de nós, me esperava no mesmo salão enquanto mexia no celular. Daniel, nosso amigo do curso que sempre participava dos nossos trabalhos em grupo, estava sentado ao lado dela. Quando ele me viu, logo perguntou:

– E aí? Como foi? Você viu alguma coisa? Apareceu algum bicho-papão? – não aguentei a gracinha dele e retruquei:

– Você não sabe! Apareceu a família dele inteira! – e começamos a rir.

Daniel deu uma olhada para cima e bufou, indignado com a nossa falta de seriedade e imaturidade, visto que ainda havia pessoas apreensivas esperando para entrar na sala.

– Como vocês podem fazer piada? Tem gente aqui que está morrendo de medo! – falou baixinho em tom de bronca.

Enquanto nos esborrachávamos de rir, algumas pessoas nos olhavam com reprovação. Menos a Nina. Uma senhora pequena, com cerca de sessenta anos, jovial, magra, olhos castanhos espertos e interessados, cabelos escuros na altura dos ombros. Sempre usava colares e pulseiras bem descolados. Riu com a gente e fez um sinal de legal com o polegar, enquanto entrava na sala.

As pessoas da outra sala, que também já haviam terminado, estavam sentadas nos aguardando para trocarmos impressões e preenchermos uma folha de sugestões e críticas. Nesta folha havia também um campo perguntando quem gostaria de trabalhar ali, prestando atendimento voluntariamente.

Acomodei-me perto da janela e comecei a ler o questionário. Enquanto isso, alguns conversavam e trocavam experiência.

Perguntei para uma moça que já estava preenchendo o papel, se era obrigatório responder a todas as perguntas. Ela me disse que era bom para quem quisesse dar uma sugestão para os próximos cursos, inclusive de conteúdo, indicar algum livro, algo relevante e, principalmente, quem tinha interesse de trabalhar voluntariamente.

Coloquei meu nome no papel, os dias que tinha disponível para trabalhar e escrevi um enorme OBRIGADA na folha.

Esperei Sylvia e Daniel acabarem de preencher as fichas e saímos para tomar cerveja no bar que sempre íamos após o curso.

Daniel escreveu na ficha que não queria trabalhar na Fraternidade. Era assim que chamávamos aquele lugar. Ele dizia que, por enquanto, sua cota de contato com outras dimensões e espíritos estava totalmente esgotada. Como acessava outras dimensões desde criança, estava muito feliz em ter conseguido sossego depois de muito tempo e queria continuar de férias deles.

Daniel conheceu aquele lugar porque havia passado por tratamento naquela casa há algum tempo. Não aguentava mais ver o que não queria e, assim que conseguiu se livrar do fardo, resolveu fazer o curso por pura curiosidade.

Sylvia escreveu na ficha que gostaria de trabalhar como voluntária, preferencialmente às segundas-feiras, assim como eu.

Eu trabalhava como estilista de uma marca famosa. Na época de troca de coleção eu sempre ficava estressada. Contava os dias de trás para frente até a chegada do desfile de lançamento. Não via a hora daquela confusão terminar e tudo voltar ao normal. Queria apenas que chegasse o final do dia. Tinha marcado de encontrar com minhas amigas para beber e falar bobagem.

Nos conhecemos na faculdade e, desde então, não deixávamos de nos encontrar pelo menos uma vez por mês.

Quando cheguei, Maya e Carina já estavam na segunda garrafa de cerveja.

A Maya era uma figura de pessoa. Superanimada, sempre tentando ver o melhor da vida. Mesmo com as coisas chatas, ela sempre dava um jeito de fazer piada, estava sempre de bom humor. Acho que por isso era uma analista financeira tão bem-sucedida. Ela ganhava de bônus no fim do ano, do banco de investimentos que trabalhava, o que muitos empresários não faturam em anos. Já tinha recebido proposta para ser transferida para Nova York, um dos melhores lugares para quem trabalha no mercado financeiro, mas rejeitou. Disse preferir trabalhar no país tupiniquim que tanto adorava do que virar uma mulher de negócios predadora nos Estados Unidos. Seus colegas de trabalho "comedores de gente", como ela os chamava, não acreditaram quando recusou.

Nunca alguém havia recusado trabalhar em Nova York. Por isso, ela era uma espécie de lenda no mercado financeiro.

Eu tinha muito orgulho dela. Podia ter o que todo mundo sonhava, mas sabia que isso só a deixaria infeliz e não fez primeiro para descobrir depois: já sabia o que queria nesse ponto da sua vida.

Carina era minha única amiga com uma vida mais normal, apesar de seu visual nada convencional. Sempre de preto, os cabelos podiam estar vermelhos, negros, em outra época descoloridos e curtíssimos. Uma mulher toda pequena, baixinha, magrinha, com pele bem branca. Os enormes olhos azuis sempre estavam emoldurados por uma linha preta, bem marcada por delineador ao estilo anos sessenta. Tinha dois filhos pequenos e estava junto com o marido há uns doze anos, contando o namoro. Foi muito católica, até seus dezessete anos. Era daquelas que tinha uma fé enorme na Virgem Maria e todos os inúmeros santos. Porém, com o passar do tempo foi vendo que ela não tinha exatamente feito uma escolha, ela havia herdado uma religião que não tinha escolhido, por imposição da família, e hoje estava bem mais aberta a conhecer outras culturas religiosas e a não ser tão radical como era. Trabalhava no estúdio de um fotógrafo famoso e vivia esbarrando com celebridades.

Carina jamais poderia se imaginar trabalhando em uma área como a que Maya trabalhava. E Maya adoraria trabalhar onde Carina trabalhava.

Maya estava de super de bom humor. Carina e eu nos divertimos à beça com as histórias dela no mundo corporativo. A forma como descrevia os acontecimentos do trabalho era meio tragicômica. Contou a história de seu primeiro emprego em uma multinacional. Não começou como a maioria, que era contratada como estagiário. Deu sorte, como sempre, e acabou em uma função que tinha vaga: assistente do assistente do assistente de análise de mercado. Isso gerou bastante ciúmes nas colegas de trabalho. Se ela fosse baixinha, feinha, antipática, acho que não a notariam. Mas como era alta, bonitona, estilão mulher brasileira toda boa, a chamavam de Barbie, mas não era um elogio. Fizeram até aposta de quanto tempo a empresa levaria para mandá-la embora, pois acreditavam que ela era só bonita, mas que não tinha qualidades para o trabalho para o qual fora contratada. Foi desse primeiro emprego que ela obteve a bagagem para o seu trabalho atual, como analista de investimentos.

– Cada um com seu quadrado, *darling*. Você nesse seu quadrado *fashion* e eu no meu quadrado caretão, do terno, da camisa e das barbas sempre aparadas.

Maya dizia que vivíamos em quadrados; o quadrado da casa, o quadrado do trabalho, o quadrado na pista de dança. Eram os territórios individuais, dentro de um território maior, onde nos encontramos em determinados lugares. Os quadrados dos quadrados, era uma espécie de microuniverso dentro dos macrouniversos. Uma espécie de zona invisível onde cada um se sente seguro. É como dançar em uma boate. A pessoa delimita mentalmente o seu espaço e os movimentos que faz enquanto dança, tendo cuidado para não acabar inserindo um braço ou uma perna no quadrado do vizinho, e se incomodando quando alguém invade o seu, com passos mais largos, braços espalhafatosos e mãos bobas encostando onde não deviam.

E continuou contando:

– O sonho de consumo de todos os recém-formados: trabalhar em uma empresa multinacional com grande capacidade de expansão e crescimento, com um salário que não seja de estagiário, onde se possa subir os degraus da evolução corporativa, claro. – ela contava e gesticulava como se estivesse estendendo uma faixa de anúncio de cachorro desaparecido em postes de rua.

– Primeira frustração – disse, ainda com as mãos no ar como se estivesse descrevendo o que estava escrito em uma faixa imaginária – não posso usar as roupas que mais gosto. Todas as mulheres vestem uniformes corporativos; saia na altura dos joelhos, uma versão mais justinha da camisa branca masculina, tailleur e sapatos de salto não muito altos. Somente as mulheres do alto escalão é que usam saltos agulha altíssimos. Nunca, mas nunca mesmo, use saltos mais altos que os delas, caso contrário você pode se dar mal e acabar sentando em alguma mesa em um canto qualquer, onde ficam as baias que acomodam o gado da empresa. O curral corporativo. Definitivamente, não queria parar em um lugar daqueles. – fez uma pausa para dar um gole em seu copo de cerveja, e continuou:

– Segunda frustração, somente três gavetas minúsculas pra eu acomodar minhas coisas. E uma delas ainda é uma gaveta fichário, então são só duas meio descentes. Definitivamente as empresas não pensam nas mulheres. Cheias de tralhas que carregamos para todo o lado. E minha primeira reunião? Logo no meu primeiro dia? Nossa, foi extremamente estranha. Parecia uma reunião dos Alcoólicos Anônimos. Todos me receberam com palmas, repetiram meu nome em alto e bom som, me desejando boas-vindas. Como numa seita, sabe? Confesso que senti um pouco de medo. Gente mais estranha... Mas o pior era que todos sorriam o tempo todo. Era um sorriso solidificado no meio da cara. Ninguém parecia estar em um dia ruim, ou com dor no dedão do pé por causa do sapato de couro apertado e de má qualidade. Eu, hein? O cara que me contratou chegou em seguida. Ele não sorria e até pensei: ufa, alguém normal. Sentou-se na ponta da mesa, abriu o notebook e começou a ler as metas para a semana. Depois de despejar uma lista de números, pediu a opinião de algumas pessoas. Ouviu atentamente e repetiu as mesmas metas e números, como se faz no jardim da infância. Fiquei quietinha como uma boa gueixa corporativa. – continuou. – E minha primeira convenção da empresa? Foi uma tortura! Fui para um lugar lindo, a trabalho, claro, mas todo mundo fingindo que eram férias.

– Depois de avião, balsa, ônibus, chegamos, enfim, ao hotel onde seria a convenção. O Paradiso Hotel. Na recepção, seis recepcionistas gostosonas, contratadas especialmente para o evento, nos aguardavam para entregarem nossos kits de boas-vindas. Ele continha o crachá de identificação, que na teoria não deveríamos tirar nem na piscina, a programação dos eventos com horários das plenárias – que é o nome mais metido para se dizer palestras –, apresentação de produtos, reuniões e os jantares dançantes, com direito a passada de mão na bunda dos companheiros bêbados e, o mais importante, o cartão da porta do quarto. Com meu kit de boas-vindas em mão, segui em direção ao meu quarto, louca por um banho. Entrei por um corredor interminável e segui em meio a muitas portas numeradas, que com certeza abrigariam meus colegas de andar corporativo. Para meu azar, meu quarto era bem no final do corredor e teria que passar todos os dias, várias vezes, por todas aquelas portas, torcendo para que nenhuma delas se abrisse enquanto eu fazia meu trajeto. Abri a porta de meu quarto, joguei minha mala em cima da cama *king size* e me atirei ao lado dela, sonhando com a enorme piscina que eu havia visto no e-mail marketing do hotel sobre nossa convenção. Fazia um calor dos diabos! Já estava me imaginando esticada na cadeira da piscina, semisubmersa na parte rasa que imitava uma praia, meio embriagada e sorridente. Na mão, um drinque azul, decorado com um guarda-chuvinha pink enfiado no copo, espetado em uma uva itália suculenta e gelada. Mas, no meio da minha fantasia, bateram na porta. Coquetel de boas-vindas, no *lobby*, em dez minutos.

— Nossa, mas que gente chata! Nem um mergulho antes do trabalho começar? — Disse Carina indignada.

— Pois é, lá fui eu para minha realidade. Meus pés enfiados em um sapato apertado, mas sonhando com um chinelinho. Tive que retocar a maquiagem para não parecer um sorvete derretido escorrendo na mão de uma criança ranhenta e trocar minha blusa escura por uma clara, antes que ela começasse a cheirar a cobrador de ônibus lotado às seis da tarde. Saí do quarto amaldiçoando o maldito coquetel de boas-vindas. Todo mundo com cara de Ilha da Fantasia, mas vestindo roupa demais para quem está na Bahia, úmida e quente. Cheguei ao *lobby* e fui recebida pelas mesmas recepcionistas gostosonas, me enfiando pescoço abaixo um colar de flores de plástico, daqueles de baile de carnaval. Outra gostosona veio logo em seguida e me serviu uma taça de espumante gelado. Esse sim, desceu muito bem. Perambulei entre as pessoas, com um sorriso solidificado no rosto, enquanto entornava rapidamente minha taça de espumante gelado. Em quinze minutos, já estava bêbada o suficiente para começar a ser uma boa ouvinte de quem quer que fosse.

— Só bebendo mesmo. — disse eu — Um brinde a isso! —e brindamos antes da Maya continuar.

— Tanto fazia quem me dirigia a palavra, os assuntos eram sempre os mesmos. O lançamento de um novo produto, a recolocação no mercado de um produto reeditado, a nova empresa terceirizada contratada para realizar as ações geniais de marketing, criadas pelos nossos superiores geniais, super, hiper, mega melhores que os da empresa concorrente. As mulheres fazendo fofoca sobre outras mulheres que haviam sido promovidas porque deram mole para não sei quem. O carro novo de fulano de tal, a noiva de cicrano. A roupa desapropriada para o evento de alguém mais animadinho por estar em um resort na Bahia. Todos me viram no maldito coquetel cheirando a suor reciclado a desodorante e perfume. Peguei mais um drink, ouvi mais uma dúzia de pessoas e, sem que ninguém percebesse, saí de lá sorrateiramente. Fui cambaleando em direção à piscina, ainda segurando minha taça pela metade, direto para onde havia um bar submerso. Enquanto dava meu último gole, perguntei para o barman se havia outra passagem para meu quarto que não fosse pelo *lobby* e se havia toalhas disponíveis. Após confirmar tudo, tirei meus sapatos apertados, o colar havaiano de plástico e meu crachá. Acomodei tudo em cima de uma das espreguiçadeiras bem perto da borda da piscina e pulei, de roupa e tudo, dentro da imensa piscina que eu tanto estava sonhando. Teria que aproveitar aquele momento. Nem pensar que eu colocaria um biquíni e sairia rebolando na frente de meus colegas de trabalho, enquanto eles olhavam minha bunda.

Agora Carina e eu chorávamos de tanto rir.

– Viagem a trabalho não é lazer, senão se chamaria férias. – continuava Maya enquanto bebericava – Mas chega de falar de mim. E você, Amanda, naquele teu lance de curso sobre conversar com gente morta? Afinal, quando você vai terminar?

– Não precisa esculhambar também. Já terminei.

– Do que vocês estão falando? – perguntava Carina, nos interrompendo – Que história é essa de conversar com gente morta?

– A Amanda não te falou? Ela está fazendo um curso de cura espiritual e, na prática, resumindo tudo pelo que entendi, ela vai conversar com gente morta.

– Você só pode estar brincando! – Carina me olhava com reprovação.– Caramba! Eu morreria de medo.

– Tenho mais medo é de gente viva. E também não é só isso. Tem a ver com energias, mundos paralelos.

– Deve ser como aquelas pessoas que veem nave espacial e acham que não viram, não é? – falou Carina, olhando para cima e dando uma risadinha.

Carina certa vez foi acampar com os filhos na fazenda de amigos em Minas Gerais. Em vez de dormirem na sede, passaram uma noite acampados na propriedade para a diversão das crianças. Contou-nos que logo que começou a anoitecer, ainda com alguns raios de sol desaparecendo atrás do horizonte, surgiu uma nave espacial com formato de charuto, boiando no céu na frente das barracas. Permaneceu por um bom tempo, brilhando em várias cores e, de repente, sumiu. Ela disse que só conta essa história porque tiveram mais testemunhas, dois casais de amigos, além do marido e das crianças.

Ficamos cerca de quatro horas jogando conversa fora. Maya prometeu que, no próximo encontro que tivéssemos, levaria pelo menos uma foto de seu novo namorado, quatro anos mais novo. Achava que agora estava na hora de apresentá-lo para nós, já que ambos assumiram o namoro e estavam apaixonados. Era o primeiro relacionamento sério da Maya depois de dois anos só "ficando", ou melhor, "ciscando", como ela dizia.

O moço tinha 26 anos e, apesar de nunca ter gostado de homens mais novos, acabou se rendendo ao charme do rapaz em uma noite em que estava se sentindo muito carente. Ele dizia estar apaixonado. Era uma pessoa muito educada, do tipo que abre a porta do carro, puxa a cadeira para a mulher sentar, ajuda a tirar o casaco. Prestava atenção no que ela falava e não ficava só fingindo que estava ouvindo. Nunca atendia o celular ou ficava mandando mensagem enquanto estavam juntos. Era um verdadeiro *gentleman*.

Quando completaram um mês que estavam saindo, ele a presenteou com um relógio bem caro. Maya ficou chocada e recusou o presente imediatamente, dizendo que não era de bom tom ele dar presentes caros para uma mulher com quem ele não tinha um relacionamento firmado. O rapaz ficou um pouco desnorteado com a recusa dela, mas acabou gostando e revelou que sempre dera presentes para as mulheres, mesmo sem namorá-las. Jamais alguma delas havia recusado nada. Inclusive, descobriu que uma garota que ele presenteou com uma joia vendeu o presente semanas depois em uma loja de penhores, que por acaso era de um amigo dele. A recusa perante um presente dele era um fato inédito. Ele guardou o relógio e, quando completaram dois meses de namoro, ele voltou a presenteá-la com o mesmo relógio que ela recusara. Mas desta vez, ela aceitou lisonjeada.

Eu estava sem namorar, muito menos saindo com alguém só por carência, havia uns seis meses. Abstinência total. Terminei com meu namorado depois de descobrir que ele estava saindo com nossa professora particular de *yoga*. Ela nos dava aula na casa dos meus pais, às segundas e às quintas-feiras. Namoramos um ano e meio e só fui descobrir o caso nos últimos dois meses de relacionamento. Ele se ajoelhou, pediu perdão, chorou. Fez uma cena digna de novela mexicana. Tentei ficar com ele mesmo assim, mas terminei algumas semanas depois. Não aguentei ter que varrer a sujeira pra debaixo do tapete. Eu não era nem casada, então por que deveria começar um relacionamento baseado em traição?

Ele era um fofo comigo, disso eu não podia reclamar, mas depois desse caso com a professora, descobri vários outros. Safado!

Meus pais achavam que eu iria casar com ele e seríamos felizes para sempre. Eu já estava com 29 anos, ficando pra titia como dizia minha mãe. Quando contei que não estávamos mais juntos, eles ficaram visivelmente tristes pois adoravam o hipócrita. Ele era um verdadeiro puxa-saco dos dois, inclusive do meu irmão, que até emprestava o carro pra ele dar umas voltas de vez em quando. Ele devia é galinhar a mulherada se passando pelo dono do carro! Só fui me dar conta disso tarde demais. Meu irmão estava bem naquela fase de homem canalha, deslumbrado com as mulheres. Eu estava sem falar direito com ele desde que havia terminado com meu ex-namorado, pois achava que eles eram cúmplices. Ele sempre gostou de coisas caras e carros que chamavam a atenção. Andava sempre bem vestido, perfumado e fazia o tipo esquiador sueco vendendo saúde. A mulherada caía matando em cima dele. Nunca conheci uma que valesse a pena. Ele tinha verdadeiro talento para escolher as piores. Acho que nessa fase ele merecia isso mesmo, enquanto não mudasse e deixasse de ser tão mauricinho, não saberia distinguir uma mulher legal de uma interesseira. Por que eu pensaria que meu irmão nem se dava conta do que meu ex fazia? Afinal, ele também era meio fútil e canalha. Coisas de homens.

Sylvia não havia ido nos encontrar, tinha mandado um e-mail dizendo que não iria pois teria que levar a mãe em algum lugar. Eu sabia que era uma das velhas desculpas de última hora que ela inventava, em vez de falar a verdade. Ela estava de péssimo humor e eu sabia porquê. Ela nunca foi uma das pessoas mais fáceis em se lidar da face da terra, sem dúvida, de todas as minhas amigas, a que mais eu tinha que ter paciência e fingir que não percebia sua imensa insegurança, o que acabava a levando a se afastar de algumas pessoas. Havia dias em que ela acordava de péssimo humor, azeda, achando que todo mundo estava conspirando contra a felicidade dela ou não dava a devida atenção que ela achava que merecia. Estava consumida pelos pensamentos de que seu namorado a estava traindo, o que eu achava bem difícil, pois para ficar com alguém como ela, o sujeito deveria amá-la muito.

O namorado era maravilhoso, fazia tudo o que ela queria, mas ela não o valorizava. Ignorava-o quando convinha e o tratava muito bem quando queria que ele a levasse aos lugares que ela não podia pagar. Sylvia sempre quis pertencer a outro nível social. Tinha um coração enorme, dava a roupa do corpo se alguém estivesse passando frio, mas sempre se apaixonava por aqueles que não poderiam dar a ela o padrão de vida que ela tanto sonhava. Dizia que era seu carma, que só gostava de homens pobres. Mas esse era diferente, ganhava bem, tinha liberdade financeira, bom gosto. Era um verdadeiro cavalheiro. Mesmo assim, ela não conseguia manter um relacionamento estável. A cada duas semanas dava um jeito de brigar com ele. Só se arrependia depois que ele sumia por uns dois dias. Ela fazia tanta pirraça que ele ficava dias sem querer falar com ela, mas como a amava não conseguia ficar muito tempo afastado.

O pobre coitado marcava de sair com ela. Ela marcava de sair com as amigas, no mesmo dia. Levava o moço em banho-maria. Avisava que tinha um compromisso já marcado, mas que queria vê-lo. Então, ele ficava esperando que ela telefonasse enquanto ela ia se divertir, e só ligava depois que estava bêbada e queria encontrar com ele só para transar. Mas uma coisa ela não tinha controle: o amor e a paixão que ela jamais havia sentido por outro homem.

Era enlouquecida por ele, mas não podia dar o braço a torcer. Já tinha se acostumado a jogar com os ex-namorados, se é que poderiam ser chamados namorados, pois ela nunca deixava esse "título" ser exaltado.

Esse era o homem que toda mulher em sã consciência pediu, inclusive ela, mas o medo de sofrer era tão grande, que ela não conseguia admitir que fosse bom demais para ser verdade. Toda vez que ela me contava alguma nova história de como o tinha enganado, achando que assim estaria no controle, eu repetia a mesma coisa:

– Espera ele cansar de você de verdade! Paciência tem limite. Ele nunca mais volta e você nunca mais arruma um igual.

Hoje era ela quem iria brigar com ele. Sylvia tinha dado um escândalo porque eles haviam marcado de ir ao cinema, mas ele precisou desmarcar de última hora, para levar o irmão ao hospital. Ela achava que ele estava mentindo, para poder sair com os amigos. Justo ele, que só tinha olhos para ela.

Sylvia sempre teve dons especiais. Desde criança tinha acesso a outras dimensões, conversava com os mortos, com as plantas, via a aura das pessoas. Ela costumava ver a avó falecida como se estivesse viva. Ela sempre aparecia para conversar, dar conselhos e avisar sobre algum amigo que precisava de ajuda. Quando falava para a mãe que conversou com a avó, ela simplesmente acenava com a cabeça em afirmação fingindo estar prestando atenção e acreditando nas histórias da filha. Mas conforme Sylvia crescia, a mãe ficava cada vez mais atenta às tais conversas. Não era mais brincadeira de criança, como com seus amigos imaginários. Ela já havia passado da idade. E a mãe sabia muito bem, pois a vovó, sua mãe, era uma benzedeira famosa na pequena cidade onde ela cresceu. Não seria de se espantar que sua pequena Sylvia também fosse um pouco como ela.

Certa vez, foram para a fazenda do tio, no interior de São Paulo, passar as férias escolares do mês de julho. Ela já estava com treze anos. A fazenda era de cultivo de laranja, mas tinha uma parte extensa de preservação ambiental. O tio achava importante a preservação de áreas verdes e havia recuperado boa parte da mata atlântica. Fez ainda uma piscina natural, represando a água que vertia de uma nascente.

Sempre que Sylvia chegava a esse lugar, ficava falando sozinha. A mãe tentava disfarçar, contando alguma história para que os outros não percebessem o que sua filha estava fazendo.

A menina dizia que conversava com a mulher das águas:

– Ela é linda, alta, tem um cabelo tão bonito!

Durante a caminhada de volta à sede da fazenda, ela soltava risinhos, falava que eles ficavam fazendo gracinhas para ela. O "eles" eram seres pequenos que ela dizia morarem por lá. Ela era uma criança diferente.

Depois que cresceu, começou a guardar segredo do seu dom, pois mesmo que seu círculo de amizade fosse de pessoas abertas, era complicado dividir as intuições que tinha. Não podia falar para qualquer um que ela enxergava a aura das pessoas e sabia quando alguém estava mentindo, comentar que ouvia e via seres de outra dimensão e muito menos falar dos sonhos premonitórios, às vezes, verdadeiras catástrofes envolvendo pessoas que conhecia.

Ela aprendeu a viver pela metade, pois não se abria totalmente. E isso acabou se estendendo aos seus relacionamentos íntimos, seus namorados e até seus amigos. Todos tinham a impressão de que ela tinha problemas em se relacionar a fundo, que estava sempre fugindo, que escondia alguma coisa.

Foi por causa da Sylvia que comecei o curso que minhas amigas tanto tinham curiosidade de saber como era. Certa noite, nos encontramos para comer uma pizza e tomar cerveja em nossa pizzaria preferida.

Foi neste dia que ela me falou pela primeira vez sobre algumas aulas que estava frequentando. Tinha a ver com outros cursos que havia feito antes, mas disse que esse era especial, diferente. Podia ser feito por qualquer pessoa que se interessasse por assuntos esotéricos, contanto que acreditasse em vida após a morte, reencarnação e conhecesse um pouco sobre energias sutis.

Estava um tempo sem encontrar minha amiga pois, mais uma vez, ela havia sumido. Toda vez que algo importante dava errado, ela desaparecia. Achava que esse tipo de luto que ela vivia era algo bom, que servia para digerir certas situações e, assim, tocar pra frente sem ficar olhando para trás. Aquilo de encostar o pé no fundo do poço, não disfarçar algum sentimento mal resolvido e, sim, vivenciá-lo bem no fundo da alma. No final, ressurgir como o mito da Fênix, o pássaro da mitologia grega que, quando morria, entrava em autocombustão e renascia das próprias cinzas.

Mas nem sempre a conclusão era essa. Muitas vezes ela não digeria algo direito e acabava trazendo à tona no primeiro momento de fraqueza e descontrole. Sempre achei que ela precisava fazer uma terapia mais clássica. Como era bem ligada ao que era alternativo e sobrenatural, ela fazia uma terapia diferente, sem psicanálise freudiana ou jungiana, que são as mais radicais e resolvem de fato. Essa terapia que Sylvia fazia parecia mais com uma consulta a um pai de santo. O terapeuta mais falava que ouvia e ela continuava com suas fortes crises existenciais.

Ficamos a noite toda jogando conversa fora, bebendo, fumando e, já meio embriagada, ouvi pela primeira vez uma voz dentro da minha cabeça:

– Pergunta sobre o curso!

Achei que estava viajando... Não me dei ao trabalho, nem por mera curiosidade, de perguntar sobre o que era exatamente o curso. Tínhamos assuntos mais importantes, e até mais fúteis para conversar. Demos muitas risadas, nos entupimos de pizza, cigarros e de cervejas, e fomos embora felizes.

Durante a semana, a mesma voz que ouvi em minha cabeça na pizzaria, repetiu mais algumas vezes:

– Você tem que fazer o curso!

Continuei achando que era divagação, distração da minha mente. Coisa da idade, como dizia minha avó, ou minha TPM atacando em uma espécie de esquizofrenia. Mas quando me encontrei com Sylvia na semana seguinte, na mesma pizzaria do nosso último encontro, uma das primeiras coisas que comentei foi a sensação de estar ouvindo uma voz falando que eu deveria fazer o curso que ela havia comentado.

Ela ficou surpresa. Me perguntou detalhes sobre como eu "ouvia essa voz" e exatamente quando ela começou a "falar comigo". Nós já havíamos tomado algumas cervejas, mas ela parecia mais sóbria do que nunca e começou a falar como se estivesse discursando:

– Você pode não saber o que isso significa, mas não importa. O curso começou há três meses, mas vou falar com meu professor, pois acredito que ele abrirá uma exceção para você poder fazê-lo. Qualquer coisa, te empresto alguns livros. Os outros participantes não vão gostar, sempre tem alguém que reclama, mas se você realmente quiser fazer...

Fiquei afirmando com a cabeça enquanto dava um gole em meu copo de cerveja. Sylvia me deu algumas explicações sobre intuição, sonhos e visões. Me disse que, hoje, alguns desses fenômenos estão sendo estudados em Harvard, nos Estados Unidos, com um orçamento cada vez maior. Já se tem consciência que eles realmente acontecem e até conseguiram medir as mudanças nos níveis energéticos. Esse é um assunto que sempre despertou interesse e alguns acadêmicos resolveram estudá-lo mais a fundo.

Alguns pensadores e mestres respeitados já mostravam bastante familiaridade com esse tipo de assunto. Por exemplo, Carl Jung, o criador da psicologia analítica, discípulo de Freud, tinha a convicção de que somos movidos pelo inconsciente. Jung se tornou um grande pesquisador do inconsciente e, por consequência, acabou se deparando com assuntos inexplicáveis. Durante sua vida passou por experiências, como ele gostava de deixar registrado, "que transcenderam os limites do tempo e do espaço". Eu costumo chamar de verdadeira consciência da alma.

Jung relatou algumas de suas experiências transcendentais em alguns documentos. Escreveu uma autobiografia "Memórias, sonhos, reflexões" (editora Nova Fronteira, 1986), em que relata várias de suas experiências incomuns. Um dos relatos que acho incrível, é quando ele teve uma parada cardíaca em 1944, mas sobreviveu para contar o que viu durante o ocorrido. Descreve a Terra vista do espaço, exatamente como a conhecemos hoje, sendo que naquela época ninguém sabia como era, não havia imagens do espaço ou da Terra. Durante essa experiência ele descreve detalhes do que viu e sentiu. Conta que enquanto pairava no espaço, também via a sua volta grandes pedras, que hoje nós chamamos de meteoritos. Enquanto ele observava a Terra com sua aura azul e prateada, ele vai indo em direção de uma dessas pedras gigantes que abrigava um templo iluminado por pequenas lamparinas a óleo, iguais as usadas nos tempos do oriente.

Tudo ia acontecendo, sem ele saber exatamente aonde estaria indo. Nesse templo que ele chamou de "um lugar iluminado", mas no sentido esotérico de evoluído, ele sabia que estaria indo ao encontro de "pessoas" que poderiam dar respostas para todos os tipos de perguntas. Um pouco antes de ele adentrar nesse templo, algo na Europa chamou sua atenção: lá estava seu médico, mas vestido com outra roupa, uma espécie de manto branco, como os antigos gregos e romanos. Ele o podia ver envolto numa espécie de corrente dourada, e teve a certeza de que aquela era sua "real" forma, assim como a dele naquele momento também era sua real forma.

Ele tinha certeza de que a forma que o médico possuía na Terra era somente um "avatar", a forma que ele se apresentava no ano de 1944. Ele chamou essa forma em que os dois se encontravam de "forma primeira", que é a forma existente desde sempre...

O médico em sua forma primeira havia aparecido para chamá-lo de volta, dizendo que ele não deveria morrer naquele momento. Assim que o médico disse aquilo, ele "voltou" imediatamente. Depois desse ocorrido, viveu por mais 17 anos.

Outro relato interessante é sobre outro sonho que teve: "Uma noite eu não conseguia dormir e pensava na morte repentina de um amigo, enterrado no dia anterior. Sua morte me preocupava muito. Subitamente tive a impressão de que ele estava no meu quarto, ao pé de minha cama e que me pedia que fosse com ele. Não julgava tratar-se de uma aparição; pelo contrário, formara do morto uma imagem visual interior e tomei-a por uma fantasia. Mas, honestamente, foi-me necessário perguntar: "Que prova tenho de que se trata de uma fantasia? E se não for? Caso meu amigo esteja realmente presente, não seria uma inconveniência de minha parte tomá-lo por uma figura imaginária?" Mas também não tinha qualquer prova para acreditar que ele estivesse realmente diante de mim. Então disse a mim mesmo: "Em lugar de considerar que se trata apenas de uma fantasia, posso, da mesma maneira, aceitá-lo como se fora uma aparição, pelo menos para ver o que disso resultaria". No mesmo momento em que tive esse pensamento, ele se dirigiu para a porta e fez que eu entrasse no jogo. Isso certamente não estava previsto. Foi-me necessário então fortalecer a argumentação.

Então somente o segui em imaginação. Ele me conduziu para fora de casa, ao jardim, à rua e finalmente à sua própria casa. (Na realidade apenas algumas centenas de metros a separavam da minha). Entrei, introduziu-me em seguida em seu escritório e, subindo num tamborete, indicou-me o segundo volume de uma série de cinco, encadernados em vermelho; eles se encontravam muito alto na segunda prateleira. Então a visão se dissipou. Não conhecia sua biblioteca e ignorava que livros possuía. Por outro lado, não poderia de onde estava ler os títulos dos volumes que ele indicara, pois se encontravam na prateleira superior.

Esse fato me pareceu tão estranho que na manhã seguinte fui à casa da viúva e pedi autorização para entrar na biblioteca do meu falecido amigo para uma verificação. Realmente, havia debaixo da prateleira vista em minha imaginação um tamborete e, já de longe, percebi os cinco volumes encadernados em vermelho. Subi no tamborete para ler os títulos. Eram traduções dos romances de Zola. O título do segundo era: *O Legado de uma Morta*. Se o conteúdo me pareceu desprovido de interesse, o título era, por outro lado, muito significativo pela relação com o que se passara.

Assim como o famoso mágico Houdini, Carl Jung também recompensava com dinheiro quem trouxesse algum tipo de prova ou manifestação paranormal. Por coincidência, eu havia assistido recentemente um filme sobre os dois e ambos eram aficionados por esse tipo de assunto. Embora Houdini sempre questionasse esses fenômenos e dizia serem puro truque de ilusionismo, estabeleceu um código secreto com sua esposa, que no caso de sua morte, permitiria que ele fizesse contato com ela do além. No filme, ele morre exatamente como no sonho que uma mulher, não lembro se sua namorada ou assistente de palco, teve várias vezes durante algum tempo. Ele era o tipo de pessoa que acreditava não acreditando, assim como a maioria de nós, que temos fotos de naves espaciais e filmagens, até mesmo feitos pela NASA, com autenticidade atestadas por profissionais, mas acabamos acreditando que tudo é montagem, fabricação de algum desocupado tentando enganar a todos. Na verdade, somos muito preguiçosos com relação a esses assuntos, pois poderíamos usá-los com vários propósitos como, por exemplo, ajudar a encontrar alguém desaparecido, curar, ou até evitar grandes tragédias.

Sylvia me telefonou dois dias após nosso encontro, informando-me sobre as datas e horário do curso. Foi assim que entrei num universo totalmente desconhecido, mas ao mesmo tempo familiar: o universo do inconsciente, do paranormal, do transcendental.

Maya nos últimos meses parecia flutuar de tão feliz que estava se sentindo. Além do namoro estar indo melhor do que imaginava, havia recém comprado o apartamento que idealizara quando resolvesse parar de pagar aluguel. Não que não existissem lugares bacanas para se morar, o dinheiro nem era o problema, ela só não tinha a menor paciência para ficar procurando um lugar. Sempre disse que o que seria dela, simplesmente aconteceria, cairia em seu colo. E foi exatamente como aconteceu.

Ela nem se importava com o fato do prédio ter somente uma vaga na garagem, já que ele tinha 350 metros quadrados e ela iria morar naquele bairro que sempre sonhou em morar. O ex-dono era de um arquiteto que reformou completamente o lugar, botando abaixo várias paredes para poder dar festas uma vez a cada dois meses. Ele era uma pessoa antenada, famoso entre as jovens dondocas que passavam a virada do ano em Trancoso, de sandálias havaianas nos pés e uma taça de champanhe Veuve Clicquot na mão. Foi em uma dessas festas que ela acabou conhecendo o apartamento.

Antes de se mudar para o apartamento reformado, onde iria morar com o namorado com quem estava há dois anos, pesou o fato de ele ter somente uma vaga na garagem, em um bairro sem estacionamentos por perto. Maya fez uma oferta pelo espaço abaixo do preço de mercado em uma dessas festas e, para sua surpresa, ele topou no ato.

O lugar era lindo. Todo aberto, bem ao estilo *loft* nova-iorquino. Poucas paredes e muito espaço nas áreas sociais, menos a cozinha. Como o arquiteto recebia muitas pessoas, ele fez questão de manter a cozinha fechada, longe dos olhos dos convidados, para os empregados transitarem confortavelmente. Como Maya não sabia nem fritar um ovo, não se importou em não ter uma cozinha gourmet, daquelas que todo apartamento moderno tem, onde o dono da casa cozinha para os amigos e todos ficam juntos no mesmo ambiente. Definitivamente, essa cena não aconteceria naquele apartamento com a Maya pilotando um fogão.

Seu namorado chegaria em quinze minutos, e ela ainda não havia decidido que roupa vestiria. Já estava quase pronta. Maquiagem leve, cabelos escovados, perfume exalando da pele recém-saída do banho, lingerie de algodão meio adolescente, com frases e bichinhos que ela sempre usava, sandália Loboutin vermelha de salto altíssimo, e rodopiando ao som de Madonna – "Like a Virgin". Enquanto ela cantava, ria ao mesmo tempo, toda vez que conseguia se ver no reflexo do espelho do quarto.

O namorado adorava aquelas lingeries. Na verdade, ele falava que gostava, mas nem prestava muita atenção no que estava escrito ou desenhado nelas. Ele gostava muito mais do jeito dela, desencanado, de quem não se preocupava com o que poderiam pensar sobre ela. Agora, tinha que se apressar e decidir logo o que usar com as sandálias vermelhas. Primeiro escolhia o que usaria nos pés e somente depois procurava uma roupa que combinasse com os sapatos. Por fim, resolveu colocar um short de linho marfim, uma camiseta de seda laranja com as alças bem finas, uma pulseira de madeira com detalhes dourados e uma bolsa de mão marrom Chanel.

A primeira vez que ficaram juntos foi em uma festa na casa de amigos em comum, realizada para 1.500 pessoas. O tema era branco e preto, ao estilo das antigas festas do Copacabana Palace. Muitas plumas, brilho e muito glamour em cada detalhe. Traje social, roupa preta, branca ou preta e branca era obrigatório. Excessivamente bem produzida e cara, feita para chamar a atenção das colunas sociais, tudo do bom e do melhor. O DJ foi contratado em Ibiza e incluía *pocket show* da Fernanda Abreu, muitos vips e, claro, muita bebida cara. Quando Maya se deu conta, já estava aos beijos com ele no meio da pista de dança e, desde então, eles nunca mais se desgrudaram.

Sabia que ele gostava de coisas boas, tinha um estilo de vida caro e corria de kart. Em um fim de semana ela foi assistir a um treino dele e acabou dentro de um daqueles brinquedos caros de adulto, usando um macacão emprestado e acelerando o quanto conseguia, morrendo de medo de capotar numa das curvas. Detestou a experiência, achou perigoso demais ficar sentada, deslocando-se em alta velocidade dentro de um carrinho aparentemente frágil, com o traseiro quase arrastando no chão. Coisas perigosas e cheias de adrenalina não eram com ela.

Lucas sempre foi do tipo festeiro. Ele só pedia para ela não ser daquelas namoradas chatas, que no início são legais e depois só querem fazer programas cinema-jantar-teatro-coquetel e chegar em casa de madrugada depois de uma boa noitada. Nem pensar!

Definitivamente ela não iria cortar as asas dele, sabia que esse era um processo natural depois que se está comprometido de verdade. Ninguém continua na gandaia praticamente todos os dias da semana quando está namorando com alguém que realmente gosta. Os programas acabam mudando, pois não são muito saudáveis para a relação: a equação mil pessoas solteiras versus um casal apaixonado não fecha. Na balada sempre acontece uma cantada, uma investida de alguém cara de pau que adora gente comprometida, alguém que chega perto demais. Aí vem o ciúmes, o sangue ferve pela raiva. Mas isso só o tempo mostraria para ele. Existem fases na vida e todas têm que ser respeitadas para não haver arrependimentos. Maya definitivamente não queria ser a chata, a que fica ditando regras, cada um faz a sua escolha. Ela só queria esperar mais um pouco para apresentá-lo às amigas, quando a relação estivesse mais estável, mais madura, mas quatro meses escondendo o namorado já estava passando um pouco da hora.

O problema não era a diferença de idade entre eles mas, sim, o estilo de vida dele, que tinha um enorme peso. Era um homem acostumado a se esbaldar em baladas cinco estrelas, recheadas de mulheres bonitas e disponíveis. Para ele, fazer a transição de solteiro cobiçado para comprometido cobiçado era bem difícil. As ofertas eram muitas, garotas desesperadas por um homem como esse. Tudo foi sempre tão fácil que ele nunca precisou se dar ao trabalho de conquistar alguém. Largar aquele estilo de vida não era simples.

Lucas gostava da alegria dela em viver cada momento. Da expressão que ela fazia quando estava satisfeita, repuxando o canto do lábio direito mais alto do que o esquerdo, em um sorriso meio torto que só era usado nesses casos. De como ela se divertia com coisas simples, da enorme curiosidade que tinha sobre tudo. Da alegria quando se surpreendia com o sabor de uma comida deliciosa que nunca havia experimentado.

Levava-a aos lugares de que era habitué, refinados, lounges moderninhos, frequentados por pessoas bonitas, mulheres magras e muito produzidas. Maya levava-o ao restaurante grego do Dimitrius, uma espelunca no centro da cidade, onde os frequentadores praticamente gritavam enquanto tomavam uma bebida típica à base de anis, e comiam *musaka* regada com muito azeite grego. Iam ao restaurante japonês preferido dela, o Jorge-sun, no bairro típico japonês da Liberdade, e pediam uma sala fechada, com porta de correr, tatame forrando todo o chão e algumas almofadas em volta da mesinha baixa. Da última vez que estiveram lá, beberam tanto saquê que mal conseguiram se levantar para calçar os sapatos e tiveram que pedir um táxi.

Para Maya não era nada difícil ser uma pessoa legal. Ela sempre foi assim, desde a época da escola todos queriam ser seus amigos. Amava a vida, adorava dançar, viajar, experimentar comidas diferentes e, principalmente, adorava conversar com pessoas estranhas. Dizia que conhecer gente era uma forma de se conhecer melhor, de evoluir. Só experimentando, trocando experiências, passando dificuldades é que se anda para frente, que se tem a oportunidade de testar. Quanto mais se expunha à vida, mais poderia ter autoconhecimento e erraria menos. Cada pessoa com personalidade difícil que ela conhecia, era um excelente laboratório.

Eu não tinha a mesma paciência com pessoas. Eu gostaria de ser mais como a Maya em alguns aspectos da minha vida, como por exemplo, ser mais sociável e extremamente positiva como ela. Ela sempre via o melhor nas pessoas, tirava de letra situações irritantes, enquanto eu já soltaria um palavrão bem cabeludo.

Lucas dizia simplesmente amar seu jeito, que ela era a mulher mais sincera e de bom coração que já havia conhecido e não queria que ela mudasse nunca. Ele estava adorando conhecer outros lugares, mesmo que não gostasse tanto assim de alguns. Eles tomavam as decisões juntos. Fizeram um acordo: ela frequentaria os lugares que ele gostava, mas ele também teria que ir aos lugares que ela escolhesse. Dessa forma, ela não se sentia tão sufocada, sempre naquele mesmo tipo de ambiente no qual ele estava acostumado, cheio de frescuras, sobrenomes e abarrotado de gente puxa-saco.

Ela conhecia bem esse tipo de lugar, como eram as pessoas que o rodeavam e os assuntos, sempre iguais: carro, relógio, barco, avião, investimento na bolsa, os milhões de alguém mais rico, a imensa casa em algum condomínio de praia. Por pouco ela não caiu nesse mundo quando foi convidada a sair do Brasil e ir para Nova York. Sua decisão de ficar foi divisora de águas. Foi quando decidiu não cair na armadilha da vaidade e da luxúria. Ela já tinha dinheiro suficiente para ter tranquilidade e segurança, então por que deixar de dormir em paz só para ter mais dinheiro?

Maya parecia uma espécie de anjo da guarda de Lucas. Alguém que surgiu no meio do caos para resgatá-lo. Nem ele entendia direito como seus caminhos se cruzaram, não eram exatamente almas gêmeas. Saíram de casa em direção a tal festa do branco e preto, sem muitas expectativas. Ambos estavam no bar do jardim, que rodeava uma enorme árvore cheia de velas penduradas. Literalmente se esbarraram. Ela derrubou a taça de champanhe que ele segurava sobre a linda camisa preta bem cortada que ele vestia. Pediu um milhão de desculpas. Tentou secá-lo com um minúsculo guardanapo que segurava, sem muito sucesso. Sem ter onde enfiar a cara de tanta vergonha, apelou para sua presença de espírito e virou sua taça de champanhe em cima do próprio vestido, enquanto soltava uma gostosa gargalhada. Essa brincadeira acabou virando paixão. Ele estava de quatro por ela. Achava-a uma mulher maravilhosa. Gostosa, inteligente, divertida, com uma visão totalmente diferente de mundo e, o principal, não ficava o tempo todo tentando mudá-lo como a maioria das garotas com quem já havia se relacionado.

Sentia que podia ser ele mesmo quando estavam juntos. Na verdade, sentia que podia ser uma pessoa melhor.

Duas semanas haviam se passado quando recebi um e-mail do diretor da Fraternidade:
"Estamos convocando voluntários para as segundas-feiras. Por favor, enviem confirmação de recebimento e se têm interesse em trabalhar neste dia da semana. Atenciosamente, a diretoria"

Respondi ao e-mail com a confirmação e, horas depois, recebi a resposta com a data e horário para comparecer ao meu primeiro dia de trabalho.

Sylvia também havia recebido um e-mail semelhante, dois dias antes de mim, e já havia sido confirmada. Combinamos de nos encontrar no portão da fraternidade para colocarmos os assuntos em dia, um pouco antes de começarmos o trabalho.

No horário combinado, sete e meia da noite, nos dirigimos à sala determinada. Já havia quatro pessoas, sentadas em volta da pequena mesa redonda. Apresentamo-nos e cordialmente fizeram o mesmo.

Eram três mulheres e um homem, com seus cinquenta anos. Era baixo, cabelos grisalhos e bastante gordo. Vestia calça de pregas azul marinho e uma camisa azul clara com os botões quase escapulindo devido a sua enorme barriga. Usava óculos de grau ao estilo anos oitenta, com armação prateada bem grande e pesada. No bolso da camisa, bordado com as iniciais de seu nome, carregava uma caneta Mont Blanc dourada.

Duas das três mulheres tinham um estilo comum, baixas, cabelos castanhos curtos, pele morena mal cuidada e não usavam maquiagem alguma. Ambas vestiam-se de maneira bem recatada. Apesar de terem 38 e 42 anos, aparentavam ter cinquenta por causa de suas roupas. Usavam calça de tecido sintético escuro e blusas de jérsei sem manga: uma usava blusa preta com gola canoa e a outra, blusa fechada até o pescoço, no tom bege claro com estampa de florezinhas cor-de-rosa claro bem miúdas. Foram bastante simpáticas e nos receberam com um enorme sorriso.

A terceira mulher parecia uma adolescente. Pele clara, com um *gloss* nos lábios e delineador preto bem traçado, marcando os enormes olhos verdes escuros. Os cabelos estavam presos em um rabo de cavalo alto. Ela vestia camiseta branca justa com estampa de um rosto de menina japonesa no estilo Mangá, jeans *skinny* e tênis All Star branco. Tinha 32 anos e estava casada há dois e meio. Carregava uma enorme bolsa vermelha Marc Jacobs, um caderno e uma lapiseira. Usava este caderno para anotar tudo o que ocorria durante o tratamento dos atendidos. Não tivemos muito tempo de conversar, pois o dirigente chegou logo depois que entramos na sala.

– Vocês já se conheceram? – perguntou ele, lançando um olhar para Sylvia.

– Só um pouquinho. – respondi. – Sou Amanda e esta é Sylvia. Somos as recém-formadas da turma do Zito. Muito prazer.

– Sou o dirigente desta sala e meu nome é José Augusto. Por favor, acomodem-se onde acharem melhor.

A sala era bem apertada e só havia duas cadeiras disponíveis. Aquela era a menor das salas de atendimento da Fraternidade. Sylvia e eu nos entreolhamos achando graça. "Vamos tirar par ou ímpar para ver quem senta na cadeira da esquerda e quem senta na da direita?", pensei. Ela continuou em pé com um sorrisinho estampado no rosto e esperou que me sentasse primeiro. Ficamos uma ao lado da outra.

Não gostei da energia de nosso dirigente. Ele foi seco e não se mostrou nem um pouco acolhedor. Tinha um ar de superioridade que achei não combinar muito com a proposta do trabalho que realizaríamos.

Enquanto ele procurava algo em uma pasta cheia de papéis sobre a mesa, perguntou sobre nossos "dons". Como Sylvia era muito mais experiente do que eu nesse universo, já foi logo se explicando:
– Eu tenho vidência, mas não incorporo.
Nem sabia se tinha algum "dom" além de minha intuição. Senti-me acuada.
– Acho que sou intuitiva e com certeza não incorporo. – Senti que o lance de incorporar era bem importante e já fui logo me excluindo para não gerar expectativas. – Não sei bem se tenho alguma outra vocação porque isso tudo é muito novo pra mim. Nunca fiz nenhum curso de mediunidade. Sou como um bebê engatinhando, mas estou aqui para ajudar.
Os trabalhadores sentados à mesa acenaram afirmativamente com a cabeça, enquanto José Augusto nos olhava firmemente e nos dava um sermão sobre amor, doação, humildade e sobre ajudar ao próximo, que esta era nossa principal missão ali. Explicou que aquele grupo já estava trabalhando com aquela formação havia cerca de três anos e que sempre recebiam novatos porque não havia permanência longa de pessoas recém chegadas naquela sala.
Sylvia, sem papas na língua, já foi soltando:
– Ah! Então caímos na sala micada? – e todos riram, menos o dirigente, que expressava um sorriso sem graça. A mulher do rabo de cavalo complementou:
– É basicamente isso, tanto que sempre sobram duas cadeiras aqui e nos outros dias, esta mesma sala nem abre por falta de trabalhadores. É engraçado, porque as pessoas que começam a trabalhar aqui, ou não voltam mais, ou são transferidas para outro dia. Mas esperamos que vocês sejam exceção, hein?
Adorei a honestidade dela. Sylvia agradeceu e logo foi cortada pelo José Augusto.
– Tá ótimo, então. Acho que não esqueci nada. Só peço que na hora em que o atendido estiver aqui dentro, vocês não falem com ele. Primeiro vocês falem comigo, através destes bloquinhos de papel e canetas dentro desta cestinha. Escrevam no papel e me passem os recados, certo?

Sylvia e eu ficamos sérias e não nos sentimos nada à vontade com o tom dele. José Augusto parecia um contador de empresa familiar, daqueles bem rabugentos. Trajava camisa de tom azul pálido de mangas curtas, um crachá pendurado no pescoço e enfiado no bolso da camisa e calça de pregas marrom. Tinha 41 anos, era alto, magro, pele e cabelos claros e olhos azuis.

– Vocês entenderam tudo? Têm alguma dúvida? Vamos começar então.

Foi até a parede onde havia diversas luzes coloridas, as acendeu, e começamos o procedimento. Depois do desdobramento feito, perguntou se estavam todos bem e pediu que informássemos as instruções para o trabalho daquele dia. A mulher usando a blusa florida pegou um bloquinho, uma caneta dentro da pequena cesta sobre a mesa, escreveu rapidamente, arrancou a pequena folha e entregou ao dirigente.

Prontamente, ele leu em voz alta.

– As cores para o dia de hoje são: azul, prata, violeta, verde e verde musgo.

Logo em seguida, saiu da sala e voltou com uma folha de papel, que era a "ficha de atendimento". Esta ficha continha várias informações sobre a pessoa que atenderíamos: nome, idade, endereço, se faz tratamento médico, se toma algum medicamento, sobre religião (se possui, se é praticante ou não), se tem sono tranquilo, se sonha muito, se tem sonhos recorrentes, se possui sensibilidade mediúnica, como é a relação familiar, como se descreve e o mais importante: o motivo que o levou a procurar o atendimento.

Pedi para ele ler novamente o nome da pessoa. Fiquei em dúvida se era homem ou mulher. Era mulher, Romilda.

Romilda entrou na sala e tive uma sensação não muito boa quanto a ela. Sylvia também ficou um pouco incomodada. Sussurrou para mim:

– Ela mexe com alguma coisa que não é legal, dá pra sentir a densidade no ar assim que entrou.

O dirigente pediu que ela sentasse na cadeira encostada na parede, posicionada bem de frente a nós e pediu que contasse o motivo que a fez procurar tratamento.

– Não ando me sentindo muito bem, estou sem vontade de fazer as coisas. Sou faxineira e estou sem trabalhar tem uns dois meses. Tenho uma amiga que quero ajudar, mas não sei como. Rezo pra ela, mas ela não melhora.

José Augusto a interrompeu:

– Mas você está aqui por você ou por sua amiga? Não entendi muito bem. Como você a está ajudando se você diz que não tem energia para nada?

– Estava ajudando ela antes de começar a me sentir assim.

– Ah, bom. Agora entendi. Gostaria que você relaxasse e não pensasse em nada, porque vamos começar.

Iniciamos o processo de desdobramento da Romilda, porém, mal começamos, a mulher com o rabo de cavalo, pegou um dos livros que estava sobre a mesa e entregou para o dirigente. Ele pediu que Romilda abrisse os olhos, saísse da sala, abrisse o livro aleatoriamente e lesse um trecho na sala de espera.

Sylvia e eu nos entreolhamos novamente. Percebemos que algo estava acontecendo, mas não sabíamos o quê.

Assim que a porta se fechou, o dirigente perguntou:

– Está aí? Com quem?

O senhor barrigudo de óculos apontou para a mulher que vestia a blusa azul-marinho. José Augusto posicionou-se atrás dela e enquadrou a entidade em uma pirâmide imaginária, que servia tanto para proteger entidade como também a pessoa que tinha feito a conexão.

Reparei que a mulher estava com os olhos fechados e tinha uma expressão carrancuda. Estava com a testa franzida e a boca bem cerrada, como se forçando a não falar.

O dirigente, então, perguntou para a mulher, ou melhor, para a entidade, sentada a sua frente:

– Quem é você? O que veio fazer aqui?

A mulher não falava nada e continuava com a boca espremida e a testa franzida. Com certeza ela estava incorporada. Dava para ver no rosto transfigurado em sofrimento.

Como a mulher não respondia e não expressava nada diferente da carranca, o dirigente começou a dar os comandos de harmonização e reconstituição.

Era prática comum reconstituir as entidades, pois muitos não conseguiam falar. Os motivos eram diversos: terem morrido de forma violenta, algum órgão muito danificado. A tal harmonização e reconstituição tinha muitas utilidades: se houvesse algo que a impedisse de falar, ou mesmo, se tivesse alguma parte do corpo decepada, sem a reconstituição, a comunicação se tornava impossível.

Depois dos procedimentos realizados, a entidade conseguiu, enfim, se comunicar:

– Quero falar uma coisa. Ela está assim porque, isso que ela falou que faz para ajudar a amiga dela é que fez isso com ela. Ela frequenta um lugar em que usam coisas e pedem coisas que não são nada boas. Se ela continuar procurando por isso, ela não vai melhorar.

O dirigente agradeceu a informação e perguntou à entidade se ela gostaria de ir para um lugar de paz e que, se ela concordasse, seria encaminhada para esse lugar.

A mulher que incorporava a entidade respondeu afirmativamente e o dirigente encaminhou a entidade para o tal local.

Depois que a médium voltou a si, José Augusto harmonizou-a e perguntou se sentia-se bem. Tudo certo, ele saiu de trás da mulher e foi caminhando para a ponta da mesa, falando:

– Então, vocês viram? A dona Romilda não está falando a verdade. Ela está mexendo com coisas que não são boas. Vamos dar uma lição nela, e da próxima vez ela virá com "a bola mais baixa" para cá.

Fiquei embasbacada com o que ele havia acabado de falar, "Vamos dar uma lição nela!". Nesta mesma hora, Sylvia me deu um chute por baixo da mesa, me olhando, indignada.

Dona Romilda voltou para a sala e foi logo questionada sobre como era esse tipo de ajuda que dava para a amiga, pois havíamos recebido instruções para alertá-la sobre onde ela estava indo procurar essa ajuda.

Ela acabou desabafando. Contou que frequentava um terreiro de macumba e que a mãe de santo pedia algumas coisas para realizar "os trabalhos". Além de pedir dinheiro, sempre falava à Romilda que convidasse seus amigos para participar do ritual.

José Augusto aconselhou-a a não frequentar lugares que pediam algo em troca de ajuda. E disse para ela procurar um lugar como uma igreja, ou que pelo menos fizesse uma oração para a recuperação da amiga, mas nunca procurar locais daquele tipo.

A atendida escutou atenciosamente as instruções e o dirigente pediu que ela marcasse um retorno na sala da recepção.

Não conhecia quase nada sobre essas religiões afro-brasileiras, mas sabia que eram cheia de rituais. Até achava bonito todos de branco, muitas flores, música, pessoas cantando e dançando. Mas definitivamente não era a minha praia. Tinha até certo preconceito incutido desde a infância pela minha mãe, que tinha horror a "macumbeiros", como ela chamava todo mundo que não era cristão. Embora ela não fosse muito ligada à religião nenhuma.

Na passagem do ano, todo mundo tem o costume de se vestir de branco por causa dessas religiões africanas. Pular as sete ondas, fazer "oferendas" para o mar com um pedido de ano-novo à meia noite. Velas espalhadas pela areia da praia misturadas a flores variadas. Um ritual muito bonito e até onde eu sei, passagem do ano desse jeito só no Brasil.

Depois que encerramos os atendimentos daquele dia, Sylvia e eu nos dirigimos apressadamente para o portão da Fraternidade, para podermos falar sem que ninguém nos ouvisse. Sylvia foi a primeira:

– O que você achou de tudo?

– Não gostei. – respondi curta e grossa.

– Eu também não. Tudo muito diferente daquilo que aprendemos no curso!

– Não é?! Primeiro, não tive a menor empatia com o dirigente e, segundo, não achei nada legal aquilo que ele falou: "Vamos dar uma lição nela!". Onde já se viu? Ninguém tá ali pra dar lição em ninguém. Que prepotência! – disse, com indignação.

– Pois é! Como falei lá dentro antes de começar o trabalho, a gente caiu na sala micada! – e nos esborrachamos de rir.

– Sylvia, mas nada é por acaso. Devemos ter algo a aprender com isso. Será que somos arrogantes? Sempre ficávamos sem paciência no curso, você, às vezes, não aparecia, porque achava que as pessoas faziam perguntas idiotas. E eu sempre falava que ninguém estudava.

Ficamos um instante em silêncio e ela perguntou:
– E aí? Você vai continuar?
– Claro! Não fiquei um ano estudando pra desistir de primeira, mas não quero trabalhar com um dirigente que não fui com a cara. Não entendo nada de mediunidade, como posso pensar em deixar as coisas acontecerem comigo se não confio nele? Imagina se vou me sentir segura pra falar algo que estou sentindo? E ele disse para não falarmos nada, só escrever.
– Imagina, então, se incorporamos naquela sala? Tenho mais experiência que você, mas não gostaria que "se" acontecesse, fosse com ele como dirigente.
– E aí? O que vamos fazer? – perguntei para Sylvia esperando que ela viesse com suas soluções mirabolantes, e continuei – Sei que se eu ficar com ele, não vou conseguir me desenvolver, fiquei me segurando para não falar o que estava sentindo durante os trabalhos de hoje. Ficarei sempre travada para algum tipo de manifestação que possa acontecer comigo.

Sylvia concordou comigo. Ela entendia que, como não tinha desenvolvido meus dons, ficaria com medo se não tivesse o respaldo de alguém em que eu confiasse. Ela também decidira não ficar naquela sala e combinamos de voltar no dia seguinte para conversar com nosso professor, para ver o que ele poderia fazer por nós.

Cheguei em casa naquela noite com um sentimento de derrota. Estudei um ano para, no primeiro dia de trabalho, me decepcionar com a conduta do dirigente. O tempo todo parecendo um pavão com a cauda toda aberta e empinada. Os trabalhadores eram legais, mas não gostei da forma que o dirigente conduzia o trabalho.
Estava decepcionada.
Encostei o carro no portão de casa e o segurança saiu para me dar boa-noite. Acenei somente com a cabeça, sem responder nada. A BMW azul celeste metálica, nada discreta, do meu irmão não estava na garagem. Com certeza já deveria estar em alguma festa cheia de mulheres produzidas e siliconadas, que só acabaria pela manhã, como sempre. Meus pais provavelmente estariam assistindo à televisão no quarto deles, pois já passava das onze da noite.
Parei meu carro atrás do SUV branco da minha mãe, que mais parecia uma ambulância de tão exagerado. Aliás, como a minha mãe, que era bem perua e nada discreta.
Minha mãe vivia de salto alto, maquiadíssima, o cabelo sempre impecável, roupas e sapatos de marcas caras. Totalmente o oposto de mim, que adorava lojas de *fast fashion* e calças jeans.
Meu pai era um outro acessório da minha mãe. Era espalhafatoso, a enchia de mimos e era um *gentleman*. Sempre tive certeza que era louco por ela, até descobrir que ele tinha um caso com uma das amigas

de minha mãe. Mas, no mundo de *socialites* que eles frequentavam, isso era normal. E ele até poderia ser louco por ela, mas também era por outras.

Meus pais eram bem conhecidos nos círculos que frequentavam. Iam às melhores e mais caras festas de São Paulo, Angra dos Reis, Rio de Janeiro e onde mais fosse "bacanudo", como minha mãe gostava de chamar os lugares que eram frequentados por pouca gente, mas com muito dinheiro.

Meu pai adorava ostentar, não era nem um pouco discreto. Gostava de chegar nos lugares com seu Cadillac, ao lado da minha mãe, ela usando joias caras. Adorava essa cena toda. Tudo dele tinha que ser melhor que o dos outros. Gostava de ver como as pessoas olhavam para ele de boca aberta. Se empinava mais ainda quando conseguia atenção.

Eu morria de vergonha. Quando nossa família saía junta, principalmente aos domingos, para almoçar fora, muitas vezes mentia, dizendo que precisava passar em algum lugar antes. Assim, podia chegar no anonimato dirigindo meu carro normalzinho. Meu irmão era um típico *playboy* e também adorava tudo isso. A ovelha negra, por assim dizer, era eu. Não só por não curtir tudo isso, mas também por ser a única filha, na rodinha de amigas da minha mãe, que não tinha se casado.

Sei que existem pessoas que matariam para ter o padrão de vida que eu tinha. Não que eu desprezasse, achasse ruim, longe disso! Mas simplesmente sentia que não precisava ser tão exagerado e ostensivo. Enfim, era nessa família que eu havia nascido e, com certeza, era melhor do que ter nascido em uma família que só passava por dificuldades financeiras.

Tive várias decepções com amigos devido ao meu padrão de vida. Sofri muito descobrindo que as pessoas estavam perto de mim somente por aquilo que eu representava para a sociedade, por sair em colunas sociais e pertencer a uma família influente e muito rica. Todos que eram "importantes" conheciam minha família e eu era uma herdeira.

Me sentia exausta naquela noite. Não comi nada e subi as escadas direto para meu quarto.

Tomei um demorado banho e desmaiei na cama.

No dia seguinte ao nosso primeiro dia de trabalho na fraternidade, fomos encontrar nosso ex-professor para tentar mudar de sala.

Seis da tarde, Sylvia e eu estávamos em pé, no portão, esperando ele chegar. Não queríamos falar lá dentro. Alguém poderia ouvir a Sylvia, que dependendo do dia, ficava mais agitada do que já era, se empolgava e começava a gritar e rir muito alto. Nada discreta essa minha amiga.

Como Zito tinha uma queda por Sylvia, combinamos que era ela quem falaria e eu só ficaria de lado marcando presença.

– Então tá, você fala com ele, porque não tenho coragem de dizer que não gostei do dirigente.

– Tá bom, por mim eu não ligo. – disse Sylvia, com desdém, ao telefone.

– Mas você vai dizer o quê? Não dá para falar que achamos ele um escroto.

– Hum, já disse, pode deixar que EU falo.

– Mas Sylvia, vê lá, hein? Te conheço, o que você vai dizer?

– Na hora vejo a cara dele e falo, ué! Não tem nada demais, acontece. É como ir ao ginecologista. Se achou o médico mal encarado, você volta? Então, pode deixar que vou contar quando fui no ginecologista da minha tia, e o doutor...

– Para! Você não é louca! – e ela já se dobrava no outro lado da linha de tanto rir.
– Hahahaha! Acha que vou falar do ginecologista? Você é muito boba mesmo. Já falei. Resolvo com ele e não me enche mais com isso. Amanhã te encontro no portão seis horas em ponto e tchau!
Assim que nos viu, ou melhor, viu Sylvia, Zito abriu um enorme sorriso e atravessou a rua em nossa direção. Enquanto nos cumprimentava com um beijo no rosto e um abraço, já foi perguntando:
– E aí, como foi ontem? Gostaram?
Sylvia descreveu a personalidade inteira do José Augusto, a conduta no trabalho e terminou dizendo:
– O cara é um babaca!
Não tinha onde enfiar a minha cara, mas para nossa surpresa, Zito retrucou:
– Sabia que vocês não iriam gostar. Ele tem uma forma meio arrogante de trabalhar. Já sabia disso. – e Sylvia logo emendou:
– Mas então, por que você nos colocou logo nessa?
– Porque vocês indicaram que poderiam trabalhar às segundas e só havia essa sala disponível.
– Ah! Então, agora, não podemos mais. Nos troca de sala, você consegue? Ou tenta outro dia, se não tiver lugar, em uma terça ou quarta.
– Só posso às terças, mas a Sylvia cuida da sobrinha neste dia. Então vamos ter que nos separar, amiga.
– Por mim tudo bem, desde que não tenha que trabalhar com aquele babaca.
Zito aproveitou o comentário e já foi logo tecendo os seus:
– O José Augusto é um mala. Só é dirigente porque é parente de alguém da diretoria da fraternidade. A sala dele é a que mais tem rotatividade, ninguém para nela, é uma coisa de louco! Mas nunca reclamaram porque o cara é parente, entende?
– Não! – disse Sylvia. – Esse cara deveria ser preso! É um absurdo tratar as pessoas como ele trata! E nós? Ele já foi logo falando para não abrirmos a boca, só escrever no papelzinho e entregar para ele.

– Tá! Mas acho melhor ficarmos quietas, o Zito já entendeu. Não vai querer criar confusão. Mal chegamos e já vai arrumar encrenca?
 – Pode deixar que só falei isso porque é o Zito. Mas que ele deveria ser preso, deveria.– disse agora já sorrindo.
 Zito trocou nossos dias de trabalho. Então, eu trabalharia às terças e Sylvia às quartas. E o assunto foi resolvido ali mesmo.

A semana seguiu tranquila, embora me sentisse exausta. Na confecção, alguém sempre dava um "piti", mas em uma exceção feliz, ninguém deu escândalo porque a cor do tecido estava desbotada, ou porque a oficina atrasou um dia a entrega de alguma peça piloto. Os produtores e sua trupe não ficaram me incomodando a cada cinco minutos com algo idiota, como se eu não tivesse mais nada para fazer além de dar total atenção às necessidades sempre urgentes deles. Parecia que tudo que eles faziam era mais importante do que todos os outros mortais da face da terra. Diziam que trabalhavam demais e o tempo todo. Acho que era uma forma de valorizarem seu trabalho. Não via a hora de chegar a próxima terça-feira. Estava ansiosa para ver como seria minha nova sala. Mal pensava no desfile que estava chegando.

Ficava imaginando como seria se algum dia incorporasse uma entidade, ou um nível de consciência de algum atendido. Não fazia ideia de como era a sensação, tinha até um pouco de medo que isso acontecesse comigo. Eu? Perder o controle? Gostava de saber exatamente o que estava fazendo, onde e porquê. Perder a noção do aqui e agora, do tempo como conhecia, viajar por outras dimensões, me dava um medo...

No fundo, preferia que não acontecesse, sempre fui muito medrosa com relação a esses assuntos. Nos filmes, tudo é muito exagerado, com pessoas totalmente descontroladas. Como em "O exorcista", a menina vomitando sopa de ervilha e girando a cabeça. Lógico que isso é dramatização, que todos esses filmes fazem caricaturas, colocam veias pulsando no pescoço e cabeças torcidas. Mas não foi isso que vi lá na Fraternidade. Vi pessoas incorporadas falando calmamente, algumas até mais enérgicas, mas nada que extrapole. Tem criança pequena muito mais enérgica e espalhafatosa do que entidades. Tudo depende do nível de energia que elas têm. O que acontece é que umas estão do lado de cá e outras já estão habitando o lado de lá. Se não era pacífico quando estava nessa dimensão, por que deveria mudar da água para o vinho só por não habitar um corpo? Nada muda tanto assim. Como não existe a limitação material, essa energia, às vezes, encontra mais alimento no mundo das emanações. Absorve a raiva de quem sente raiva ou pode absorver a tristeza de quem sente tristeza. É o alimentado com o alimentador. Para quem sempre está de péssimo humor ou reclamando da vida, tudo dá sempre errado, não é? No mundo espiritual é muito mais fácil acontecer essa relação simbiótica.

Aprendi durante o curso que os bons médiuns não ficam fora de si quando ocorre a incorporação. Permitem ser o canal de comunicação dos espíritos e, se não houver nada a acrescentar no trabalho, simplesmente se distanciam e não permitem que a entidade se expresse. Filtram o que é dito, não deixam a comunicação ser verbalizada e somente usam o canal aberto para poder trabalhar a entidade que está se manifestando, oferecendo amor e esclarecimento para que encontre o caminho do perdão, equilíbrio e indicando um lugar de luz no meio do caos em que a tal entidade se encontra. Aliás, durante meu curso se falava muito que não havia necessidade de incorporação, que a comunicação também ocorria sem precisar ceder o corpo. Não fazia ideia do que eles estavam falando até o meu primeiro trabalho em sala. Teoria é uma coisa e prática é prática.

Enquanto fiz o curso, estudei muito sobre fenômenos em outras religiões e crenças. Isto sempre foi mais comum do que se imagina. Os indianos são peritos nisso. Até levitar eles conseguem. Vi fotos tiradas na década de 1940, e fotos mais atuais, com pessoas em estado meditativo, simples e puramente flutuando. Quando dava os ensinamentos, minha Lama, às vezes, parecia estar conectada com outro mundo. Dava para sentir. Acho que daria até pra dizer que era uma forma de incorporação, na verdade, uma canalização. Porque as palavras que saíam de sua boca, às vezes, pareciam vir dos anjos, ou, para os budistas, *dakinis* da sabedoria.

Notei que a incorporação, assim como a vidência, eram bem importantes naquele tipo de trabalho. As pessoas que tinham essas capacidades eram a chave para abrir as janelas da alma. Sem elas, por mais que os céticos ou os que não tinham essas capacidades mediúnicas falassem, o tratamento era mais difícil de ser efetivo. Sem essas pessoas com dons especiais, o resultado seria bem diferente, talvez demorasse mais ou, até mesmo, dependendo do caso, não teria tanto sucesso.

Como daria para trabalhar vidas passadas ou obsessores, por exemplo, se ninguém pudesse ver o que acontecia nas dimensões ocultas ao olhar comum? O trabalho de todos é importante, cada um tem sua função, mas ter médiuns durante o tratamento, faz muita diferença. E existem vários tipos de médiuns: tem o intuitivo, o que escreve mensagens, o que vê entidades desencarnadas perfeitamente, o que ouve, o que consegue visualizar cenas da vida das pessoas ou das entidades tanto das vidas passadas como desta mesma, entre outros. São vários tipos de mediunidade. Algumas pessoas têm só um dom, outras têm vários deles ao mesmo tempo. Ainda não sabia direito quais eram os meus. Sei que pude ver algumas coisas, sentir outras, mas ainda não podia dizer com certeza quais eram os meus dons.

Na sexta-feira liguei para o Daniel para confirmar nosso *happy hour*. Já estava marcado por e-mail, mas ele não me disse onde seria. Daniel sempre foi uma pessoa reservada, com um certo ar misterioso, que não ficava falando de si. Aos poucos contava algumas passagens da sua vida, era um ótimo ouvinte e sempre tinha uma boa resposta para tudo. As mulheres que frequentaram o curso tinham uma queda por ele, que parecia nem perceber como chamava a atenção. Não fazia o tipo galã de novela, mas era bem bonito. Moreno, meio árabe-turco-espanhol, cabelo sempre um pouco desarrumado de propósito, alto e em muita boa forma. Costumava usar jeans, camisa com as mangas dobradas e tênis. Acabamos ficando amigos porque sempre caímos no mesmo grupo de trabalho. No segundo semestre do curso, saímos um dia após a aula de sábado pra tomar cerveja em um bar ao lado da casinha.

Na infância, Daniel era tido como uma "criança problema". Via uma multidão, que era invisível a todos. Quando chegou perto da adolescência, a família o internou em um sanatório, pois foi diagnosticado como esquizofrênico. Ficou alguns meses em tratamento e, mesmo tomando os medicamentos, continuava a ver o "pessoal", como ele os chamava carinhosamente. Os pais o levaram a vários lugares, muitos ele não se lembra direito do que se tratava: benzedeiras, pais de santos, tratamento com ervas, com banhos de águas, acupuntura, massagens com cristais. Lá pelos doze, treze anos, resolveu se calar sobre sua mediunidade, dizendo para seus pais que, enfim, havia cessado. Quando completou 18 anos, conseguiu arrumar um emprego no escritório de contabilidade de um amigo do pai. Queria sair de casa assim que possível, não aguentava mais a convivência com seus pais, sempre muito duros e castradores. Tratavam-no como louco e ainda, contra a sua vontade, o obrigavam a frequentar a igreja evangélica do bairro, onde ele via o "pessoal", os mortos. Alguns chegavam perto dele, sabendo que estavam sendo vistos, na esperança de passarem uma mensagem para alguém "do lado de cá".

Assim que juntou algum dinheiro, foi dividir um apartamento com dois amigos. Tinha 21 anos. Saiu do escritório de contabilidade que trabalhava e arrumou um emprego de assistente de operações, em um escritório de importação e exportação. Hoje, com 32 anos, tinha o seu próprio escritório, muito bem-sucedido por sinal.

As visões iam e voltavam, dependendo da época, mas nada muito alarmante. Teve um período em que passou a ignorá-las e, assim, foram diminuindo. Sair da casa dos pais também havia ajudado muito. Mas nos últimos dois anos as visões pioraram. Acordava no meio da noite e o "pessoal" ficava pedindo para ele dar recado para a família ou alguém querido. Ajudou alguns dos espíritos perdidos e desesperados. Procurava a família e transmitia o recado, achando que assim não seria mais importunado. Mas não foi o que aconteceu. A situação foi piorando e não tinha mais sossego. Foi nessa fase que ele conheceu a Fraternidade, por intermédio de uma amiga, a Sylvia. Passou por um tratamento, parou de ver a "galera" e, por achar tão incrível o que aconteceu, acabou fazendo o curso para entender como tudo funcionava.

Geralmente era ele quem escolhia o local de nossos encontros, mas eu queria muito conhecer um lugar recém-inaugurado, onde o cardápio era composto basicamente de ceviche, um prato peruano de peixe cru curtido em limão.

Como sempre, ele chegou primeiro. Para variar eu pegava trânsito e me atrasava. Parecia que tinha um dedo podre para escolher meus caminhos. Ele estava muito bonito. Aliás, acho que nunca o vi tão bonito. Terno bem cortado, tom de cinza chumbo, camisa rosa clara e gravata preta. Era a primeira vez que via Daniel usando um terno.

Assim que me viu, se levantou e me recebeu sorrindo. Deu dois beijos no meu rosto, foi até minha cadeira e puxou para que me sentasse. Sempre um cavalheiro.

– Você tem que provar isso! É uma delícia, tenho certeza de que você vai gostar.

Daniel me estendeu um copo pequeno. Na superfície havia uma espuma branca.

– O que é isso?

– Pisco Souer. Você vai adorar.

– Hum! Eu quero. – provei imediatamente – Que delícia! Tem um gosto de caipirinha meio diferente. O que tem aí?

– Se te falar, você promete não ficar com nojo?

– Eu hein! Não vai me dizer que é uma daquelas bebidas que tem larva dentro da garrafa. Eca!

– Hahahaha! Não. É mais simples. Tem clara de ovo, por isso essa espuminha.

– Desde quando tenho nojo de ovo cru? Maionese é feita com ovo cru. Pode pedir um desses pra mim. Adorei! E pisco, o que é?

– Pisco é como se fosse a nossa pinga. É a bebida típica do Peru. Nem é peruana, é chilena, mas eles adotaram. É feita com uma uva bem doce, a Moscatel.

– Ah, detesto vinho dessa uva. É tão doce. Urgh! É um vinho para tomar com sobremesa, minha mãe adora.

– Então, dona dramática, o drinque é esse pisco, limão, clara de ovo e açúcar.

– Tipo uma caipirinha?

– É. Só que em uma outra versão.

Falamos um pouco do meu trabalho. Sobre como o pessoal da moda trabalhava sempre com urgência. Tudo tinha que ser para ontem.

– Não me conformo, Daniel. Tudo fica pronto em cima da hora. Isso para mim é falta de organização. Na publicidade também é assim. Sempre todo mundo parece estar com a corda no pescoço. Onde vamos parar?

– Esse não é só o seu mundo, Amanda. Em vários lugares as pessoas são viciadas nessa adrenalina que a pressão no trabalho proporciona. Estamos acostumados com isso, desde sempre. Desde a faculdade. Recebemos muita informação, não necessariamente proveitosas, muitas matérias para estudar de uma só vez e todas as provas marcadas no mesmo dia. É assim que somos programados.

– Mas Dan, isso não está certo. Esse sistema está falido. A corda está sempre tensa. Será que não vai acabar nunca? Isso não é vida.

Ficamos falando sobre coisas de trabalho, eu filosofando sobre o atual momento da humanidade, de como as pessoas estavam ficando obsessivas em acumular coisas materiais e esquecendo das coisas simples da vida. Até pensei em meter o pau no meu ex-namorado, mas isso não seria uma coisa para se falar para um homem, eles não gostam de ficar ouvindo esse tipo de assunto, pois sabem que quando uma mulher começa a falar do ex, não termina nunca a lista de "adjetivos" para descrever o sujeito. Por outro lado, Daniel ficou reclamando que as mulheres andavam muito agressivas na abordagem e ele não achava isso muito feminino nem interessante. Parecia que estavam se comportando como predadoras em busca da caça, onde ele era o caçado em vez de caçar como estava acostumado a fazer, ou foi ensinado. Dizia que ele e os amigos estavam ficando acuados com a forma como a maioria delas se comportava. Eu bem sabia, pois quando ia em algum mais animado, cheio de gente solteira, eu ouvia cada coisa no banheiro feminino que às vezes poderia pensar que estava dentro de um vestiário de um presídio.

Daniel era uma ótima companhia. Sempre me ensinava alguma coisa nova quando nos encontrávamos. Expandia meus horizontes.

Foi naquela noite que ouvi, pela primeira vez, sobre as pessoas "índigo". Ele me explicou o início de um novo movimento na Terra para justamente ajudar a quebrar esses padrões que não estavam beneficiando o ser humano em sua evolução espiritual. Não tinha nada a ver com religiões e, sim, com pessoas de coração puro, meio anarquistas e inconformadas com o sistema. Poderiam ter inclusive inteligência acima da média, ou serem ótimos artistas, mas não necessariamente ter projeção com isso. Estavam nascendo para mudar a estrutura

energética do planeta. Uma nova geração que traria mudança. Eu nem sabia que isso existia.
— Amanda? Você tá me ouvindo? — perguntou percebendo meu distanciamento.
— Ah? Lógico que sim. Estou um pouco atordoada com essa nova perspectiva. Uma geração de pessoas que está nascendo para mudar o mundo.
— Dá pra ver. Você parece que nem está aqui. Mas é só isso mesmo?
— É sim. Quer dizer, mais ou menos... É que estava pensando também na próxima terça-feira. Me sinto um pouco insegura.
— Você vai tirar de letra! Nem sabe o que está escondido aí dentro.
— e deu uma risadinha.
— E por acaso você sabe? — perguntei com ar sério.
— Você vai ver, "indiguinha".
— O que você quer dizer com isso?
— Você é uma dos índigos, Amanda. Assim como eu.

Ser índigo era praticamente ter nascido com um algo a mais, como eu gostava de falar. Estava na moda toda mãe falar que o seu filho pequeno era uma criança índigo. Todos queriam que seus filhos fossem especiais, mas ninguém queria o pacote que vinha junto. Alguns são hiperativos, outros apresentam déficit de atenção, outros ainda problema de relacionamento, fechados em seus mundos e extremamente rebeldes, alguns pacíficos demais. Filhos que ficam o tempo todo importunando porque querem resposta para tudo. Sempre muito bem explicado e que faça sentido.

Tem os que demoram a falar quando pequeninos, levando os pais ao pânico. A maioria não vai tão bem na escola, pois o modelo de ensino é imposto, meio quartel general. Um modelo incompatível com os índigos. Quando ele começou a me falar sobre isso, me identifiquei na hora. Sempre me achei um peixe fora d'água, que não pensava como todo mundo pensava, não me conformava com respostas vazias e preguiçosas. Sempre tive notas baixas, mas quando precisava de alguma nota mais alta, me concentrava no que os adultos queriam e acabava me dando bem, para surpresa dos meus pais e professores. Mas sempre odiei a escola. Para mim, deveria ser chamada de exército para crianças. Fábrica de mentes limitadas e que seguem o sistema que algum idiota criou em um dia de muito mal humor. Para que serve aprender álgebra? Nem sei direito para que serve isso no meu dia a dia até hoje!

Daniel me disse que esse tipo de gente, os índigos, segundo a sua visão, possuem uma estrutura cerebral diferente. Isso quer dizer que elas vão além do plano intelectual, racional. Tem uma intuição muito maior do que a maioria. Enxergam algo a mais, não somente com os olhos físicos e não se adaptam ao padrão educacional comum. Estão sempre procurando novas formas de raciocínio e precisam muito estar em contato com as artes, como a música, pintura. Criando algo, nem que seja numa tela de computador ou fotografando.

Já havia notado que as crianças de hoje não gostam de seguir padrões e regras impostas sem nenhuma explicação. Estão mais rebeldes e acho que por isso acabam frequentando consultórios médicos e tomando remedinhos para ficarem mais calmas e menos ansiosas. Assim não incomodam os ocupados pais com suas perguntas complicadas para a idade ou com a vontade louca de brincar ao ar livre.

Segundo os livros que o Daniel me deu pra ler, esta é uma geração que veio para transformar a humanidade, tirá-la da vibração energética que está, desse foco no material, consumista e sem responsabilidade, e conduzi-la à um padrão mais elevado, mais espiritual, com responsabilidade socioambiental, com mais amor e compaixão.

Hoje, há várias crianças índigo nascendo aos montes, comparando com a década de 1970, quando elas começaram a nascer em maior volume. Não que antes de nosso século não existissem, mas era uma aqui outra acolá. Muitas destas crianças e adultos reconhecem-se, é como uma empatia imediata e sentem-se muito à vontade quando estão juntos. Existe uma vibração diferenciada, algo no olhar, nas atitudes, vibram com altruísmo, até mesmo com um "Q" de anarquismo. Estão sempre querendo ser solícitas e ajudar os outros. E uma coisa muito latente é que percebem a mentira, assim como os animais percebem o medo.

Adorava ficar conversando com Daniel. Ele tinha bastante conhecimento sobre esses assuntos que eu nunca nem ouvira falar. Emprestava-me livros, indicava sites na internet para eu buscar informações.

Dizia que já estava mais do que na hora de começar a ver uns documentários com assuntos menos comuns, que isso iria abrir minha mente para territórios inimagináveis e que seria mais fácil para meu processo agora que eu havia decidido trabalhar com cura espiritual.

– Estude sempre, nunca pare! Senão nos prendemos às coisas achando que elas são imutáveis. Nada é sempre igual. De imutável mesmo só o amor, Amanda. – falou Daniel antes de dar um gole no copinho de pisco sauer.

– Nossa! É muita informação. Não sabia que gente como nós tem um nome. Então, todo mundo que tem um dom especial é um índigo?

– Basicamente, sim. Mas os de coração puro são chamados de Cristal. Esses têm o amor e a doação como pilar e muita compaixão. Só nascer com um dom não significa que o cara é responsável. Pode-se nascer índigo e virar um "Cristal", que é a mesma energia de Jesus Cristo, de Buda, de amor e compaixão. O cristal vem da palavra Cristo, de pureza de caráter.

– Então, pode-se nascer assim, mas não servir para nada produtivo realmente? Sei lá, virar só uma pessoa que lê mão, tira Tarô, mas não está lá muito preocupada com o resultado e só com o dinheiro que recebeu por isso.... Ou simplesmente "matam" o seu dom?

– Pode. Dependendo do que a pessoa sofreu e não conseguiu superar, ela pode se perder no meio do caminho. Algo que esse nosso sistema de vida faz, vai pisando tanto, engessando tanto, produz pais egoístas que acabam com a personalidade dos seus filhos por causa de controle. A essência fica lá, mas tão escondida que acaba não sendo muito fácil de ser resgatada sem ajuda.

Deu uma certa tristeza pensar nisso. O ser humano poderia ser muito cruel. Sabia de vários pais que abafavam totalmente os filhos, mentiam para eles, estragavam com suas verdades de pessoas sofridas. Impunham religião, profissões. O meu foi um deles, queria que seguíssemos tudo que ele falava, vivia julgando as pessoas, dizendo que ninguém prestava. Só não teve sucesso porque minha mãe tinha uma personalidade muito forte e não permitiu. Sempre fez de tudo para que eu e meu irmão fizéssemos o que bem entendêssemos, logicamente dentro dos limites de responsabilidades.

Enquanto Daniel falava, fiquei imaginando como deveria ter sido a vida dele por causa de seus dons. Sempre tendo que esconder das pessoas. Eu morria de vontade de perguntar sobre uma história que a Sylvia me contou, mas não tinha coragem porque ele poderia pensar que nós ficávamos fofocando sobre ele pelas costas.

Ele nem imaginava que eu sabia da história do tiro...

Sylvia era minha amigona e, claro, não deixaria de me contar essa história que aconteceu com eles. Essas coisas não ficam no anonimato, alguém ter sua vida salva por um cara charmoso e bonitão não acontece todo dia.

Sylvia falava que o Daniel era "superpoderoso". Contou-me que certa vez estavam na Avenida Ibirapuera, saindo de uma loja, quando ele a puxou para trás de uma pilastra e, olhando firmemente em seus olhos, pediu que ela não se mexesse. Ficaram imóveis por alguns segundos e, de repente, ouviu um estalo muito forte. Na hora não identificou o que era, mas assim que ouviu algumas pessoas gritando e correndo, pode entender que aquilo havia sido um tiro.

Ficou embasbacada e, ao mesmo tempo aliviada por nada ter acontecido com eles. Enquanto ele a acompanhava até o carro no estacionamento ao lado, Sylvia não parava de tagarelar, com sua voz em tons agudos devido ao nervosismo, querendo saber como ele havia feito aquilo. Daniel fingiu que nada aconteceu e ignorou completamente suas perguntas eufóricas:

– Daniel, como você fez isso? Como? Fala! Que incrível!

Ele não disse uma única palavra sobre o ocorrido. Agradeceu por ela ter ido ajudá-lo a comprar um carpete para seu apartamento e despediu-se como se nada houvesse acontecido.

Foi praticamente a primeira vez que eles se viram. Ela trabalhava no escritório do arquiteto que estava decorando o apartamento que ele havia acabado de comprar. Era a pessoa incumbida de acompanhá-lo nas compras. Depois de vários encontros de trabalho, acabaram ficando amigos e foi por meio dela que ele conheceu a Fraternidade.

Daniel tinha muito conhecimento sobre assuntos "ocultos", *new age*, da era de aquário, ou seja lá qual nome que se dá para tudo isso. Foi ele quem me mostrou, em um de nossos encontros éticos depois das aulas aos sábados, uma foto dos Círculos Ingleses. Algo surpreendente. Figuras desenhadas em grandes plantações, onde as plantas são dobradas inexplicavelmente, e somente se olhando do céu que se veem figuras. Antes eram só circulares, depois elas foram ficando mais elaboradas. A primeira que vi quando comecei a pesquisar sobre o assunto na internet, foi um desenho de uma aranha. Essas figuras aparecem em maior quantidade na Inglaterra. Já apareceram em outras partes do mundo também, mas por alguma razão, elas se concentram naquela região.

É por ali que fica também aquele círculo de pedras, Stonehenge, que até hoje ninguém sabe ao certo para que servia. Uns dizem que era um observatório astronômico, outros que era um local de adoração, de ritual religioso. Carina ficou maluca quando passei o link do YouTube mostrando as filmagens aéreas dessas imagens, que eu chamava de "estampas bioitinerantes terrestres". Dei esse nome depois de descobrir que nos últimos anos elas tinham motivos diferentes a cada período.

Nestes círculos, ou em sua proximidade, nunca foram encontrados quaisquer traços, ou pistas, que indicassem como foram feitos ou por quem. Não há pegadas de pessoas ou marcas de pneus de veículos, nem sinal de que as plantas em seu interior tenham sido dobradas por alguém. Simplesmente, essas formas, os círculos ingleses que não são mais só círculos, surgem do nada.

Carina me mandou outro link, uma hora depois que enviei o meu para ela, de uma filmagem onde apareciam bolas iluminadas flutuando sobre uma plantação. Enquanto essas bolas, que pareciam com lâmpadas acesas, flutuavam sobre o campo, abaixo de onde elas passavam, desenhos iam surgindo. Esse vídeo foi feito por uma das centenas de pessoas que fazem plantão naquela região, loucas para testemunharem algum fenômeno inexplicável. Tudo bem que esses vídeos amadores podem ser armação, mas é inegável que o fenômeno ainda é um mistério.

Só a Carina mesmo pra achar essa filmagem. Estava fissurada por Óvnis, ETs, Triângulo das Bermudas, Machu Picchu e as linhas de Nazca.

Depois de minhas pesquisa e a da Carina, Daniel me emprestou um documentário mais sério do que os dados que tínhamos achado sobre o assunto na internet. Era um documentário com cientistas e estudiosos sérios dando sua explicação. Eles também tentavam recriar a forma como os talos eram dobrados para criar as formas. Na verdade eles não eram quebrados, eram dobrados a exatos noventa graus. Eles chegaram à conclusão que a planta teve suas moléculas modificadas no local da dobra. Verificaram também que a radiação no local sofria alteração logo após os desenhos surgirem, e que o solo adquire uma quantidade anormal de hidrogênio após cada formação. O único modo desta quantidade de hidrogênio aparecer assim seria se o solo recebesse uma carga elétrica extremamente forte.

Os desenhos apareciam sempre à noite, entre duas e quatro da madrugada e, em um ponto os estudiosos concordavam – não são produzidos pela inteligência humana.

Daniel percebeu que eu estava com os pensamentos longe.

– Amanda. Dá pra você voltar? Oi!

– Desculpa. Nossa é que você me fala tanta coisa que às vezes eu me perco.

Disfarcei.

– Bom, acho que está na hora de pedir algo para comer antes que fiquemos bêbados.

Terminamos nossa noite com ele me dizendo para eu não me preocupar tanto, parar de querer controlar as coisas e que eu não tinha mais como fugir. A Fraternidade era só o começo.

Cheguei à fraternidade, terça-feira, no horário marcado, e me dirigi à sala que fui designada. A porta estava aberta. Entrei e os trabalhadores já estavam sentados em volta da mesa. O dirigente como sempre, em pé perto da porta.

– Boa noite! Sou Amanda e me mandaram para trabalhar nesta sala.

O dirigente me cumprimentou sorrindo, com um aperto de mão firme e muito acolhedor:

– Seja bem-vinda Amanda! Sou Homero, o dirigente desta sala. Acho que você deve conhecer a Nina, ela também acabou de fazer o curso.

A reconheci imediatamente. Sentei-me na frente dela e puxei papo com as pessoas da sala. Todos muito simpáticos, com sorriso no rosto e bem-humorados. Já fui logo falando que era iniciante, mas que estava lá para aprender e ajudar. Ninguém torceu o nariz por eu ser leiga e logo um homem jovem, na casa dos trinta anos, chamado Armandinho, tranquilizou-me:

– Não se preocupe com rótulos, se você está aqui é porque deveria estar. Eu mesmo, até hoje, não sei muita coisa! – e todos começaram a rir. Adorei o clima logo de cara.

Nina me contou que já trabalhava com seu dom, que era de incorporação e canalização, antes de fazer o curso e, como queria dar um tempo, tirou um ano sabático e aproveitou para se atualizar e aprender sobre a nova técnica de cura espiritual-energética.

Havia cinco pessoas compondo o grupo daquela sala: uma moça muito simpática e bem vestida, que estava sentada ao meu lado, Manuela, uns trinta anos, pele bem clara, olhos castanhos e cabelos negros na altura dos ombros; o rapaz simpático, Armandinho, que era o assistente do dirigente, super bem-humorado, magro, estatura mediana, cabelos e olhos castanhos, nariz fino e rosto harmonioso e bem angelical; minha companheira de curso, a Nina, sempre jovial, tanto no vestir como em suas atitudes otimistas; o senhor Homero, nosso dirigente, que lembrava muito o tipo físico do meu pai, olhos negros, cabelos pretos e ralos, barrigudo, óculos e de boa conversa; e uma senhora na ponta da mesa, dona Madalena, de poucos sorrisos, pelo menos comigo, sessenta e poucos anos, grandona, tipo italiana, olhos escuros e fortes, cabelos presos em um coque baixo. Usava um guarda-pó branco, algumas pessoas na Fraternidade usavam esse jaleco que era mais para guarda-pó de professora do primário ou merendeira de escola pública, do que de médico. Eu achava ridículo, já que ninguém era médico, professor, enfermeiro e não era um uniforme que todos usavam. Tem gosto para tudo. Eu seria a sexta integrante da sala.

Seu Homero olhou para o relógio na parede e informou que já estava na hora de começar. Leu o papel que descrevia todo o procedimento para nosso desdobramento, fizemos a oração do Pai Nosso e fomos "desdobrados".

Dona Madalena já havia entregado um papelzinho para seu Homero e ele agradeceu à espiritualidade. Assim que ele colocou a mão na maçaneta da porta para buscar a ficha do primeiro atendimento, Manuela o chamou:

– Seu Homero, espera! A Nina... espera...

Nina parecia estar em transe. Pude perceber que isso não era uma coisa muito comum de acontecer antes da leitura da ficha, pois a expressão de todos estava apreensiva. O normal seria primeiro estabelecer um contato, ter alguma informação sobre a pessoa que seria atendida. Mas algumas vezes, apenas com a leitura da ficha da pessoa poderia acontecer do tratamento começar sem ao menos precisar que a pessoa estivesse presente fisicamente. Mas este não era o caso. Não havia nenhuma informação a respeito de ninguém, não sabíamos nada sobre nosso primeiro atendimento.

Estávamos todos quietos. Eu estava muito apreensiva, pois não tinha ideia do que estava acontecendo. Pairava um ar de suspensão temporária do tempo. Alguns segundos pareciam alguns minutos, então, finalmente, Nina falou:

– Me ajudem! Me ajudem! – Nina tinha a expressão muito aflita e parecia que começaria a chorar.

– Tem tanta gente aqui! Ninguém sabe o que aconteceu...

Manuela começou a reclamar que estava sentindo uma ardência muito forte nas pernas.

– Por favor, ajudem! – continuava a entidade.

Nina saiu do transe mas mantinha os olhos fechados e, apesar de ainda estar conectada com a entidade, nos informou que tinha visto uma turbina de avião, e achava que poderia se tratar do acidente de avião ocorrido na madrugada da última segunda-feira.

Esse acidente foi um verdadeiro desastre. Passava sem parar em todos os canais. O avião que saiu do Rio de Janeiro e seguia para Paris, caiu no mar, perto da Ilha de Fernando de Noronha, no estado do Recife. Diziam ser a maior tragédia da aviação no Brasil e uma das maiores do mundo. Duzentas e vinte e oito pessoas estavam a bordo e ninguém sabia dizer o que havia causado o acidente.

– É uma mulher, ela está muito aflita.

Assim que terminou a frase, deu um pulo na cadeira e murmurou:

– Gente! Tem muita gente aqui! Estão todos sem saber o que fazer.

Percebi que ficaram todos estarrecidos e ninguém falava nada. Eu então nem piscava. Seu Homero finalmente cortou o silêncio:

– Pessoal, vocês têm que me falar se temos alguma instrução. O que a gente faz? Preciso que vocês me falem o que está acontecendo.

Vi a aflição de seu Homero, esperando alguém mais dizer alguma coisa. Aquelas pessoas tinham que ser ajudadas, todas elas precisavam ser socorridas. Não foi por acaso que aquela mulher foi até nós em busca de auxílio, devia estar um caos lá de onde veio. Foi totalmente inesperado, mas alguém daquela outra dimensão encontrou um caminho para pedir ajuda. Nós precisávamos socorrer todos aqueles que estavam perdidos, sem um norte. Acho que por se tratar de uma catástrofe, quando se desencarna, parece demorar pra cair a ficha de que não se está mais no mundo dos vivos. É como se não tivessem tido tempo de se acostumar com a ideia. Deve ser um choque. Se já é um choque para quem está vivo e perdeu um ente querido de repente, imagina para quem desencarnou de supetão.

Como o silêncio permaneceu, decidi fechar meus olhos para ver se sentia ou ouvia alguma coisa que pudesse ajudar, mesmo sem ter a mínima noção de como faria isso. E foi aí que aconteceu.

Vi muita gente, como se estivessem em uma arena grega, só que completamente escura. O breu era quase palpável de tão espesso. Ninguém enxergava ninguém, andavam todos bem devagarinho com passinhos bem pequenos, sem saber que direção tomar. Pareciam todos cegos. Descrevi a cena que estava vendo e seu Homero anunciou:

— Vamos pedir para que o pessoal do Hospital Espiritual vá ao socorro deles.

Esse hospital do plano astral era onde se localizava a equipe que trabalhava com as pessoas da Fraternidade. Tinha gente que via o lugar perfeitamente, sabia os nomes dos espíritos que davam assistência nos trabalhos, recebiam instruções deles durante o atendimento. Sei que acontecia e funcionava verdadeiramente porque muita gente obtinha a cura de seus problemas.

Nessa hora, os vi chegando, voando, como o super-homem, mas parecidos com fantasmas voadores como nos desenhos infantis, energias muito claras, vindo de todas as direções. Tudo acontecendo muito rápido e por onde passavam iam recolhendo algumas pessoas.

— E aí? Foram socorridos? – quis saber seu Homero.

Dona Madalena respondeu que sim. Mas eu ainda via algumas pessoas, como se elas tivessem sido esquecidas. Mas não foram esquecidas de fato, elas não foram vistas pelos socorristas, então falei:

— Não! Espera! – e meus olhos vertiam lágrimas – Ainda tem gente lá! Eles não viram os nossos, e os nossos não conseguiram vê-los. Ainda tem gente lá!

Nessa hora, Nina também disse ainda ver algumas pessoas que permaneciam perambulando no mesmo lugar.

O silêncio tomou conta da sala novamente. O tempo parou mais uma vez por alguns segundos, até ser cortado pela voz de Armandinho:
– Mas e agora? O procedimento foi feito?
Nesse momento, sentia uma forte pressão no meio de meu peito, um aperto no coração, mas não era uma energia ruim, era uma cortante felicidade. Era uma sensação de compaixão absurda. Chegava até a ficar sem ar tamanha intensidade.
Enquanto as lágrimas rolavam pelo meu rosto e eu aguentava aquela pressão no peito, falei:
– Uma luz enorme! Vamos visualizar uma luz, mais brilhante do que uma explosão, no meio deles, assim eles vão enxergar! Eles poderão ver quem está chegando. Já tem gente chegando para socorrê-los. Eles precisam da luz para poder enxergar os nossos.
Já estava vendo uma enorme claridade no local onde aquelas pessoas estavam. Seres de túnicas compridas brancas rodeavam aqueles ainda perdidos na densa escuridão, agora cortada pela intensa luminosidade. Um círculo foi formado por esses seres em volta das pessoas ainda vagando, os seres de túnica branca volitavam em movimentos circulares em volta de todos eles, indo cada vez mais rápido, até que todos se dissolveram e desapareceram.
Abri meus olhos completamente estarrecida.
– E aí Nina, todos se foram? – perguntou seu Homero.
Ela acenou com a cabeça afirmativamente e abriu os olhos. Nina parecia esgotada.
Naquela noite ainda foram feitos os tratamentos rotineiros, nossa sala atendeu quatro pessoas no total. Fiquei mais como observadora, dando apoio energético, mas podia sentir pessoas em pé ao meu lado todo o tempo. Não me liguei a nada, pois não ia ficar falando a cada cinco minutos "Olha, eu estou sentindo uma presença". Nem sabia direito o que era e, às vezes, até sentia uma dormência no meu braço esquerdo. Não sabia identificar exatamente o que sentia e, também, estava insegura para falar alguma coisa.
Como todos os atendidos daquela noite eram retorno, o que mais ouvia era como eles se sentiam melhores desde a primeira vez que chegaram lá, de não ter como descrever a mudança, etc. Até uma pessoa

que estava brigada com o pai há anos, dizia que o relacionamento havia mudado completamente, de comunicação meio grunhida, para longos bate papos no sofá da sala.

 Aquela noite mudou toda a minha forma de pensar o mundo invisível. Para mim, ele havia deixado de ser tão invisível.

Assim que entrei no carro, vasculhei minha bolsa desesperadamente procurando pelo meu celular. Precisava contar para Sylvia o que havia acontecido. O maldito parecia se esconder de mim. Cheguei ao ponto de virar minha bolsa de cabeça para baixo, derrubando tudo no chão do carro, tanto era minha ansiedade.

Assim que ela atendeu já fui disparando, sem nem dizer "boa noite, oi, e aí, tudo bem com você".

– Sylvia! Você não sabe! Aconteceu uma coisa muito louca! Eu vi! Visitei outra dimensão! Tô passada!

Ela ficou superfeliz:

– Sabia que você não ia demorar muito. Falei que você tinha os dons mas era medrosa. Agora você acredita em mim?

– Mas eu não tinha ideia de como era. Quando você falava em abrir portais, ver as coisas como se elas fossem reais, não podia imaginar que era tão real, ou sei lá, surreal! Tudo pode acontecer mesmo, é só mentalizarmos, usarmos a nossa vontade, que conseguimos interferir em outros mundos. O mais legal é que eu não tinha noção do que fazer, mas parecia que estava sendo conduzida e falava o que precisava ser feito, até de como era pra fazer. Estava sendo completamente inspirada! Nada era minha ideia, sei que não era minha, afinal, como poderia saber? Sou uma mané total no assunto. Mas, às vezes, parecia que era minha, ou acho que era minha, não sei. Mas não sabia que poderia ter esse potencial, quem sabe ele só estava adormecido dentro de mim, porque eu tinha certeza do que e como fazer. – Falava feito um papagaio e não deixava ela falar – Sabe, até sentia a presença de uma energia feminina, tão amorosa, era ela que ia me conduzindo, acho que me protegendo e vendo onde eu ia, e se eu me sentisse em apuros, ela estava lá. Não via ninguém comigo, só sentia a presença. É muito louco! Mas parecia que eu sabia quem era. E ela era uma velha conhecida minha.

Enfim, parei para respirar e deixei Sylvia falar.

– É a sua mentora, sua guia ou seu anjo da guarda, como a maioria das pessoas chamam. Todo mundo tem um. Acho que o seu então é mulher, ou pelo menos com energia mais feminina. Estão sempre de olho em nós, é aquela vozinha que você ouve lá no fundo, nos momentos que mais precisa. Era essa tal voz que você conseguiu ouvir, só que em alto e bom tom, te conduzindo. Você se comprometeu em um propósito de ajudar os outros, isso já foi estabelecido antes de você nascer, ou talvez sempre foi assim, sempre foi sua missão, ou vocação. Então como ela sempre está ao seu lado, ou sempre esteve, tanto faz, ela estava te auxiliando no socorro daquelas almas que estavam ainda perdidas. A tal "voz da consciência" como alguns gostam de chamar. "Eles" sempre sabem o que é certo, tem um telefone ligado o tempo todo com "o cara lá de cima", entendeu? – Em um fôlego só, continuou – É deles que vêm as inspirações ou intuições. Está tudo lá, pronto para ser ouvido, é só acessar. Por isso fazemos o desdobramento. É como se você deixasse momentaneamente o seu ego ou o seu momento material e, assim, pode "escutar" mais facilmente. Tem gente que nem precisa do desdobramento, já faz isso de bate e pronto. Se desdobrar é o que fazemos todas as noites enquanto dormimos. Só que não nos lembramos aonde fomos, o que fizemos. Existem os sonhos típicos, aqueles cerebrais, que a mente usa para descansar, os psicodélicos, sem pé nem cabeça. Mas existem aqueles que a alma se liberta, sai por aí sem a noção de tempo e espaço, pode ir a todos os lugares, até outros planetas inclusive, visitar o passado esquecido, o futuro. De onde você acha que vem aquelas previsões de que muitos conseguem acertar? Lembra o Nostradamus? Esse cara era irado, podia ver o futuro, fazia previsões intuídas e também era um astrólogo maravilhoso. A maioria das pessoas não lembra quando está viajando por aí durante o sono, algumas só lembram, às vezes, que sonharam estar voando, flutuando.

– É mesmo! – disse afirmativamente enquanto vinha em minha memória uma experiência que tive. – Acabei de me lembrar de um sonho. Lembro de estar no último andar de um prédio, era um lugar futurista. Tinha certeza até que era no futuro. Fui para esse lugar algumas vezes, sonhando, em diversas ocasiões. Lá tinham sempre umas pessoas que me recebiam e me davam boas-vindas como se já me conhecessem. Nós fazíamos parte de um grupo que cuidava de pessoas que ainda iriam morrer.

De repente, tudo passou a ficar muito claro em minha mente. Comecei a lembrar de outros sonhos:

– Antes de me ver saindo do meu corpo, falava para mim mesma, "Nossa, estou indo ajudar alguém". Enquanto seguia para o lugar, que parecia um destino já conhecido, voava bem baixinho, porque dizia para mim mesma que não queria voar alto. Fui percorrendo alguns corredores vazios com uma iluminação fraca em um tom de azul claro, como no desenho do Gasparzinho. De repente, me vi flutuando sobre um homem magro, meio molambento, com barba por fazer, que estava deitado em uma maca. Haviam pessoas em pé em volta dele, vestindo roupas azuis, tipo aquelas de sala de cirurgia de hospital. Estavam todos de mãos dadas e emanavam energia de cura para o homem da maca.

– Caramba! – exclamou Sylvia, que ouvia minha história sem interromper.

– Logo depois de chegar flutuando, caí sobre o sujeito, mas nessa queda atravessei o corpo e entrei nele! Então, acordei com o telefone tocando.

– Nossa! Você nunca me contou esse sonho.

– Calma. Ainda tem mais. – e continuei. – Esse sonho mexeu muito comigo, não só no dia, mas depois que aconteceu. O tal cara da maca, vi duas semanas depois, em um acidente de carro.

– Sério?

– E eu estava envolvida nesse acidente.

– Caramba! Está ficando sinistro.

– Estava sentada no banco de trás do carro que atropelou o sujeito.

– Mentira! Só falta você falar que ele morreu!

– Calma. Já estou terminando. Praticamente presenciei o último suspiro dele. Foi tudo tão rápido! Tinha um casal no banco da frente, um amigo e eu no banco de trás. Só ouvi um barulho, da porrada e o corpo dele batendo no vidro do carro. Olhei pra trás e estava o pobre coitado estirado no chão perto do meio-fio.
– Meu Deus! Amanda, que horror!
– Como nessas horas a noção de tempo fica em suspensão, ninguém percebeu tão rápido quanto eu. Aí comecei a gritar dentro do carro para parar.
– Não acredito que ninguém percebeu. Como pode?
– Não. Eu gritava: "para o carro, para o carro! Nós atropelamos uma pessoa"!
– Meu amigo deu a ré e parou perto do corpo estirado no chão. Praticamente pulei para fora do carro e, quando vi o rosto do homem, percebi que era o mesmo do meu sonho de semanas antes.
– Como você não me contou isso antes?
– Para você ver como fiquei passada. O negócio foi tão sério, que todas as noites durante um bom tempo, rezava para que nunca mais visse essas coisas. Acho que fiquei tanto tempo sem contar essa história, que acabei esquecendo. Fiquei morrendo de medo de acontecer de novo.
– Também! Você viu o cara no seu sonho e depois conhece ele dessa maneira? Espero que você nunca tenha sonhado comigo. – e rimos debochadamente.

Desliguei o telefone com uma sensação engraçada. Sentia-me leve, feliz. Liguei o carro e segui direto para casa.

Meus pais estavam na sala assistindo a um filme, dei um tchau de longe e subi as escadas torcendo para ninguém perguntar onde eu estava. Não queria cortar aquela sensação boa que estava em mim, um sentimento de missão cumprida. De que, enfim, encontrara meu propósito.

Há muito tempo eu procurava por um lugar onde pudesse extravasar minha energia. Tinha em excesso e me causava alguns transtornos. Se ficasse muito irritada ou impaciente, qualquer computador que eu estivesse usando travava, parava de funcionar ou pifava de vez. Perdi as contas das inúmeras vezes em que tive que mandar meu computador para o técnico. Quando chegava lá, ele estava funcionando normalmente, mas isso na melhor das hipóteses, porque já perdi tudo várias vezes.

Estava feliz porque poderia ajudar de verdade as pessoas. Não somente fazer doações em dinheiro ou de objetos, onde não se vê o rosto das pessoas que se está ajudando.

Lá eu olhava nos olhos daqueles que pediam socorro. Tinha contato com o sofrimento real e podia exercitar a verdadeira compaixão, aprender com pessoas de carne e osso. Podia enxergar a todos como seres que compartilham da mesma missão: passar pelas angústias e dores, sem me deixar abater e sem que ela tenha um peso muito grande. Todo mundo sofre, uns mais, outros menos. E uma coisa é unânime, todos precisam de apoio nos momentos difíceis.

Por incrível que pareça, tem muitas pessoas sem amigo. Algumas até tem amigo, mas não querem se expor, aí o fardo fica mais pesado. Lá, pessoas que nunca vi na vida, se abriam, choravam, contavam segredos que eram pela primeira vez revelados. Acabava até sendo uma terapia. Para nós também. Querendo ou não, sempre temos algo em comum com a dificuldade do próximo, e não vemos porque estamos ocupados demais tentando não pensar no que nos machuca, olhando para o próximo, nós podemos enxergar as nossas próprias mazelas. Estamos sempre fugindo desse confronto, que é um enorme desafio na verdade. Aquilo que fazíamos, de trabalhar com as energias, a ajuda de espíritos, entidades, poder acessar outras dimensões, aquele sobrenatural era muito real. Manipular as energias sutis, que para a maioria nem existe, era muito legal, mas o que importava de verdade, era que podíamos fazer a diferença na vida de alguém.

Sentia-me feliz.

Logo no final da manhã, meu telefone tocou trazendo uma triste notícia. Minha amiga do trabalho que não havia aparecido até aquela hora, Lorena, estava internada no hospital. Lorena estava bem, mas em observação. Uma fatalidade, previsível no caso dela, acontecer, era só questão de tempo. Havia tido uma *overdose*. Tinha se entupido de *ecstasy*, a "droga das baladas", das raves, com cocaína. Já vinha abusando das drogas fazia um tempo. Misturava tudo o que lhe ofereciam. Por sorte teve um breve momento de lucidez e, no auge do desespero, ligou para sua terapeuta dizendo que ia se jogar da varanda de seu apartamento.

Havia passado a noite em umas dessas festas de música eletrônica, com DJs internacionais, ingresso caro e abarrotada de adolescentes e pós-adolescentes saltitantes, turbinados por drogas químicas.

Antes das tais festas, acontecia a maior preparação de abastecimento de drogas. Jovens recém-chegados à maioridade e adultos que queriam continuar na adolescência, encomendavam a droga para a festa com antecedência. Quando não conseguiam por meio dos amigos que sempre conheciam alguém, que conhece alguém que vende, eles compravam na própria festa. Os *dealers*, nome chique para os vulgos traficantes, não são daquele tipo que a gente está acostumado a ver nos noticiários. São traficantes de classe média, muitos de classe média alta, motorizados, bem vestidos, fazem faculdade e moram com os pais. Cada comprimido custa o mesmo que um bom livro, portanto, não são nada baratos.

Quando você é iniciante nesses comprimidos, começa ingerindo uma metade, então, acaba dividindo com alguém. Mas quando já está em um estágio de bastante tolerância à droga, acaba tomando mais. Conheci gente que tomava três dessas pílulas por balada. No dia seguinte ficava deprimido, a famosa rebordose. Era de dar pena. Uma realidade mais comum do que se imagina.

Minha amiga sempre gostou de drogas, mas nunca chegou a atrapalhar sua vida. Era uma diversão esporádica, algo de fase. Mas, de uns tempos para cá, estava exagerando e já estava refletindo no trabalho. Faltava muito. Quando não faltava, estava de ressaca ou rebordose. Às vezes, suava mais do que o normal, uma forma do corpo colocar para fora o que estava em excesso. Mudou de amigos e sua turma passou a ser de pessoas que também usavam drogas. Quando saíam para as baladas, passavam a noite toda cheirando cocaína nos banheiros das boates. Eram os últimos a ir embora e seguiam para a casa de alguém para continuar a festa.

Achei que essa fase passaria assim que ela começasse a fazer terapia, mas pelo jeito, não melhorou em nada.

Lorena era a estilista mais criativa da confecção que eu trabalhava. As peças mais arrojadas eram sempre suas. Era uma espécie de radar para as novas tendências. Estava com 27 anos, morava sozinha, tinha um bom salário e trabalhava com o que amava. Desde criança, já sabia o que queria fazer quando crescesse.

Tinha estudado moda em Paris, logo depois que terminou a faculdade de arquitetura. Trabalhou no ateliê de um estilista de vanguarda e quando voltou para o Brasil, tinha várias propostas de trabalho. Ela escolheu a confecção onde eu tinha começado a trabalhar. Em três anos, a empresa deu a volta por cima, depois de quase falir e hoje era uma das marcas que toda garota gostaria de vestir.

Ninguém era tão criativa quanto ela, muito menos eu, mas como ela não tinha visão comercial, lançava a ideia e a gente adaptava para ser vendável. Havia mais duas estilistas. Meu trabalho era mais comercial, pé no chão. Era mais básica, formava a dupla de criação com a Lorena e era a pessoa encarregada de fazer as peças serem mais vendáveis. Éramos o Batman e o Robin da marca. Trabalhávamos uma de frente para outra, em uma enorme mesa compartilhada. A parte dela, sempre uma bagunça, um verdadeiro caos. Quando eu precisava encontrar alguma coisa, tinha que praticamente mergulhar dentro de papéis que ela recortava, pilhas de revistas, retalhos de tecidos, Big MAC`s pela metade e batatas fritas amanhecidas. A zona toda parecia de uma criança no pré-primário, mas ela era assim.

Era um grande desafio conviver com Lorena. Sempre muito ansiosa e atrapalhada. Vivia atrasada, sempre carregando nos braços, nas mãos, nos bolsos, um monte de coisas que ia deixando cair no meio do caminho.

Certa vez, apareceu para trabalhar em uma segunda-feira de manhã, cheia de hematomas nos braços. Havia passado o fim de semana na casa de praia de amigos e, quando foi descer as escadas, rolou abaixo com mala e tudo. Disse que foi segurar no corrimão com uma das mãos, mas a mão escorregou porque estava carregando o celular, o carregador e o IPod tudo junto e nem percebeu, até a mão deslizar como sabão, quando foi se apoiar para descer. Disse ela que despencou tão lindamente entre seus apetrechos e a mala, que a blusa que estava amarrada na cintura foi parar na cabeça, tendo até vergonha de reclamar. Levantou como se nada tivesse acontecido, foi recolhendo as coisas espalhadas pela escada, enquanto seus amigos estavam estarrecidos achando que ela havia quebrado alguma coisa.

Na hora não sentiu dor alguma por causa da adrenalina. Fizeram-na esperar uns quinze minutos, antes de entrar no carro e seguir pra São Paulo, o que ela disse ter sido péssima ideia, porque aí sim começou a sentir muita dor, e passou a uivar como uma cadela no cio. Ui ui ui daqui, ui ui ui dali, até que tomou um analgésico, na verdade três, e teve que arrumar alguém para voltar dirigindo o seu carro. Voltou de caronista em seu próprio automóvel, guiado por um gentil amigo do casal, que ela mal conhecia. Dormiu a viagem inteira, babando e roncando como uma porca.

Lorena sempre tinha as histórias mais desastradas para contar. Parecia que tudo acontecia com ela. Era uma atrapalhada, mas de farta generosidade. Todo mundo queria ser amigo dela. Era o tipo de pessoa que nunca teve um inimigo na vida. Fazia amigos com a maior facilidade e as pessoas gostavam tanto dela, que ela não ficava em casa uma noite sequer de tão requisitada. Saía todos os dias, parecia ligada na tomada. Não tinha somente um celular, mas dois, porque queria atender todo mundo que ligasse para ela. Então, às vezes, ela atendia os dois telefones ao mesmo tempo, enquanto marcava um encontro no seu restaurante preferido com todo mundo ao mesmo tempo, o Militz.

O Militz era quase sua segunda casa, tudo que ela marcava era lá. Um lugar frequentado por gente da moda, artistas, em sua maioria gays e simpatizantes. Os garçons eram estudantes de artes ou de qualquer outro curso descolado. Trabalhavam no máximo por um ano, enquanto não arrumavam trabalho na área que estudavam. Pareciam mais clientes do que atendentes. O serviço não era impecável, mas como eram pessoas bonitas e simpáticas, ninguém se importava se algum pedido viesse errado. Foi uma dessas atendentes, amiga da Lorena, que me ligou pela manhã avisando sobre o ocorrido. A moça deveria estar com ela no momento.

Larguei tudo que estava fazendo e corri para o hospital. O pai dela, que a criou desde criança, pois a mãe era uma desvairada, encontrava-se sentado em um sofá no corredor, bem em frente ao quarto onde ela estava. Dei um beijo e um forte abraço nele e fui ver a Lorena.

Abri a porta tentando não fazer barulho para não acordá-la. Não estava dormindo, tinha soro no braço e comia um bombom, na maior paz do mundo.

– Que bom que você veio me ver!

– Credo Lorena, como você está conseguindo comer depois de ter quase uma *overdose?*

– É só o que tenho vontade de comer. Doce, de preferência chocolate. Desculpa amiga, nem sei o que dizer. Nunca pensei que isso fosse acontecer comigo.

– Pois é. E agora? Não dá pra arriscar sua vida. Você vai ter que fazer alguma coisa a respeito disso.

– A assistente social já me deu sermão. Preciso fazer terapia, ir ao Narcóticos Anônimos. Sou uma mistureba de drogas químicas.

– Pois é, amiga, você abriu o portão do inferno, agora não tem mais volta. Você vai ter que se tratar de verdade. Não é só a terapia, vai ter que ter muita força de vontade.

Lorena ficou mais um dia internada sob observação. Do hospital foi direto para casa do pai passar alguns dias e, principalmente, ter uma longa conversa com ele. Ela tinha decidido contar para o pai que era gay, que namorava garotas desde a adolescência. Queria tirar esse peso das costas. Parar de mentir para ele, que sempre esteve ao seu lado. Nunca foi do tipo de pai que perturbava, muito pelo contrário, ela devia isso a ele, já estava mais do que na hora e ele merecia esse voto de confiança. Ele entenderia. O primeiro passo para seu processo de cura. Assumir seu descontrole, seu vício e, por que não, contar para a pessoa que mais amava que ela não era como a maioria das mulheres.

Ela achou que seria difícil levar essa conversa com o pai, mas não foi. Foi uma grata surpresa. Fez questão de quebrar a tensão dela, assim que acabou de revelar seu segredo, fazendo brincadeirinhas para ela não ficar apreensiva com a reação dele. Foi muito bom.

Disse que desconfiava, porque ela nunca mais apareceu com algum rapaz, depois do seu primeiro e último namorado, aos dezesseis anos.

Perguntou sobre todas as amigas dela. Quem era namorada e quem não era.

– Aquela sua amiga Mônica? É amiga ou foi namorada?
– Aquela foi minha namoradinha, não chegou a ser sério.
– E a Mariana?
– Só amiga.
– Hum. E a Amanda? Amiga ou namorada?
– Amiga.
– Aquela morena italiana, a Rita?
– Amiga.
– Hum. E a Bárbara?
– Aquela foi minha namorada, ficamos três anos juntas.
– Poxa! Três anos é bastante, tive uma quase nora e nem sabia!
– Pai, não se preocupa, quando não for amiga agora você vai saber, porque vou apresentá-la a você como minha namorada, não esquenta

com isso. É igual a namorar rapazes. Você vai reparar que minhas namoradas eu paparico, minhas amigas não.

– Hum. Tá bom, mas posso falar que elas são bonitas quando eu achar? – E os dois riram feito duas crianças.

Lorena não tinha um bom relacionamento com a mãe. Os pais se separaram muito cedo e a mãe não era nada presente, era totalmente maluca quando estava casada com o pai. Sumia de casa por dias e deixava o ex-marido de cabelo em pé. Ela praticamente foi criada pelas babás e pelo pai. Hoje, a mãe mora no interior e Lorena nem pretendia contar o que havia acontecido. Fora não ajudar em nada, a mãe ficaria ligando de cinco em cinco minutos só para atormentar a filha, dizendo que ela sabia como era porque também usou drogas quando mocinha. Já sabia da missa toda. A mãe era mais criança do que ela.

Teria que começar a se tratar com uma psiquiatra e em vez de fazer terapia uma vez por semana, teria que fazer duas vezes, pelo menos no começo do processo de recuperação. Tomaria ansiolíticos e teria que ficar sem dirigir por um mês, não sei o porquê. Amigos drogados estavam proibidos, os únicos amigos com quem ela poderia conviver neste começo de processo eram os caretas. Até seria legal, uma boa oportunidade para ela resgatar os amigos que já não via há algum tempo, depois que começou a enfiar o pé na jaca em sua fase de maior quantidade e tipos de drogas. Poderia sair somente com amigos que não usassem drogas para não ter o perigo de sentir fissura, vendo algum deles se drogando. Não podia correr o risco de alguém lhe oferecer algo e não conseguir dizer "não, obrigada".

Dar um gole em qualquer bebida alcoólica estava totalmente fora de cogitação. Um golinho no copo do vizinho da mesa de jantar era proibido. Até bombom de licor estava vetado. Seria um processo muito difícil para ela. Uma pessoa extremamente ansiosa, que andava com dois celulares na bolsa.

Os dias estavam voando. Estava tendo que cobrir a Lorena, que ficaria afastada por vários dias. Era uma correria danada. Toda hora tinha que descer na produção para verificar as pendências dela. O desfile seria em algumas semanas e, como sempre, nossa programação estava toda atrapalhada por culpa do produtor estrela, amado pela dona da confecção e com carta branca para dar pitaco nas roupas. Já era a segunda coleção que ele trabalhava com a gente e mais uma vez estava atrasando todo o esquema da confecção das peças. No fim de semana, eu teria que trabalhar, aliás, todo mundo, se quiséssemos que nosso desfile saísse como o planejado.

Queria muito ligar pra Lorena, mas por recomendação médica, ela deveria ficar em repouso e, principalmente, sem se preocupar com nada. Estava proibida de dar um telefonema que fosse, só pra desabafar, contar que não estava mais suportando o produtor enfiado em nossa sala. Falar da vontade que sentia em arremessá-lo pela janela toda vez que ele se apoderava da minha mesa ou da Lorena, se achando no escritório dele. Argh! Não estava mais o aguentando na minha frente fuçando em tudo. Já que ele não se tocava e não saía da minha sala, saí eu. Fui trabalhar em casa. Precisava respirar. O fim de semana estava ensolarado demais pra ficar irritada.

Em casa, instalei-me no gazebo da piscina e ali virou meu escritório durante todo o fim de semana. Torci para que meu irmão não aparecesse com nenhuma de suas namoradas deslumbradas para curtir a piscina que estava deliciosamente apetitosa. Ou a trouxa da vez, como eu costumava chamá-las. Certa vez, meu irmão fez uma festa de aniversário em um bar badalado de um amigo. Estava saindo com uma garota, até que legal, fazia umas duas semanas. Mesmo assim, convidou um monte de mulheres que estava a fim de "pegar". Quando a tal namorada chegou na festa, ele a cumprimentou com um beijo no rosto, como se ela fosse uma amiga, na maior cafajestagem. A garota nunca mais apareceu, mesmo depois dos insistentes telefonemas dele. Pelo menos essa tinha juízo! E ele sempre contava essa história achando a maior graça.

    Por sorte fiquei em total paz para terminar o que precisava entre um e outro mergulho na piscina. Ufa!

Quase esqueci que era dia de Fraternidade na terça-feira seguinte. Estava tão estressada que lembrei em cima da hora. Se pudesse, me teletransportava para não pegar o trânsito que peguei. Parece que quando já se está cheia de tarefas para fazer, é que aparece mais ainda.

Seu Homero já estava em pé na ponta da mesa, pronto para começar a abertura. Só tive tempo de sentar correndo e me apresentarem um novo integrante da nossa sala, Rui. Um cara grisalho, olhos castanho esverdeados, na casa dos 45 anos, usando camiseta polo verde e calça clara tipo cargo. Ele era da turma que fez o curso durante a semana. Não tinha mediunidade, mas estava com muita boa vontade.

Nosso primeiro atendimento era um retorno. Não participei da primeira vez que a pessoa foi atendida, ainda não trabalhava na sala. Manu leu a ficha da mulher. Se queixava de não conseguir dormir direito, acordava no meio da noite o tempo todo. Na ficha de retorno, em que a pessoa escreve como está se sentindo, dizia "melhorei muito depois que estive aqui. Agora durmo a noite inteira e consigo ficar bem disposta durante o dia todo. Muito obrigada."

O segundo tratamento era um retorno também. E o homem recebeu alta. Tudo o que poderia ser feito por ele foi feito. A pessoa recebia alta geralmente depois de três tratamentos. Alguns poderiam levar mais tempo e quando isso acontecia, o atendido era transferido para outra sala, pois pode acontecer de alguém de outra sala acessar alguma coisa nova. Esse era o procedimento de praxe estabelecido pela diretoria da Fraternidade.

O terceiro atendimento era a primeira vez de uma mulher, 57 anos, casada, católica praticante. Desde 1998, apresentava um problema na língua. Sentia-a "elétrica", microchoquinhos e dormência. Já havia tratado com vários médicos, fez todos os exames possíveis e tudo o que eles indicaram, inclusive cirurgias espirituais e tratamentos nas religiões afro-brasileiras, não tiveram sucesso algum. No momento estava tomando um medicamento que diminuiu, mas não acabou com o problema e ela sentia muito sono por causa do remédio.

Enquanto ela nos dava mais detalhes sobre o que estava na ficha que havia preenchido, eu já sentia uma espécie de corrente elétrica subindo e descendo pelo meu corpo. Manuela e Nina reclamaram de sentir dor de cabeça, abaixo das orelhas. Enquanto isso, seu Homero seguia com a harmonização, olhando para gente para saber se estávamos vendo algo. Em determinado momento ele perguntou:

– Abrimos fichas?

Respondi:

– Não vai precisar, pode pedir pra ela sair da sala.

Seu Homero a conduziu para a sala de espera.

Perguntei para Nina se ela tinha conseguido se conectar, ela disse que ainda não, então falei:

– Gente, eu fico ouvindo "Eu preciso falar! Eu quero falar!"

– Nina, você pegou?

– Ainda não. – Me respondeu, de olhos fechados, tentando captar o que eu descrevia.

– Mas quem é? – perguntou Manu e eu respondi com a maior certeza:

– É ela! A mulher, a nossa atendida. Nina, ela fica falando que precisa falar, vou tentar te passar porque estou vendo, ouvindo, mas se ela quer tanto falar, acho que é melhor você incorporar.

Nada. Nina não pegava, então tive uma ideia.

– Me dá a sua mão, eu vou tentar te passar.

Assim que peguei nas mãos da Nina, ela disse:

– Minha cabeça está doendo mais! E deu um grunhido.

Agora eu ouvia mais ainda alguém gritando "Eu preciso falar! Eu preciso falar!"

Seu Homero se colocou atrás da Nina e começou a harmonizá-la. Emitiu várias vibrações para que a dor parasse e o nível da atendida conseguisse falar. Enquanto isso, Nina falava:

– É tão estranho. – uma longa pausa – Sinto, agora, que ela quer falar, mas ao mesmo tempo não quer. E tem a ver com o marido dela, como se ele não a deixasse falar.

Nessa hora, comecei a sentir um aperto enorme no meu peito, uma angústia avassaladora e comecei a falar e a chorar ao mesmo tempo, mas não era meu o choro:

– Não aguento mais! Não aguento mais isso! Preciso falar! – e eu pensava na minha maquiagem que deveria estar começando a borrar, enquanto pronunciava aquelas palavras envolvidas por lágrimas e soluços.

Seu Homero continuou acalmando o nível e não consigo lembrar direito o que aconteceu, até que Nina deu um suspiro profundo, largou minhas mãos e me perguntou:

– Tudo bem, Amanda?

Como em um passe de mágica, estava nova em folha, secando minhas lágrimas e respondendo:

– Tudo ótimo. Mas ela não falou, né?

– Não. Aliás, tem relação com o marido dela, ele é o tipo de homem difícil. – respondeu Nina.

Comentamos que ela sentia uma enorme falta de comunicação com o marido, que era isso que tínhamos sentido, e que talvez o problema dela fosse esse, mas teríamos que perguntar para ela, pois só ela poderia nos dizer com certeza.

Seu Homero foi buscá-la. Assim que ela se sentou, Nina perguntou:

– Como é o relacionamento com seu marido? Vocês conversam muito?

Nesta hora ela arregalou os olhos e disse:

– Eu não converso com meu marido, ele é um grosso, um estúpido.

Nos entreolhamos na sala e enviamos uma mensagem meio que telepaticamente para Nina, que ela deveria falar. Nina disse que ela deveria mudar a partir daquele momento, que ela deveria falar tudo para o marido, mesmo sabendo que ele não gostaria de ouvir, porque isso era saudável para a relação. Embora ela o amasse muito, ele tinha que respeitá-la no modo de pensar, que essa nova postura era muito importante para a sua saúde. Nina deu exemplos dela mesma em relação ao próprio marido. Como elas tinham mais ou menos a mesma idade, seria mais fácil ela se usar como exemplo.

A atendida reclamou muito de como o marido era grosso, falava pra ela ficar quieta senão ele se levantaria e sairia da sala. Ela não podia falar nada porque ele dizia não estar ouvindo. Pensei em várias mães de amigas que viveram esse pesadelo. O casamento à moda antiga era assim, a mulher tinha que ser delicada e, principalmente, nunca falar nada do que pensasse ou sentia. Fiquei com dó dela, por todas as mulheres que passaram por isso. E acabei falando:

– Olha, hoje você tem esse problema na sua língua, mas isso pode ficar mais grave, imagina se a senhora continuar nessa situação e criar uma doença como um câncer, por exemplo? Isso é muito sério. A senhora está somatizando. Tem que mudar esse padrão. As pessoas só fazem para nós o que permitimos.

Nina ainda enfatizou:

– É isso mesmo! Não se permita "deixar para lá" quando você tenta conversar, mude a partir de agora para seu próprio bem. Não se preocupe se ele disser que não está ouvindo, ele está ouvindo. Mas se não quer ouvir, aí é problema dele, não seu. Faça o que você precisa fazer, se libertar, falar o que pensa. Seja livre!

Quando ela saiu da sala, ainda comentamos como, às vezes, não percebemos que coisas tão corriqueiras podem nos prejudicar. Como vamos deixando o que nos incomoda passar despercebido e que aquilo nos faz mal a longo prazo. A atendida ainda nos havia falado que quando ela estava ocupada, a língua dela não incomodava. Também acabamos fazendo o mesmo, nos ocupando em demasia, trabalhando em excesso, fazendo muita ginástica, procurando hobbys para deixarmos de pensar no que nos deixam inconformados. Com o passar do tempo acabamos impotentes para transformar o padrão daquilo que nos acontece e do que nos incomoda. Fazemos o máximo para nos anestesiar, para nos cegar de forma profunda.

    Pensei na Lorena. Minha amiga que usava todo o tempo livre se mantendo ocupada, marcando mil encontros para não ter que olhar para dentro de si mesma e acabou surtando daquela forma. É impressionante, mas nós somos a nossa verdadeira armadilha. Nosso verdadeiro problema começa, sempre, de dentro para fora. Ninguém é o culpado. O verdadeiro culpado, se é que dá para falar em culpa, somos nós mesmos. Os grandes vilões sabotadores. Nós somos nosso maior inimigo! Nossa eterna expectativa, nossa avassaladora mente inquieta. Comprimimo-nos tanto para dentro, apertando tudo de tal forma, que uma hora acabamos explodindo. Cada um à sua maneira. Mas todos, sem exceção, temos nossos momentos de pedir socorro. Cada um mostra de uma maneira, mas todos acabamos pedindo ajuda mais cedo ou mais tarde, mesmo que não seja conscientemente, quando a coisa fica insuportável. Então, nosso corpo sabe a hora, e ele grita. E como grita!

Meu celular tocou. Era Daniel.
– Oi, Amanda! Como você está, minha linda?
– Oi, Dani! Estou bem melhor que da última vez que a gente se encontrou, estava podre de cansada... E você?
– Estou ótimo, e com saudades de você. Agora que o curso acabou, não te vejo mais, pelo menos uma vez na semana.
– Nossa, Dani, fiquei de te ligar depois de nosso último encontro. Desculpa, é que aconteceu tanta coisa...
– Tudo bem, tudo bem. Já que você não ligou, eu liguei.
– Também estou com saudade de nossas conversas... Vamos nos ver mais tarde? Você pode?
– Claro! Onde?
– Hum... Não sei. Deixa eu ver. Já sei! Vamos em um lugar bem legal na Vila Madalena que você vai gostar, o Restô do Theo, conhece?
– Conheço, boa ideia! Faz tempo que não vou lá. Tem pata de caranguejo gigante.
– Então saindo daqui vou direto pra lá. Umas oito e meia pode ser?
– Fechado. Te vejo lá.
Daniel me esperava no lounge do simpático e minúsculo restaurante.
– Oi, linda! Já pedi um vinho para nós.

Enquanto nos cumprimentávamos com um beijo no rosto e um abraço, o garçom já enchia nossas taças apoiadas em uma pequena mesa entre duas poltronas.

Acomodei-me afundando dentro de uma delas confortavelmente, enquanto Daniel me entregava uma das taças e levantava a sua em sinal de brinde.

– Um brinde a nós! – e virou a sua taça em um gole só.

– Credo, Daniel, tenha modos! – disse eu indignada, mas ele nem ligou e sorriu.

– Preciso dar uma relaxada, essa semana foi pesada. Cancelaram um contrato enorme e, ainda por cima, tomei um "pé-na-bunda" da garota que eu estava saindo há duas semanas.

– Ah... Mas não é um "pé-na-bunda" de verdade, não dá nem para considerar um relacionamento sério, duas semanas é a fase de reconhecimento.

– Pois é, mas acho que ela já estava se sentindo minha namorada. Me dispensou por telefone, quando disse que não estava a fim de ir ao cinema naquela noite.

– Ué? O que tem de tão absurdo em você não querer ir ao cinema?

– Disse que não ia dar, porque eu estava com saudade de um amigo que tinha chegado de viagem e queria encontrá-lo. Só ficaria na cidade por quatro dias. Ela me dispensou indignada, dizendo que eu considerava o meu amigo mais importante do que ela.

– Mas que garota sem noção! – disse eu, chocada com a capacidade de uma mulher ser tão estúpida a esse ponto, mal se conhecem e já quer tomar todo o espaço. – Claro que seu amigo é mais importante do que uma mulher que você acabou de conhecer! Ô anta de cabeça oca!

– Pois é, não ia dizer uma coisa óbvia, né? Resolvi ficar na minha. Imagina que eu vou entrar nessa? Logo eu.

– Nossa! Tem muita mulher desesperada. Iria acabar até te colocando cinto de castidade, se você deixasse.

– Definitivamente, essa não é a minha. Quero paz!

E fizemos um brinde:

– Que venha a paz!

O primeiro grande amor de Daniel aconteceu quando ele tinha somente doze anos. Era sua melhor amiga. Tinha se mudado para a casa vizinha naquele ano. Bairro de classe média, com ruas arborizadas e com quase nenhum movimento de carros. Era um ano mais nova que ele e, depois que se conheceram, não se desgrudaram mais. Faziam tudo juntos: iam a pé para a escola, faziam lição de casa, brincavam na rua. Ele dizia que a garota parecia um anjo, cabelos loiros encaracolados na altura dos ombros, olhos azuis vibrantes e nunca a viu vestindo uma saia. Mas uma grande tragédia os separou.

Nessa fase, contra sua vontade, frequentava uma igreja que acabara de abrir no bairro. Devido ao seu "problema incurável" de ouvir e ver coisas, os pais logo trataram de apresentá-lo ao pastor, para que este tivesse uma conversa com ele. O homem primeiramente leu um trecho da bíblia, depois deu um sermão dizendo que aquilo era pecado, que só os profetas bíblicos tinham permissão de fazer isso, que se ele continuasse iria para o inferno. Ficou batendo na mesma tecla por meia hora, que isso era coisa do satanás, que era para ele ignorar sempre que isso acontecesse, para ele orar muito, frequentar todos os cultos da semana, etc.

Enquanto seus pais ouviam atentamente o que o pastor dizia para o menino, eles mexiam a cabeça afirmativamente, concordando que o filho iria ser amaldiçoado eternamente caso ele não parasse com aquilo.

Quando Daniel completou treze anos, sua mãe fez uma festinha em casa, com minipizzas, cachorros-quentes, brigadeiro e bolo de chocolate, seu predileto. Em dado momento, a mãe dele pediu que ele fosse até o bar no quarteirão vizinho comprar um maço de cigarros. Ele chamou sua inseparável amiga para acompanhá-lo. Pegou o dinheiro e enquanto se dirigiam à porta, ainda surrupiaram uns três brigadeiros da mesa do bolo.

Já na esquina, um pouco antes de atravessarem a rua, teve uma visão. Viu um carro dobrar a esquina, atropelar sua amiga e logo depois, ela deitada no chão com sangue banhando seus cachos dourados. Tudo em um lampejo, como em uma fotografia sendo tirada com o *flash*.

Imediatamente ele quis dizer para ela que eles deveriam voltar, dar meia volta e pronto. Mas e o pastor? Ele tinha que ignorar aquelas coisas, senão iria para o inferno. Ao mesmo tempo que pensava isso, ouvia vozes ecoando em sua cabeça dizendo "Não atravesse agora! Espere!"

Decidiu pelo pastor. Fingiu que nada estava acontecendo e atravessaram a rua. Alguns segundo depois, sua melhor amiga estava estendida no chão. Morreu instantaneamente com a forte batida do carro em alta velocidade! A mulher que guiava o carro, totalmente embriagada, ficou em estado de choque. Não havia o que fazer, a não ser esperar socorro. Daniel não chorou, não disse uma palavra sequer. Ficou sentado no chão de paralelepípedo ao lado dela, segurando sua frágil mão pálida, até que, enfim, foi levada para o hospital mesmo sem vida. Ninguém precisava lhe dizer que ela estava morta. Ele viu o momento que seu espírito deixou o corpo, amparado por dois outros espíritos de luz.

Sem dúvida nenhuma foi a experiência mais traumática em sua vida e ainda tão novo. Aquela garota era o seu amor, sua melhor amiga, seu anjinho.

Tinha muito em comum com ele, podia sentir a energia pulsante na natureza, amava os animais e sempre dizia que Deus estava em todas as coisas belas, que ela podia até senti-lo em uma árvore, em uma flor. Tinha essa consciência com apenas doze anos! Achavam que se casariam quando crescessem, mas agora, todos os planos feitos, os sonhos, os projetos infantis se acabaram em um piscar de olhos, no meio de uma calma rua de um bairro arborizado.

Depois do ocorrido, Daniel nunca mais se apegou a ninguém. Não suportaria mais sentir aquela dor novamente. Também decidiu se calar sobre os fenômenos que aconteciam com ele. Passou a detestar igrejas e religiões e com pena do filho, os pais não insistiram mais que ele fosse conversar com o pastor ou frequentar a igreja. O menino Daniel acabou se tornando o filho que eles tanto sonhavam. Normal, quieto e sem histórias sobrenaturais.

Nunca soube de algum relacionamento sério do Daniel. Pelo menos ele nunca comentou nada sobre alguma ex-namorada de anos, se foi apaixonado loucamente por alguém ou algo do tipo. Os superficiais, passageiros, desses eu até sabia. Mas sempre que rolava de ter mais envolvimento, escorregava feito sabão. Parecia até que antes dele começar a sair com alguma mulher, já tinha prazo para acabar.

Saímos do restaurante, lá pela uma e meia da madrugada. Daniel faria uma viagem de negócios para a Europa, mais precisamente à Itália em alguns dias e ficaríamos algumas semanas sem nos falar. Dispensamos a sobremesa do restaurante, pagamos a conta, ou melhor, Daniel pagou e fomos até um café ao lado do restaurante, que diziam ter um bolo de chocolate incrível. Dividimos um generoso pedaço de bolo de chocolate com recheio e cobertura de chocolate com café, pedaços de chocolate amargo picados grosseiramente, servido morno e acompanhado de uma bola de sorvete de creme. Devorei mais da metade do pedaço sem o menor pudor e fui para casa com o gosto na boca daquele pecado de chocolate.

Mais uma vez, estava atrasada. Ainda não tinha achado um caminho sem muito trânsito para chegar na Fraternidade. O horário não era dos melhores, coincidia com a saída do trabalho de muitas pessoas e o trânsito ficava uma loucura. Já estavam praticamente começando, quando entrei esbaforida na sala.

Seu Homero já estava começando a abertura. Nosso primeiro atendido da noite era um homem. Cinquenta e três anos, alto, moreno, bem acima do peso. Um homem bem grande, estilo italiano. Tinha uma voz super altiva. Na ficha dele dizia que tinha diabetes, triglicérides, colesterol alto, sentia muita dor nas costas e estava deprimido. Procurou o tratamento pois dizia sentir-se muito mal em relação à sua pequena enteada de apenas seis anos de idade. De uns tempos pra cá, estava sentindo preconceito, ele tinha até vergonha de admitir, mas tinha que fazê-lo e queria ajuda: era o racismo, ela era negra, assim como seu verdadeiro pai.

Nos explicou que tinha muito amor pela menina, que era uma princesinha e a considerava como filha, mas estava sentindo esse racismo.

Falou bastante, disse que amava muito aquela família, que considerava a menina como sua própria filha e não queria ter esse tipo de sentimento pela sua pequena princesa. Já estava casado havia cinco anos com a mãe da menina, ela o chamava de pai e tudo, mas conforme ela foi crescendo, o racismo começou a se manifestar.

Enquanto ele falava, íamos entrando em sua faixa vibracional e, aos poucos, imagens começavam a surgir em minha mente. Quanto mais ele falava, mais claras elas ficavam. Em dado momento, Manuela recomendou ao dirigente que o atendido saísse da sala e aguardasse ser chamado para que nós pudéssemos conversar.

Sentia uma energia muito forte se aproximando e via um homem vestido com uma espécie de túnica branca, com um desenho que parecia uma espada ou crucifixo. A túnica lembrava uma veste da época das cruzadas. O homem estava montado sobre um cavalo e em uma das mãos segurava uma lança.

Ficava me questionando mentalmente "Você está viajando, você não está vendo isso, espera que passa". Mas uma outra voz dentro de mim rebatia "Fala! Fala!" Porém, eu continuava quieta esperando que alguém falasse alguma coisa.

Achava que os médiuns de incorporação captavam o que acontecia e os outros iam ajudando, se fosse o caso, como tinha acontecido no meu primeiro dia de trabalho com aquela equipe. Alguns longos segundos se passaram, até dar ouvidos para a tal voz que continuava insistindo que eu falasse. Mesmo sem saber se aquilo que via poderia fazer sentido para o tratamento, comecei a descrever a cena.

– Gente, posso estar viajando, mas estou vendo um homem, parece ele, mas em outra época, no passado, está montado em um cavalo, vestindo uma túnica branca com uma estampa de cruz, eu acho... Em uma das mãos tem uma lança.

Logo que terminei a descrição ouvi claramente e repeti imediatamente sem pestanejar:

– Tem alguém falando. – Esperei alguns segundos, e disse o que eu ouvia – Ele matou muita gente!

No momento que disse aquilo, Nina incorporou a entidade que eu ouvi e foi descrevendo o que se passava.

Contou que o atendido e ele pertenciam a um clã e que possuíam um código:

– Mulheres e crianças não! – ele repetia – Mulheres e crianças, não! Ele traiu o código!

Falava isso em prantos e com muita tristeza. Nina ia descrevendo o que estava vendo enquanto chorava pela entidade, que foi amigo do atendido em uma vida passada. O homem grande, que agora procurava ajuda e aguardava na sala de espera, outrora, além de trair o pacto do clã em uma das ações de opressão, também havia traído o amigo. Golpeou-o no rosto, derrubando-o do cavalo, pois este dizia para ele não investir sobre as crianças e mulheres.

Machucado e caído no chão, vira o amigo lhe virar as costas, tomado pela sua ira cega, atacando todos que via pela frente.

A entidade não desejava o mal do atendido, não aquele mal no sentido perverso das atrocidades que ele e o parceiro cometeram contra seus oprimidos. Ele era um obsessor, claro, mas era um caso de uma alma que foi vítima do atendido em outra encarnação. Sentia muito ressentimento, não raiva explícita. Não se conformava com a traição do amigo e não conseguia perdoá-lo.

Esclarecemos a entidade de que estava fazendo mal não só ao amigo agora encarnado, mas também a ele próprio. Que deveria perdoar o amigo, pois todos somos imperfeitos e cometemos erros. Que poderia seguir para um lugar agradável, harmonioso e recuperar o tempo que havia perdido vivendo nessa lembrança. Trabalhamos na reconstituição dele, para curar o ferimento no rosto e equilibrar sua energia, pois ele estava em frangalhos depois de passar tanto tempo preso naquela cena. Mostramos o lugar para onde ele poderia ser conduzido se quisesse e ele aceitou a "passagem" sem nenhuma hesitação.

Essas obsessões relativas ao passado são bem comuns. Por ignorância ou livre-arbítrio, uma entidade pode acabar fazendo mal, mesmo achando que só está inocentemente junto, como um comparsa, sem fazer nada, só acompanhando. Isso quando não são os casos da entidade sentir ódio e querer prejudicar de verdade. O pior é que essas obsessões não fazem mal somente a quem está vivo, mas também para quem está do lado de lá, pois teoricamente, como se imagina, deveriam seguir para um lugar melhor do que o que tinham em vida, evoluir, ir para a luz.

Comentei que tive a impressão de que esse grupo era uma organização racista. Manuela disse que teve a mesma impressão durante o trabalho.

O dirigente chamou de volta o atendido e ele nos contou que enquanto aguardava, sentiu uma enorme vontade de chorar, mas não de tristeza e sim de alívio. Era como se tivessem tirado um peso dos ombros dele. Dissemos que mesmo ele na sala ao lado, estava sendo tratado, que a espiritualidade estava cuidando dele e que, com certeza, quando retornasse para continuar o tratamento, estaria se sentindo muito melhor.

Foi aconselhado a tentar mudar o padrão mental. Procurar leituras edificantes, espiritualizadas e tentar marcar um dia da semana para ler com a família unida, assim, eles construiriam uma vibração positiva que ajudaria no tratamento dele.

No processo desobsessivo, muitas vezes, a atenção se volta de modo muito intenso para os obsessores. Segundo se pensa, é só doutrinar os perseguidores invisíveis, sumir com eles e tudo se resolve. Mas não é bem assim que funciona na prática. É muito importante a participação no processo de quem sofre as investidas do obsessor. Se a pessoa não mudar sua forma de conduta, vigiando suas pequenas ações e pensamentos, pode se autossabotar, e, como já se sabe, raiva atrai raiva, tristeza atrai tristeza. Portanto, é fundamental a mudança de padrões. Positivismo, paciência, atitudes altruístas, compartilhar e, principalmente, estar em harmonia, é a melhor forma de se manter longe de energias pesadas.

É claro que toda pessoa que apresenta algum desequilíbrio não está necessariamente sob forças invisíveis. Alguns estão neste estado por pura vibração mental danosa, produzida por seus próprios pensamentos, como uma fixação, raiva, medo, etc. Além de se autossabotarem, se auto-obsidiarem, podem prejudicar até outras pessoas, sendo obsessores encarnados e gerando aquelas famosas expressões, "jogar uma urucubaca", "olho-gordo", "zica".

Pelo menos esse senhor pediu ajuda e deu um enorme passo admitindo algo tão vergonhoso. Quem sabe, poderia ter consequências muito danosas para ele e sua família, se continuasse mantendo um pensamento racista, de ódio e preconceito. Ele abriu seu coração de verdade, com humildade. E não basta pedir e aguardar, é necessária a ação, o primeiro movimento, não desistir, ter persistência, porque a mudança não acontece de uma hora para a outra. Exige esforço para que a transformação ocorra. É como fazer uma dieta: você pode procurar médicos, nutricionista, mas se não fizer a sua parte, você pode engordar tudo de novo caso não haja uma reeducação alimentar.

Aquele homem alto e largo, com a voz firme do começo do tratamento, agora saía da sala mais leve e até estava parecendo um daqueles ursos gigantes de pelúcia de Dia dos Namorados.

Perguntei se era normal sentir algum tipo de peso nas costas, pois sentia muito peso no meu braço esquerdo. Nina me esclareceu que alguma entidade queria se comunicar, por isso eu sentia essa pressão. Disse que algumas vezes, podemos até mesmo sentir alguma parte do corpo doendo, porque a entidade está machucada naquele lugar ou com algum desequilíbrio energético em algum chacra.

Os chacras tinham papel fundamental no nosso trabalho. Se estivesse em desarmonia poderiam impedir que uma entidade se comunicasse, bem como o trabalhador desarmonizado deixasse de perceber certas coisas e, até mesmo, se sentir mal durante o trabalho.

Os chacras são vórtices de energia, localizados em determinadas partes do nosso corpo energético perto da superfície do nosso corpo físico, ligados por canais dentro do corpo. São como estradas, uma espécie de tubos etéricos.

A palavra chacra vem do sânscrito e significa "roda". Nessa forma, eles são percebidos por videntes como redemoinhos de energia vital, espirais girando em alta velocidade e vibrando em pontos vitais de nosso corpo. São sete os principais chacras, dispostos desde a base da coluna vertebral até o alto da cabeça e cada um corresponde a uma das sete principais glândulas do corpo humano. Cada chacra está em estreita correspondência com certas funções físicas, mentais, vitais, espirituais e cada um deles tem uma coloração diferente. Em um corpo saudável, todos esses vórtices giram a uma grande velocidade, permitindo que a energia vital flua para cima, por intermédio do sistema endócrino. Mas se um desses centros começa a diminuir a velocidade de rotação, o fluxo de energia fica inibido ou bloqueado e disso resultam as doenças e os desequilíbrios. O corpo físico tem uma ligação muito sutil com o mundo astral e é através do desequilíbrio dessa energia vital que as pessoas adoecem e acabam obstruindo essa ligação com o Divino. Daí a relação entre as doenças e as crises emocionais. É muito comum ver pessoas que acabam somatizando e transformando energias negativas, depressão, raiva, solidão, etc., em doenças físicas, como gastrites, cânceres e outras mais. Nosso corpo físico tem pontos que, quando ativados, fazem fluir a energia vital, nos trazendo alegria e, principalmente, saúde e equilíbrio. Grande parte das pessoas que atendíamos na Fraternidade estavam com desequilíbrio energético, portanto, nem tudo pode ser atribuído às forças externas e obsessores.

Os chacras estão registrados em culturas muito antigas e referenciados como pontos utilizados para cura e progresso energético e espiritual. O *Qi Gong* ou Acupuntura, da China, o *Yoga*, da Índia e outras culturas antigas, tinham conhecimento desses pontos e de como trabalhar com eles em benefício à saúde. Para se trabalhar com cura espiritual era fundamental ter conhecimento dessas energias e saber como elas funcionam. Na Fraternidade, só trabalhávamos com sete pontos, mas há muito mais pontos energéticos conhecidos.

Nosso segundo atendimento era uma senhora de 84 anos. Usava uma bengala, vestia calça e camisa escuras, cabelos curtos castanhos e óculos. Sua queixa era de tristeza, sentia a cabeça vazia, dores nas costas e nas pernas e não tinha uma boa digestão.

Dona Madalena logo começou a escrever em um papelzinho os procedimentos que seu Homero deveria fazer. Ela trabalhava com uma equipe espiritual de médicos. Também havia o seu mentor espiritual, chamado carinhosamente por ela de Sete, o Sete Flechas.

Ele só aparecia quando as coisas ficavam feias e dona Madalena incorporava. Normalmente era alguma entidade mais densa, muito rebelde ou mal educada. Parecia que a dona Madalena chamava para si esses, com padrão mais baixo, era sempre ela que acabava incorporando essas entidades. O Sete sempre aparecia quando ela estava incorporando. Todos os procedimentos padrão que funcionavam com todo mundo na hora de encaminhar as entidades, com ela pareciam que não funcionavam, sempre tinha que vir esse tal Sete dar uma mão. Vinha e neutralizava esses pobres coitados. Era como aquela brincadeira de braço-de-ferro e parecia que ele sempre levava a melhor. Pelo menos naquele momento, porque eu tinha a impressão de que, se você interferisse com o livre-arbítrio e a força, no final não venceria, só a compreensão tem esse poder. Achava esse tal Sete meio metido para ser um espírito evoluído, se é que era evoluído. Ele ficava falando o nome dele e batendo no peito como um gorila que tinha recebido uma banana de prêmio. Eu achava meio show demais e, pra ser sincera, não acreditava muito que ele era tão poderoso quanto se fazia, pois a espiritualidade bacana não fica batendo no peito e gritando seu nome aos quatro ventos cheio de egocentrismo.

Mas fazer o quê? Tem de tudo nessa vida. E como algumas pessoas que trabalham com isso vêm de religiões afro-brasileiras, sabia que, volta e meia, teria de me encontrar com essas entidades.

Dona Madalena e seu Homero estavam tratando das enfermidades físicas da senhora, enquanto nós entrávamos em sintonia com ela. Nina estava visivelmente se controlando para não incorporar na frente da atendida.

Apesar de alguns dirigentes da Fraternidade gostarem que os atendidos vissem todo o bafafá, a gente achava totalmente desnecessário. Primeiro, porque não dava para explicar tudo o que acontecia. Segundo, porque determinados trabalhos aconteciam com o acesso aos níveis de consciência, onde a própria pessoa não queria se lembrar ou assumir, mas nós acessávamos para que a cura se desse e não achávamos necessário dizer para a pessoa que invadimos o subconsciente dela com a maior das boas intensões. Terceiro, não gostávamos de dar margem para a pessoa ficar imaginando coisas que ela não compreendia e fantasiando que um espírito poderia estar morando debaixo da cama e esperando uma oportunidade para puxar o pé dela. Muita gente tinha muito medo e aguçar a imaginação definitivamente não seria nada proveitoso para os tratamentos.

Assim que os procedimentos de harmonização acabaram, seu Homero pediu que a senhora fosse para a sala de espera e aguardasse ser chamada de volta. Imediatamente depois de ele fechar a porta, Nina falou:

– Estou sentindo muito frio.

Projetamos uma cor alaranjada e mandamos energia para aquecê-la. Assim que ela se sentiu melhor, a entidade começou a falar:

– Ninguém me obedece mais agora que estou inválida.

Nina disse que era o nível da senhora e que ela sentia muita raiva. Via a bengala como se fosse agredir alguém com ela e continuou:

– Não fazem mais o que eu mando! Eles têm que me obedecer!

Seu Homero começou então a conversar com o nível da senhora, explicando que em uma relação saudável não existe mandar e, sim, conversar, negociar e se ela não poderia tentar dessa forma.

– Eles têm que me obedecer! Eu não vou mudar! Só porque estou nessa situação eles agora não fazem mais o que eu mando!

Pacientemente, seu Homero continuava conversando com o nível da senhora, tentando convencê-la a mudar de atitude, caso contrário, isso só traria desunião. Mas ela estava intransigente e seu Homero perguntou, por final:

– A senhora não gostaria de ter uma vida mais harmoniosa, aceitar as pessoas... – mas ele foi interrompido.

– Eu não vou mudar, nada! Eles têm que me obedecer!

Como a ladainha continuou e a senhora não estava aberta para isso, não tivemos escolha e adormecemos o nível e o encaminhamos para o Hospital Espiritual, para aconselhamento, já que da nossa parte não poderíamos fazer mais nada.

Quando Nina saiu do transe, comentou que a mulher era ruim de doer, raivosa e de uma teimosia que ela nunca havia presenciado e, infelizmente, não poderíamos ajudar se ela estava daquele jeito.

Enquanto ela falava isso, senti uma enorme vontade de escrever. Peguei um papel à minha frente e comecei a escrever sem pensar. Só escrevi. Todos na sala agora estavam em silêncio, pois perceberam que eu estava escrevendo mais do que um bilhetinho no bloquinho de papel. Assim que terminei, li para mim mesma o que havia escrito, pois não me lembrava mais do começo.

– Tem uma mensagem para a atendida e acho que vou ler para todos porque ela serve para qualquer um de nós:

Minha senhora,

A vida é a própria natureza, onde tudo nasce, cresce, vive e morre.

A morte não é o fim, faz parte do processo, da experiência de crescimento de nosso espírito. Alguns chegam a um determinado ponto sem enxergar, harmonicamente e com resignação, os processos da vida.

Tudo é natureza, porque é da natureza. Todos estamos amparados e assistidos.

Ninguém é entregue a "sua própria sorte". TODOS SOMOS IRMÃOS! Nunca se esqueça que ninguém é só. Ninguém NUNCA está só.

– É isso mesmo! – disse Nina – É a mais pura verdade, ninguém é só e ninguém nunca está só. Vamos entregar para ela e esperar que ela tenha mais compreensão.

Quando a senhora voltou para a sala, ficou falando que era muito católica. Ficava o dia todo lendo a Bíblia e que a cabeça parecia vazia, mas esperava melhorar. Que rezava o tempo todo, que sempre ajudou na igreja e o quanto era devotada ao catolicismo.

Lembrei-me de uma história que li em um livro psicografado. O livro contava sobre um hospital em outra dimensão, que recebia tanto os espíritos de pessoas que haviam acabado de morrer, como os espíritos que estavam sendo tratados em outro lugar. Uma das histórias se referia a uma senhora que foi para lá, depois de permanecer muito tempo em outro hospital em, digamos, um andar abaixo, de energia mais densa e permaneceu lá por 87 anos.

A senhora não entendia porque demorou tanto tempo para ser transferida, pois vários saíram de lá em apenas oito anos. Não entendia o motivo de sua tão longa permanência, já que, quando era viva, era religiosa e dedicada à igreja. Dava o dízimo, participava dos grupos de oração, rezava todos os dias e não perdia uma missa. Fazia tudo isso sim, mas com os empregados e familiares era uma megera. Por isso, ficou tanto tempo no tal lugar, onde a maioria das pessoas ficava por três, cinco, oito anos, até serem purificadas para poderem acessar um "degrau acima".

Não pude deixar de associar a imagem daquela senhora sentada à minha frente, com a história que havia lido. Quantas vezes podemos enganar a nós mesmos, achando que cumprir com as obrigações basta. Quantas pessoas são assim? Acreditam realmente que estão fazendo o certo, mas são incapazes de um gesto simples de compaixão e não violência. Preferem logo dar uma bofetada a ter uma conversa. Todo mundo dá um tapa no mosquito antes mesmo de ele picar ou saber se é um mosquito que pode picar, pisa numa formiga só porque ela está ali passando inocentemente na frente do seu pé. Isso não é violência? Não é matar sem nenhum motivo?

Entregamos a mensagem escrita no papel para a senhora e seu Homero saiu da sala com ela. Voltou trazendo nas mãos a nossa próxima ficha de atendimento.

Antônio, 47 anos, alto, contador, magro, cabelos levemente grisalhos, vestia jeans e camiseta. Reclamava de uma tremedeira nas mãos, que já tentara tratar de várias maneiras, durante uns quinze anos, sem sucesso algum. Sentia dor nas costas, havia operado de hérnia de hiato, que caracteriza-se por uma fraqueza do músculo diafragma, provocando um retorno do conteúdo do estômago, os refluxos. Mas mesmo depois de operar, ainda tinha os tais refluxos. Sentia-se sem energia e deprimido.

Percebemos que ele realmente estava sem energia, tristonho e parecia ser muito ansioso, pela forma que respirava. Nem precisava ser médium para constatar.

Como de costume, primeiramente seu Homero deu início à harmonização, mas logo que começamos ele teve que sair da sala, pois Nina havia incorporado uma entidade com energia muito densa e estava difícil de segurar até que a harmonização toda fosse feita.

Era uma entidade de baixo padrão vibratório que age por pura maldade ou a mando de alguém mais poderoso que ela, executando tudo como um escravo. A entidade não falava coisa com coisa. Fomos conversando, ajudando-a a recuperar sua autoestima, mostrando o caminho que ela poderia seguir se deixasse de seguir por aquela trilha. Ela concordou em ajudar e disse ter colocado "aparelhos" no atendido.

Sempre achei essa história de aparelho muito estranha. Parecia conto de alguém que foi abduzido por extraterrestres e teve objetos estranhos implantados em seu corpo. Não entendia exatamente como tudo isso acontecia. Durante meu aprendizado, nos explicaram que eram aparelhos espirituais, como aparelhos ortopédicos, por exemplo, mas usado no mundo da não matéria e para o mal. Espécies de *chips*, que armazenam informações ou emitem vibrações, colocados na cabeça, por exemplo, para interferir na saúde cerebral e cognitiva. Agulhas introduzidas em lugares estratégicos para desequilibrar ou mesmo causar dor. Algo difícil de acreditar como real, digo, como uma ação surreal que poderia causar um problema de verdade. Tipo um vudu que fazem espetando agulhas num boneco ou numa foto.

A entidade disse ter colocado um aparelho na coluna vertebral dele, o que causava a tremedeira nas mãos e que tiraria o tal aparelho. Nina fazia um gesto como se estivesse puxando um objeto comprido.

Quando terminou, perguntamos se ele aceitaria ir para um lugar especial, que o levaria para sua evolução. Nina balançou a cabeça em afirmação e alguns segundos depois abriu os olhos.

Sempre duvidei dessa história de aparelhos e ainda estava duvidando, mesmo tendo visto aquele processo todo. Só acreditaria quando ele voltasse para o retorno e contasse como se sentia. Esse caso me deixou bem curiosa, estava louca para que o retorno dele fosse logo, para constatar se ele não estaria mais com a tremedeira no braço.

Manuela perguntou se eu nunca havia incorporado. Disse que nunca e ela contou que morria de medo que um dia isso acontecesse com ela. Contou-me que quando ela via algo muito ruim, abria os olhos. Perguntei há quanto tempo trabalhava na fraternidade e ela me respondeu que já fazia uns dois anos. Fiquei surpresa por ela ainda sentir medo depois de tanto tempo.

– Se você já está há dois anos e ainda tem medo, o que vai ser de mim? – Manuela começou a rir e respondeu:

– Estou trabalhando aqui justamente para tirar esse medo. Sou muito boba, sei que preciso ser mais corajosa. Mas já foi muito pior. Antes, ficava totalmente imóvel, não dava um pitaco, hoje até falo o que estou vendo, sou mais ativa. Precisava enfrentar isso e, aqui, pelo menos, é de forma proveitosa.

Que bom que eu não era a única que sentia medo, insegurança. Obviamente algumas daquelas pessoas que trabalhavam lá já foram assim. Claro que também tinham os que já nasceram sabendo mais que outros e nunca se sentiram diferentes e intimidados. Sentia que cada dia de atendimento era um dia de novo aprendizado para mim. Cada pessoa com problema que passava pela sala era uma pessoa que me ensinava, mesmo sem ela ter consciência disso. Os relacionamentos, por mais curtos que possam ser, podem ser realmente uma via de duas mãos.

Fiquei imaginando quantas pessoas deveriam ter verdadeiro pavor dos fenômenos e convivem com esse medo sem saber o que fazer. Sofrem sozinhas e quietas, porque não sabem nem como falar um negócio desses.

E falar com quem? Não sabem onde procurar ajuda. E quantas dessas pessoas poderiam usar seus dons para ajudar o próximo? Felizmente, fui parar naquele lugar. Desde que havia começado a fazer o curso, os fenômenos de desaparecimento e aparecimento de objetos que começaram a acontecer nos dois últimos anos antes de eu fazer o curso, por fim, cessaram. Meu computador nunca mais havia "morrido" e parou um pouco de travar tanto. Isso tudo já era um bom sinal.

Quando Antônio retirou-se da sala, Armandinho anunciou que daria início ao encerramento. Nesse momento a lâmpada do teto começou a falhar. Foi dando umas piscadelas e ficando cada vez mais fraca, até apagar completamente. Armandinho estava segurando nas mãos a folha que sempre lia ao final do nosso trabalho. Somente havia uma leve iluminação, vinda da janela aberta, era noite de lua. Ele começou a rir e perguntou:

– Alguém tem a cópia em braile? – e todos riram.

– Vou ter que improvisar, se esquecer algo me corrijam, ok?

Quando terminamos e saímos da sala, somente a luz de emergência em cima da porta do salão estava funcionando. Despedimo-nos e fui pegar meu carro. Na rua, um breu só. Quando liguei o rádio do carro a estação estava chiando, troquei para outra e foi a mesma coisa. Optei pela rádio de notícias. Uma repórter do Rio de Janeiro falava sobre o apagão que já durava trinta minutos naquela cidade. As únicas luzes que se avistava nas ruas eram as dos faróis dos carros transitando. Nenhum poste de luz, semáforo, casas, lojas. Tudo apagado!

Conforme guiava meu carro em direção a minha casa, fui ficando cada vez mais impressionada com a proporção daquele evento. O trânsito estava um caos! As pessoas atravessavam as avenidas e ruas correndo, com medo de serem atropeladas. Os cruzamentos das avenidas eram impraticáveis sem os semáforos funcionando. A sorte era que, por menor que fosse, havia uma iluminação mínima vindo da lua, mas para olhos sem prática e acostumados ao comodismo de luzes artificiais, era como se ela nem existisse para ajudar um pouco no caminho para casa. Uma verdadeira aventura transitar naquela condição. Comecei a receber mensagens no meu celular, de amigos perguntando se havia luz onde eu estava.

Claro que ninguém sabia o que estava acontecendo. Apenas tablets, notes, celulares com bateria carregadase acesso à internet ou radinhos de pilha eram os únicos aparelhos que poderiam acessar a informação sem depender de uma tomada.

Como estava de carro, ouvia tudo pelo rádio e ficava de informante das minhas amigas que não paravam de ligar.

– Genteeee! Vocês não imaginam como está a situação! Mais da metade do Brasil está sem luz! Não é só aqui em São Paulo e ninguém sabe o que aconteceu.

A rádio que estava sintonizada, de repente, sumiu. Procurei outra. Passei por umas três estações até achar uma funcionado. Algumas rádios haviam saído do ar por falta de energia. A coisa estava feia mesmo. Um repórter que estava no alto de um prédio da Avenida Paulista, informava que em sua visão de trezentos e sessenta graus, não havia nenhuma luz, a não ser de alguns prédios que pareciam ter gerador de energia. A cidade estava no escuro! Uma metrópole entregue à total escuridão. Meu telefone tocou novamente, era Sylvia:

– Você tá onde? Já chegou em casa?

– Não. Tá todo mundo a vinte quilômetros por hora. Tá difícil sem semáforo.

– Vem pra cá então. Você vai passar perto mesmo. Vamos encher a cara de cerveja enquanto elas ainda estão geladas, vai saber quando essa luz volta. – Soltei uma gargalhada e disse que já estava a caminho.

Ficamos na varanda do apartamento dela. Queríamos aproveitar aquele momento inédito. Sentir aquela escuridão toda e aproveitar o silêncio que pairava no ar. Nenhum poste de luz, nenhuma iluminação de jardim, só faróis de carros cortando a escuridão. A cidade estava incrivelmente quieta. Só se ouvia uma ou outra sirene de ambulância ou de carro de polícia ao longe. Os pais da Sylvia já estavam dormindo, devia ser umas onze horas da noite quando cheguei. Assim como eles, muita gente deveria ter ido para a cama mais cedo. Sem TV, computador e mesmo o burburinho da cidade ligada na tomada, fazer o quê? Cama mais cedo.

– Imagina o desespero dos que sofrem de insônia? – disse eu, pensando nas noites em que não conseguia dormir e ficava fuçando na internet.

– Cara! Não dá nem para ler um livro. Olha como a cidade está quieta! Acho que metade da ansiedade de ficar acordado vem dessa energia pulsante, ela te envolve, te penetra. É muita luz, muito ruído. Sem a eletricidade não tem o ruído!

– Todo mundo pensa que eletricidade só é sentida se a gente enfia o dedo na tomada. Mas eletricidade também produz magnetismo, tanto que não se deve morar perto daquelas torres de alta tensão e antenas de transmissão de celular, rádio, dizem que faz cair até cabelos.

– Jura? Onde você ouviu isso, Amanda?

– Li em algum lugar, não lembro se foi nessas revistas Scientific America ou algum outro lugar, mas não foi só uma vez. Já ouvi uma notícia que o Vaticano estava sendo processado porque colocou uma antena de rádio perto de umas casas e as pessoas não queriam de jeito nenhum, porque sabiam que as ondas emitidas poderiam causar doenças.

– Sério?!

Afirmei com a cabeça e ficamos quietas aproveitando o silêncio da cidade que nunca parava.

– Imagina os aviões chegando em São Paulo? Aquele tapete imenso de luz. São Paulo sumiu do mapa! – comentou Sylvia, depois de um tempo.

– Pior que não é só São Paulo, parece que todas as cidades saíram do mapa, não tem luz em nenhum lugar do Brasil! – disse eu, enquanto ia lendo as informações que acessava do meu celular conectado à internet. Agora já se sabia que não só o nosso estado, mas o Brasil inteiro estava sem luz.

Hospitais funcionavam à base de gerador, mas alguns hospitais públicos tinham somente um gerador que, ainda por cima, não funcionava. Isso era um enorme problema. Tinham que arrumar outro gerador urgentemente, pois os pacientes mais graves estavam com seus aparelhos desligados. As enfermeiras usavam aparelhos manuais para continuar bombeando ar nos pulmões dos que estavam na UTI. Revezavam-se quando cansavam, pois se parassem os pacientes morreriam.

Estávamos sem luz a umas duas horas, mas haviam estados em que a energia havia caído a quatro horas. Até o Uruguai, que recebe energia de uma de nossas usinas, havia ficado uma hora e meia sem energia.

– Vou fazer xixi, empresta essa vela.

– Já vou avisando que talvez você não consiga dar a descarga, sem energia não sobe água para a caixa d'água, vai que já acabou. Meu chuveiro estava sem água quente, ele é aquecido a gás, mas o treco que controla a chama é elétrico. Até para o gás, que é "analógico", precisamos da energia porque o equipamento é digital. Estamos perdidos, tudo depende da energia elétrica, até para fazer um xixi urbano!

Nunca tinha pensado nisso. Quase tudo que usamos é dependente da eletricidade. Até abrir uma torneira no prédio precisa de energia. Isso sem falar nos estoques de comida dentro das geladeiras. Freezers de restaurantes desligados sabe-se lá por quanto tempo. Prejuízo na certa.

– Sylvia, acho que já vou indo. Não consigo falar lá em casa, os telefones não devem estar funcionando e o celular dos meus pais está caindo na caixa postal.

– Ok. É melhor mesmo, vai que acaba a gasolina do gerador do prédio e você tem que descer doze andares de escada. Ninguém merece! Me liga quando chegar em casa.

As ruas estavam com cheiro de escapamento de caminhão velho. Eram os geradores dos prédios que soltavam muita fumaça fedida. Ouvia o rádio e a polícia recomendava que as pessoas ficassem em casa, pois vários lugares estavam sendo saqueados. Essa noite com certeza será lembrada por muito tempo. Dava até um filme: "O dia em que São Paulo parou".

Lorena voltou ao trabalho na quarta-feira. Tinha feito uma batelada de exames antes de começar a tomar os remédios prescritos pela psiquiatra. Como havia abusado muito das drogas, seu fígado estava sofridinho e teria que esperar pelo menos duas semanas antes de começar a tomar alguns dos remédios. Estava em uma dieta de limpeza e a garrafa de água era sua melhor amiga, entre provas de roupas e ajustes das peças para o desfile.

Para variar, eu estava pilhada. Sempre ficava ansiosa antes do lançamento das nossas coleções. A data marcada para o desfile estava chegando. A imprensa já estava nos ligando para saber quem desfilaria na abertura, se teria alguma personalidade, quem seria o maquiador, qual a nossa proposta para a coleção, etc. Todo ano a mesma ladainha. Não tinha a menor paciência. Lorena adorava esse fuzuê. Fazia questão de falar com todo mundo, ser fotografada, dar declarações. Mal sabia como aquilo a deixava fora de si, aquela vaidade toda, aquela massagem no ego. Quanto mais se deixava levar pelos holofotes, mais inebriada ficava. Era como um vício, parecia que as energias dela iam se esvaindo e, algumas vezes que a olhava, ela parecia um zumbi, mesmo que estivesse se sentindo feliz. Era a felicidade momentânea. O prêmio do açúcar, como eu gostava de classificar. Na hora é muito bom, mas é vazio e todo mundo só suga, só quer, quer, não dá nada, é uma via de mão única. Não existe troca, parecem todos vampiros tirando o máximo de sangue em proveito próprio. Nasci em um mundo muito parecido, o mundo do poder e do dinheiro e sabia muito bem como era essa energia. Mas cada um tem que ver por seus próprios olhos, nenhuma dessas pessoas que aparentam ser as mais legais vão estender uma mão caso alguém precise. Tudo é vazio, fútil e interesseiro.

É bom ter o trabalho reconhecido. Mas tem que haver o equilíbrio, como em tudo na vida. No mundo da moda – não dos negócios, do pessoal da firma – nesse, do glamour, das revistas, das modelos, dos desfiles, equilíbrio passava longe. Sempre alguém está se beneficiando e, sempre, alguém está perdendo. Não existe o meio termo. O que é melhor para todos. É o que é melhor pra "mim, eu e meu umbigo".

O mercado da moda é feroz. É como naquele filme, "O advogado do diabo", com o Al Pacino, Charlize Theron e Keanu Reeves. Para mim, um clássico sobre nossa ingenuidade perante o ego. O filme conta a trajetória de um advogado de cidade do interior, Keanu Reeves, que é convidado pelo Al Pacino para trabalhar em Nova York, em um dos melhores escritórios de direito. Os advogados nesse local são bem inescrupulosos, mas eles nunca perderam uma causa sequer, pois usam tudo o que podem para ter sucesso a qualquer custo e só defendem pessoas ruins. Conforme o advogado novato vai vencendo, vai se tornando cada vez mais orgulhoso e deixando-se levar pelo ego, luxúria e vaidade. Adora dar entrevistas, sair em fotos nos jornais, gastar muito dinheiro com luxo. Começa a frequentar jantares em lugares caros e rodeado de mulheres lindas, mesmo sendo casado com a gata Charlize Theron, que no filme é uma fofa, além de linda. Enquanto isso, tudo vai acontecendo, ele vai deixando a esposa de escanteio. A mulher percebe a armadilha que ele está entrando, começa a ficar desesperada e se torna uma neurótica, porque percebe a real natureza das pessoas que estão com ele. Enxerga os "monstros" por debaixo da pele de "cordeiro" e acaba sendo internada em um sanatório depois de uma crise nervosa. Aos poucos essa vida de glamour e pura vaidade começa a cobrar seu preço e tudo começa a ir por um caminho muito ruim. A vida dele se transforma em um inferno, literalmente. O filme, além de muito bom, tem tudo a ver com o mundo da moda.

Lorena não percebia como isso tudo tinha um papel fundamental para o processo que passava. Essa necessidade de agradar todo mundo, ficar à disposição da imprensa, saindo com gente conhecida no mundo da moda, querer ser fotografada ao lado de modelos e produtores, dar entrevistas. Isso tudo e ela nem era assessora de imprensa. Imagina se fosse? Essas coisas geravam mais ansiedade e ela nem percebia. Quando chegava nos lugares, ficava olhando para todos os lados, para ver quem estava lá, se tinha alguém conhecido e famoso que talvez a convidasse para sentar na mesma mesa. Em época de troca de coleção, eu ficava atordoada quando saía com a Lorena. Às vezes, ela me largava falando sozinha, porque aparecia alguém mais interessante e eu era totalmente ignorada. Estava sempre com todo mundo, menos com ela mesma.

Antes de completar dezesseis anos Lorena montou uma banda, a "Não quero ser sexy". Aprendeu a tocar guitarra praticamente sozinha, observando a mãe dedilhar o violão nas vezes em que estava mais animada, depois de encher a cara de vodca tônica, nas tardes de domingo. Apesar de a mãe ser professora de violão, nunca parava em casa e não tinha tempo de ensinar a filha, que insistia em aprender. Cansada de pedir para a mãe, Lorena começou a pegar os cadernos de música espalhados pela casa, que tinham desenhos das posições de cada nota. Quando já sabia o suficiente, passou a comprar cadernos com músicas mais atualizadas na banca de jornal no caminho do colégio. Quando completou 15 anos, em vez de uma festinha de princesa, toda cor-de-rosa, pediu uma guitarra de presente de aniversário. Foi o pai quem comprou, uma Kramer vermelha e amarela. Era a guitarra dos seus sonhos.

No colégio, juntou-se com mais quatro amigas e montou a primeira banda de meninas da escola. Chegaram a participar de festivais culturais, representando o colégio que estudavam, além de festas de amigos. Tocavam de graça por puro prazer.

Nunca havia namorado, muito menos beijado na boca, mas depois da banda, tinha uma fila de garotos querendo sair com ela. O conjunto dava uma boa projeção nesse sentido. Acabou tendo um relacionamento rápido com um cara mais velho, de 19 anos. Era um dos poucos caras motorizados do colégio. Estiloso, meio *punk-neo*-mauricinho, dirigia uma moto que ganhou do pai quando completou 18 anos, tinha uma tatuagem de caveira no braço direito e era cobiçado por todas as garotas.

Em um fim de semana de verão, logo depois que Lorena completou 16 anos, a banda foi fazer um show no Guarujá, arranjado pelo seu namorado. Era na casa de praia de um amigo dele, que ficava de frente para a praia de Pernambuco. Montaram um palco bem ao lado da piscina, na divisa do terreno com a areia da praia. Foi lá que bebeu pela primeira vez, instigada pelo namorado e pelas amigas.

Já no final da festa, Lorena, o namorado e as integrantes da banda com seus pares, decidiram ir até a praia. Desceram uma minúscula escadinha de três degraus que dava acesso à areia, atravessaram o pequeno portão e entraram todos no mar. Estavam visivelmente embriagados. Lorena mais do que todos. Era estreante no álcool. Estava se divertindo muito, apesar de enxergar tudo em dobro.

Depois de uma meia hora pulando e dançando na deliciosa água do mar de verão, todos voltaram para a festa, menos Lorena e o namorado. Ele disse que iriam logo em seguida e a conduziu pelo braço até debaixo de uma árvore, onde estava bem escuro e longe dos olhares de quem quer que fosse. Tirou sua camisa, estendeu no chão e sentou Lorena sobre ela. Sentou-se ao seu lado e começou a beijá-la. Ela estava adorando aquele clima todo apesar de estar se sentindo muito tonta. Logo colocou a mão dentro da blusa dela. Mal conseguia tirar a mão do rapaz e ele já estava com a outra mão em baixo da saia jeans, jogando o peso do corpo sobre o dela. Deitou-se na areia contra a vontade. Começaram a travar uma batalha muda. Ele puxando sua calcinha, ela tentando tirar a mão dele, ele segurando a mão dela, ela dizendo baixinho para que ele parasse com aquilo.

Em dado momento o rapaz perdeu a paciência. Arrancou a calcinha, segurou os braços com uma das mãos no alto da cabeça dela e com a outra, abriu o zíper da calça que vestia, colocou seu membro para fora da calça e a estuprou. Lorena não emitiu nenhum som. Estava chocada e não podia acreditar que aquilo estava acontecendo com ela, ali, daquele jeito, e ninguém para ajudar, embora estivesse perto de todos só por alguns passos.

Lorena era virgem, não sabia como reagir naquela situação e, nem se quisesse, teria coragem de gritar por ajuda. A voz não saía. Ficou em silêncio, esperou ele terminar logo com aquilo. Apesar da leve dor que sentiu enquanto ele estava em cima dela, só conseguia pensar se aquele líquido escorrendo no meio de suas pernas era sangue.

Assim que aquele pesadelo acabou, ele vestiu a calcinha de volta enquanto ela ainda permanecia imóvel deitada na areia. Arrumou a blusa dela, abaixou a saia que estava levantada, deu um beijo em sua testa e a levantou como se nada tivesse acontecido. Lorena não disse uma palavra. Se deixou conduzir até o local da festa, despediu-se dele, foi até o quarto das meninas que estavam hospedadas na casa, tomou um demorado banho e dormiu profundamente. Fingiu que aquilo não havia acontecido. Não comentou nem com a sua sombra. Quando voltou para São Paulo, nunca mais olhou no rosto daquele monstro, tocou sua guitarra ou ficou novamente sozinha com um homem.

Preocupava-me com a Lorena, não só por trabalhar com ela, mas por considerá-la minha amiga. Queria o bem dela, queria que conseguisse superar seus desafios e, principalmente, que agora parasse de mentir para a terapeuta dela. Lorena não contava que usava drogas para a pessoa que justamente deveria saber. Deixou de fora o caso do estupro e, sinceramente, não entendia por que alguém fazia terapia se tinha que mentir. Já basta mentir para si mesma, mas para o terapeuta é muita burrice, era ela quem pagava por aquilo, nos dois sentidos. Nossa primeira conversa quando ela retornou foi sobre isso.

– Lorena, sei que você deve achar engraçado, mas agora que vai ter que fazer terapia duas vezes por semana, ou fala a verdade ou troca de profissional. Não faz o menor sentido.

Ela deu uma risadinha meio sem graça.

– Agora não dá mais para mentir, foi ela quem me internou. E quer saber? Ela disse que já sabia que eu abusava das drogas.

– Viu? Você acha que pode enganar todo mundo. Ela estudou para isso. Trabalha com gente. E você mente na terapia achando o quê? Que tá enganando quem? Você é ridícula!

– Eu sei. Nem sei por que escondi por tanto tempo essa informação dela. Já comecei as duas sessões por semana. Não vou mudar de terapeuta e não vou omitir mais nada. Juro!

– Você não precisa jurar pra mim. Quero seu bem, mas convenhamos, mentir para a terapeuta é muita criancice.

– Eu sei...

– Tá! Então para de falar "eu sei" e faz alguma coisa direito com sua vida. Que tal começar a enxergar as coisas como elas são e não através de uns óculos mágicos?

– Óculos mágicos?

– É! Parece que você está sempre usando uns óculos mágicos. Será que é a única pessoa do planeta que só vê felicidade? Ninguém é feliz o tempo todo.

– Eu sei...

– De novo, "eu sei"?

– Tá! Eu sei. Decidi acordar! Vou olhar as coisas de frente.

– Minha amiga, espero mesmo, porque só você pode lutar por você. Os outros estão ocupados demais pensando neles. Cuida da sua vida, porque esse mundinho que você adora não vai te dar muita coisa. Procure seus amigos de verdade. Sai um pouco disso tudo.

Estava aliviada por ela estar bem. Podia ter sido muito pior.

Dia de trabalho voluntário. Nosso primeiro atendido era o Sandro. Trinta e dois anos, bem vestido, bonito. Trajava blazer bem cortado e calça social. Queixava-se que sua vida parecia estagnada há sete anos. Estava empregado, mas não ganhava tão bem quanto no emprego anterior que havia perdido. Morava com os pais, era recém-separado, tinha um filho pequeno e gostaria de arrumar uma namorada fixa. Seu momento mais traumático na vida aconteceu quando um oficial de justiça foi procurá-lo e ameaçou prendê-lo, porque não havia pago a pensão alimentícia do filho.

Foi convidado a sair da sala logo após sua harmonização. Nina parecia estar prestes a incorporar, mas estranhamente isso não ocorreu. Ficamos aguardando por algo. Nada.

Comecei a ouvir uma voz de mulher, muito indignada, que dizia:

– Ah é? Ele fez tanta coisa e agora vem aqui para ser o bonzinho, a vítima, o coitadinho?

Escrevi no bloquinho de papel à minha frente e passei para Manu e Nina lerem.

Manu me perguntou quem era e eu disse:

– É um nível. O nível da ex-esposa dele, acho. – começava a acreditar mais em minhas intuições e arrisquei dizer que era a mãe do filho dele.

Nesse caso o "nível" não é uma entidade, um espírito desencarnado, que também tem vários níveis de consciência passados. Esse era da ex-esposa dele, reclamando. Talvez ele tivesse que resolver algum aspecto de sua vida, algo mal solucionado no passado recente, senão outros aspectos da vida sempre estariam desarmoniosos. Nós não entendíamos muito bem porque as coisas aconteciam assim, éramos simples canais e fazíamos o que tínhamos que fazer, sem julgamento.

Eu estava acessando um nível de alguém que precisava se manifestar por alguma razão. Nesse caso, a ex dele.

Assim que Nina pegou o papel, incorporou a tal mulher. Demorou um pouco para verbalizar. Parecia bastante abalada, inconformada. A harmonização do nível de consciência dela demorou um pouco para se reintegrar e ficar mais estável. Enquanto isso acontecia, escrevi, para não atrapalhar o processo todo, que agora conseguia ver uma mulher, segurando com um dos braços uma criança pequena enquanto gesticulava com o outro livre e falava:

– Não é justo!

Mostrei o papel para Manu e o dirigente. Demorou mais um pouco para ela conseguir falar através da Nina:

– Como pode? Como ele pode vir aqui e falar tudo isso como se fosse a melhor pessoa do mundo?

Ficamos sem entender o que ela queria dizer e seu Homero perguntou:

– Qual a sua relação com o atendido? – mas ela continuava a falar as mesmas coisas, de forma diferente.

– Como ele pode ir aí e falar que está com problema? E eu? Olha o que tenho! – ela se referia a tal criança que vi uma mulher carregando – Tenho que carregar tudo. Ele me deixa com toda a responsabilidade! Não é justo! Como ele pode querer ajuda, e eu? Ele faz tantas coisas que não são legais e ainda vem aqui e se faz de vítima!

Entendemos que a mulher não compreendia por que ajudaríamos o moço, estava se sentindo desamparada e não tinha nenhuma ajuda. Sentia-se injustiçada.

Dissemos que ela também seria ajudada, se estava lá não era por simples acaso e também seria beneficiada. Explicamos que, pelo fato de ele ter ido procurar ajuda, já estava buscando uma mudança e nós cuidaríamos para que ele recebesse as corretas orientações para que isso

pudesse ocorrer. Esclarecemos também que, às vezes, as pessoas não têm consciência de que prejudicam o próximo. Aí ela nos interrompeu:
– É mesmo? Mas ele tem um filho para cuidar!
Pedimos para ela se acalmar e dissemos que chamaríamos alguém conhecido dela, no plano espiritual, para ajudá-la a entender o que estava acontecendo. Ela foi se sentindo melhor e por fim nos disse:
– Só vim aqui pra entender por que isso acontece. Vou embora, mas pede pra ele olhar por aquela criança que não tem nada a ver com isso.
Quando Sandro retornou à sala para terminarmos o tratamento, ouviu alguns conselhos para resolver o problema não só com a ex-esposa, como também com o filho que estava de escanteio. Pedimos que repensasse suas relações e ele admitiu estar omisso há algum tempo com a criança, mas sentia vontade de retomar o contato.
Acredito que ele não esperava ouvir o que dissemos. Foi procurar deslanchar seus relacionamentos amorosos e profissionais, mas obviamente, nem tudo aquilo que desejamos é o que necessitamos de verdade. Se um ponto muito importante da vida está em total desarmonia e pessoas à sua volta sofrem por sua causa, outros aspectos serão prejudicados. Enquanto não buscarmos uma solução pacífica para a mudança que tanto desejamos, as coisas acabam não se concretizando. É ação e reação. É preciso sempre estarmos atentos ao que fazemos com os outros, que será o mesmo jeito que a vida nos tratará. Não existe o acaso, existe reação.
Sandro caminhava em direção à porta nitidamente decepcionado por não esperar tomar um puxão de orelha, quando Nina disse:
– Hoje é só o seu primeiro dia de atendimento. Esperamos seu retorno e não deixe de refletir sobre isso. Filho é para sempre!
Logo de início, até fiquei em dúvida, afinal como poderia vir alguém da família, ex-mulher, na verdade, dedurar a pessoa? Incrível! O mundo do invisível pode revelar fatos que nem imaginamos. Estava sendo sacana com a ex, não pagava a pensão. Até comentou que estava devendo, mas não ver o filho e nem querer saber dele? Ainda bem que as pessoas não ficam dentro da sala, senão ficariam chocadas com o que é revelado sobre elas. Não há nada pior do que ser desmascarado na frente de outras pessoas.

Seu Homero entrou na sala com outra ficha de atendimento. Mônica Rebouças de Oliveira, 25 anos, toma cortisona para tratar de suspeita de lúpus, mas os médicos não davam certeza por se tratar de manchas roxas nas pernas que apareciam de vez em quando. Antes de ela entrar na sala, não sei por que, arrisquei um palpite.

– Ela não tem lúpus, essas manchas aparecem nas pernas dela porque é muito ansiosa. Ela mesma está provocando isso.

A jovem entrou na sala literalmente tremendo. Parecia um bichinho acuado. Alta, bem magra, cabelo castanho preso em um rabo de cavalo, olhos negros e medrosos.

Contou-nos que quando ela abraçava alguém que não estava bem, tinha a impressão de que "sugava" toda a energia negativa, pois a pessoa se sentia bem depois, mas ela ficava mal durante alguns dias. Dizia-se uma esponja, como se ela fosse um vampiro, mas no bom sentido. Quando ficava nervosa, apareciam manchas nas pernas dela e, em momentos de ansiedade as manchas até ardiam. Nina me olhou como que aprovando meu comentário.

Como estava visivelmente muito nervosa, primeiro conversamos com ela e sugerimos algum tipo de meditação ou *yoga* para que pudesse ter mais serenidade e controle sobre a ansiedade, pois essas duas atividades ajudam bastante nesse caso. Com ela mais calma, começamos a fazer a harmonização dos campos energéticos.

Durante a harmonização, comecei a ver uma imagem. Era como se eu estivesse bem longe e a enxergasse bem pequena. Fiquei calada, esperando que alguém falasse algo. Seu Homero agora pedia que nossa visão fosse ampliada, mas nada mudou. Ele disse então que iria pedir que as fichas dela fossem abertas. "Abrir as fichas" era vasculhar o passado, ter acesso a outras encarnações. Assim que ele realizou o procedimento, pediu que a jovem aguardasse na sala de espera. Como o silêncio perdurava, comecei a descrever o que estava vendo, assim alguém poderia entrar na frequência e captar mais alguma coisa.

– Vejo a atendida no fundo de um poço com as paredes de pedras escuras. O poço é seco, não tem água. Ela está sem roupa, sentada toda encolhida, abraçando as pernas no peito. Está suja de terra escura e olhando para cima. Seu rosto está iluminado, só o rosto. Ninguém viu nada e Manuela, então, me perguntou:

– Mas por que ela está lá?

Disse que não sabia, mas via agora a figura de um homem. Parecia que tudo se passava na Idade Média:

– Vou tentar fazer uma coisa, vou recuar no tempo antes de ela estar no poço. – Falei com uma propriedade que não sei de onde veio.

Assim que fiz isso, não sei como, a vi em pé, dentro de uma casa de madeira. A casa era simples, com bancos compridos de madeira em volta de uma mesa, também de madeira. Parecia mais um celeiro, chão de tábuas, iluminação de vela ou lampião, não conseguia ver os detalhes, era tudo meio escuro. Em volta da casa o chão era de terra, meio lamacento, terra preta, um lugar úmido. Ela vestia uma saia longa, com um avental comprido por cima. Era da Idade Média o tal figurino. Via agora um homem, com roupa também dessa época, mas ele era como se fosse um guarda, usava um tipo de capacete de metal prateado pontudo. Aquele lugar era a vila onde ele morava, não estava trabalhando. Parecia ser alguém daquela comunidade. Ele discutia com a jovem e a puxava pelo braço em direção à porta da casa. Então, foi neste ponto da visão que pude saber o motivo pelo qual ela foi jogada no poço. Estava sendo punida por estar curando uma mulher acamada, somente com a imposição das mãos. Esse homem a arrancou de lá dizendo que aquilo era proibido, inadmissível e que ela nunca mais deveria fazer aquilo. Ele não a denunciaria ao padre, mas seria punida e o castigo foi o poço. Depois de descrever a cena toda, voltei para a primeira imagem:

– E, agora, ela está encolhida e toda suja dentro do poço. Mas é engraçado, porque não está com a cabeça abaixada sobre os joelhos, ela olha para cima e seu rosto está iluminado. Vamos tirá-la desse lugar, vamos limpá-la e vesti-la!

Seu Homero pediu então que todos nos concentrássemos e iniciamos o procedimento de reconstituição daquele nível. Conforme o tempo passava, a imagem dela ia se modificando, até que, por fim, ela foi encaminhada para outro plano, onde receberia cuidados.

– Era na época da Inquisição? – perguntou Nina.

– Não sei dizer, mas pelas roupas acho que sim. Pelo menos não foi queimada, como a vila era pequena e com poucas pessoas, eles fizeram isso entre eles. O homem era bem próximo da família, talvez um tio ou padrinho. O assunto ficou entre eles, e não houve denúncia, senão, acho que ela teria sido queimada com certeza. Naquela época todas essas curas, até com ervas, eram vistas como ações do diabo, qualquer motivo a mulherada virava churrasco.

Quando a moça voltou à sala, nos perguntou porque ficava paralisada, deitada na cama, pela manhã, sem conseguir acordar. Via-se espelhada: deitada enquanto também estava em pé ao lado da cama se vendo. Tentava acordar chutando o pé da cama, mas seu pé passava o móvel. Sentia muito medo e começava a rezar.

Mediunidade sem controle pode ser terrível. Acarreta tantos problemas que, em vez de ser uma benção, acaba sendo uma maldição.

Perguntamos se ela tinha alguma crença religiosa ou se frequentava alguma igreja. Disse que hoje não frequentava, mas já foi até do coro da igreja católica e, muitas vezes, durante o sermão, parecia já conhecer todas as palavras que o padre pronunciava. Para ela era como estar em casa. Havia parado de frequentar as missas porque não concordava que as pessoas adorassem uma estátua.

Compreendi o que ela queria dizer. No budismo também existem várias imagens, ilustrações, estátuas, então, acabei falando:

– Não liga para isso. É só uma representação material. Pensa nisso como um objeto decorativo, uma pintura, só como uma estátua. Muitas pessoas não conseguem se concentrar, ter algo para fixar os pensamentos ajuda. Não que elas não tenham fé, é que a contemplação facilita o estado meditativo, assim, os pensamentos não ficam vagando por aí, no bolo que não assou direito, no que vai ter para o jantar... Olhar uma imagem ajuda. Isso vem de muito longe. Desde a época em que se adorava o deus Sol ou o deus Lua. Alguns já estão em outro nível evolutivo e já sabem que isso é só um artifício, mas a maioria das pessoas precisa de representações, de imaginar Deus de barba branca e velho, a Maria com rosto sereno, Jesus de olhos azuis. Pense como um quadro bonito que enfeita a parede de uma casa e usufrua do que essa casa possa trazer para sua alma.

Pedimos que procurasse um curso de desenvolvimento mediúnico, para que ela entendesse melhor o que acontecia durante o sono e aprendesse a não absorver a energia pesada de outras pessoas. Infelizmente esses cursos são difíceis de achar. E ainda, os poucos que existem que se podem chamar de mais sérios, levam muito tempo e no final, acabam sendo mais informativos e com foco mais na teoria do que efetivos realmente para pessoas que já possuem dons mediúnicos. Infelizmente a maioria está entregue ao acaso e se virando como pode.

Riane era nossa última atendida da noite. Entrou na sala queixando-se de problemas do aparelho reprodutor e indisposição com familiares. Não usava nenhum medicamento, mas havia tomado anticoncepcional durante muito tempo. Sentia-se desequilibrada emocionalmente. Segundo suas palavras, tinha uma TPM "animal". Dizia que parecia bicho. Queria pular no pescoço de qualquer um que aparecesse pela frente nesse período, jogar o carro sobre todos os motoboys no trânsito e, quando alguém de telemarketing tinha o azar de ligar no período de suas crises, fazia o coitado até chorar de tanto que ela o atazanava.

Não pude deixar de pensar "Nossa! Como adoraria fazer isso com esses malas sem alça". Senti um certo prazer em ouvir que ela pegava os caras para descarregar sua ira hormonal. Todos da sala deram um sorrisinho e se entreolharam, como que se sentindo vingados.

Riane, apesar de ser vegetariana há anos, sentia uma vontade louca de comer carne quando estava nesses dias de ira. Falava que sentia-se como um bicho selvagem e que algumas vezes, depois de comer carne vermelha, passava muito mal porque não estava mais acostumada.

– Vocês podem imaginar a sensação de conviver com um estranho, que é seu próprio marido, durante quinze dias no mês? Nem ele, nem eu, aguentamos! Sofro demais comigo mesma! E parece que isso vem piorando conforme estou envelhecendo. Daqui a pouco é a tal menopausa. Não quero mais ser assim. Será que vocês podem me ajudar?

Sabia bem o que era. Eu sempre sofri de TPM, aliás, várias amigas minhas. Um de meus antigos namorados até tirava sarro da minha cara, falando que a jaula já estava me esperando. Ou quando dava um ataque, soltava frases do tipo "Vai já para a jaula, vai", ou então, "Espera que já vou pegar teu osso".

Confesso que essa brincadeira acabava me trazendo um pouco para a realidade, eu passava bastante dos limites. Era a forma "carinhosa" de ele falar que eu estava insuportável. Com certeza já devo ter tomado pé na bunda por esse motivo achando que era por outro. Tive um namorado que me disse em nossos momentos finais:

— Você é muito legal, legal mesmo. Mas não aguento mais as vezes em que você fica com mania de perseguição e acha que quando quero ficar sozinho, é porque você fez alguma coisa ou disse alguma coisa ou me atormentou ou, ou, ou...

Tudo com muito tato, calmamente, um discurso de encerramento de namoro.

Tenho que admitir; já despejei minha ira sem dó em cima de alguns pobres coitados. Só queria entender por que só fazemos isso com homem. Por que não despejamos nossos hormônios sofredores e irados sobre as amigas? Será que é porque viemos da costela deles, então agora eles que nos aguentem? Esse parece ser um bom motivo. Vou usar como desculpa da próxima vez.

Começamos a fazer a harmonização em Riane e nada de mais profundo apareceu. O problema dela era puramente físico, não apareceu nada de mais em seu campo energético. Era um caso tranquilo, somente harmonização. Foi o mais fácil que eu havia presenciado até o momento. Nenhum obsessor, nenhuma imagem de vidas passadas mal resolvidas, nenhuma dor física. Estava bem, apesar de reclamar da TPM absurda.

— Você não tem nenhum problema espiritual ou físico grave. — concluiu Manuela. — É puramente desequilíbrio hormonal. Tenho uma amiga que ficou anos sofrendo de TPM e a ginecologista dela resolveu o problema com vitaminas. Você deveria conversar com sua ginecologista. Resolve mesmo.

— Nunca comentei que tenho essa TPM com minha ginecologista. Achava que todo mundo tinha, mas descobri que a minha é muito exagerada. Ando com vontade de atropelar os motoqueiros que me fecham no trânsito, MESMO! Qualquer hora faço uma loucura!

— Então, converse com sua médica. — disse eu — Resolvi minha TPM com suplementos de minerais. É barato e a minha é fórmula manipulada na farmácia. Não tenta resolver sozinha, caso contrário teremos que te visitar na cadeia, hein?

Riane saiu da sala dizendo que no dia seguinte iria marcar uma consulta com a ginecologista.

Queria trabalhar mais um dia na semana como voluntária e assim que saí da sala de atendimento, fui falar com o meu ex-professor que estava terminando de dar um curso naquela noite. Como já havia me convidado para trabalhar na sala dele numa das vezes que nos encontramos na cantina, já cheguei me colocando.

– Oi, Zito! Boa noite!

– Oi, Amanda, que ventos a trazem?

– Sabe, estou querendo trabalhar mais um dia na semana, será que posso voltar amanhã e ver se me dou bem na sua sala?

Ele ficou me olhando por uns segundos, pensando em alguma coisa e respondeu:

– Lógico! Sabe, aproveitando já vou te contar uma coisa. Fica esperta, porque a diretoria está colocando pessoas dentro das salas de trabalho, para espionar se os trabalhadores estão realizando atendimentos que não foram agendados.

Na hora entendi o porquê da hesitação dele em me responder logo. De certo, pensou que eu poderia ser uma "espiã" da diretoria. Tive vontade de rir.

– Não diga?! Que coisa mais absurda! Será que não existe nada mais importante e útil para se fazer, em vez de ficar perdendo tempo com isso?

Dei uma bufada, balancei a cabeça negativamente e continuei com o assunto que realmente me interessava.

– Então? Lembra que você tinha falado para eu aparecer em uma quarta-feira? Posso vir amanhã, tudo bem?

– Ok! Te vejo amanhã!

Saí a passos largos para tentar correr da chuva, mas alguns pingos gordos me atingiram antes que conseguisse entrar no carro. Não queria molhar nenhum fio dos meus cabelos recém-alisados por chapinha.

No dia seguinte, pontualmente às sete e meia da noite, cheguei à Fraternidade. Como não sabia onde ficava a sala do Zito, fui abrindo as portas e colocando minha cabeça dentro das salas para ver em qual se encontrava meu ex-professor. Na terceira tentativa o encontrei, debruçado sobre a mesa retangular, conversando com três pessoas acomodadas nas cadeiras em volta. Entrei, cumprimentei-o com um beijo no rosto como de costume, acenei aos outros enquanto dizia "oi" e meu nome.

– Então é aqui que você se esconde às quartas? – disse eu, em tom de brincadeira, para meu ex-professor.

– Aqui mesmo. – falou dando um sorriso – Pessoal, ela vai trabalhar com a gente. Pode se sentar.

– Em qualquer lugar? – perguntei. Zito indicou-me uma das duas cadeiras vazias perto da porta balcão que conduzia a um pequeno terraço. Ao meu lado, estava um homem jovem, de 25 anos. Vestia jeans e camiseta branca, que espremia três pneus grandes de gordura, naquele estágio prévio ao de virar um único barrigão estufado e sólido. Ele rapidamente puxou um paninho que estava pendurado na minha cadeira e o colocou no encosto da cadeira dele.

Fui logo puxando papo com a mulher sentada a minha frente, que aparentava ter quase cinquenta anos.

– Que linda essa pulseira! – falei, olhando para o braço dela.

O rosto apresentava traços fortes e bem marcados, como uma daquelas mulheres gregas que só vestem preto e ficam na porta ou na janela de suas casas brancas em eterno luto. O cabelo estava solto. Era preto e de fios bem grossos, com o comprimento exatamente antes de tocar os seus ombros largos. Usava uma enorme pulseira de ouro, em formato de corrente, da última coleção de joias da H. Stern, desenhada por uma estilista norueguesa cujo nome não me recordava.

– Obrigada. Adoro essa pulseira, uso todos os dias. – disse em tom simpático, lançando-me um sorriso. – Sou Sônia e esse é meu marido, Arthur.

Arthur era um homem pequeno, bonito, pele e olhos claros, cabelos grisalhos e muito, muito barrigudo. Não era todo gordo, só possuía aquela barriga de grávida de nove meses.

– Prazer. Sou Amanda. Vem mais alguém ou somos só nós quatro?

– Vem o Rubens, ele está lá fora. Hoje faltaram duas pessoas nesta sala e em outra sala parece que também faltaram duas pessoas. Ele está esperando para ver se vai ficar hoje na outra sala, caso tenha menos que três pessoas na equipe. Como aqui estamos em quatro, pelo menos lá não fica tão desfalcado.

Nesse momento, Zito voltou para a sala com o tal Rubens. Alto, magro, trajando camisa bege, calça de pregas cáqui, rosto fino e comprimido, cabelos castanhos claros ralos no alto da cabeça e olhos azuis bastante meigos. Zito fechou a porta e anunciou:

– Vamos começar!

Iniciamos todo o procedimento, exatamente igual ao da sala em que eu trabalhava às terças. Tudo certo, Zito saiu da sala para buscar a primeira ficha de atendimento.

Uma senhora que acabara de perder a irmã e estava muito triste. Não tivemos nenhuma impressão ou intuição e Zito saiu para buscá-la.

Entrou dando boa-noite a todos, pendurou sua bolsa em uma cadeira encostada na parede e sentou-se no local indicado pelo dirigente. Depois de conversarmos um pouco com ela, foi desdobrada, ou melhor dizendo, foi dado um comando para que ela fosse desdobrada, pois não achava que só pelo fato de alguém falar "desdobre" realmente acontecesse assim. É como nas hipnoses, alguns conseguem se entregar, outros não.

Mas parecia não ter importância, se fosse para entrar na frequência da pessoa, aconteceria de qualquer maneira, ela desdobrada ou não. O que importava mesmo era a pessoa permitir. Em seguida, começamos a ter algumas intuições e impressões. Foi pedido que ela se retirasse da sala e aguardasse ser chamada.

Tinha visto o nível dela sentindo muita pena de si mesma, não se permitia viver o luto. O homem barrigudo anunciou uma entidade presente, e o moço ao meu lado imediatamente incorporou uma entidade, que falava muito errado.

– Ela fica triste, chama tudo nóis.
– Como assim? – perguntou Zito para a entidade, que estava incorporada no rapaz de camiseta branca.
– Ela chama, nóis vem, ela fica triste, mais diz que não fica. Tá tudo lá na casa dela! Eu tô cansado! Tô cansado, tô cansado!

A entidade não queria mais ficar lá e foi feito todo o procedimento para encaminhá-la ao hospital espiritual.

Fomos até a casa da atendida e recolhemos o bolsão, que são vários espíritos vagantes que se aproveitam de alguma energia ou sentimento que têm afinidade. É aquela sensação, por exemplo, de ambiente pesado que normalmente as pessoas se referem. Trabalho feito, chamamos a atendida novamente à sala.

Nós a aconselhamos que vivenciasse o luto, permitindo-se sofrer sua perda e sentir a saudade. Dessa forma, não pensaria com tanta frequência na falecida, pois em vez de sofrer de uma vez, ficava sofrendo de pouco em pouco, o que mostrou-se ser bem pior. Ela desabafou um pouco, chorou bastante e saiu mais aliviada.

O segundo tratamento era de uma moça, em seu segundo dia de atendimento. O dirigente relembrou o histórico dela.

– Ela é aquela garota que toma antidepressivo e frequenta um grupo cigano e dizia sentir-se muito bem lá. Está escrito em sua ficha que, depois do primeiro tratamento, teve uma melhora, mas que logo em seguida teve uma recaída.

Depois que ele contou um pouco sobre o histórico da atendida, senti uma entidade se aproximando de mim. Energia feminina, idosa e que me falava:

— Somos uma família.

Comentei o que estava vendo e ouvindo com as pessoas da sala, mas não tive muita atenção. Como percebi que eles conversavam entre eles e não deram bola para o que a entidade dizia, perguntei o que fazer. Então Zito deu um comando para a entidade aguardar, disse que logo mais trabalharia com ela e a tal entidade ficou em *stand by*.

Em seguida o senhor barrigudo falou para o dirigente:

— Você vê? O caso dessa moça é aquilo que estávamos falando. Ele serve para atacar a Fraternidade. Carrega várias entidades que querem nos atacar.

Fiquei nitidamente com cara de indagação e prontamente lancei um olhar de quem não estava entendendo nada para o dirigente. Então, Zito, compreendendo que não estava sabendo do que eles falavam, disse bem baixinho, como se estivesse me contando um segredo:

— Você não está sabendo? Hum – fez uma pequena pausa – É que não são todas as salas que sabem disso. O que acontece é que existe uma consciência... – não consegui ouvir ou entender o que ele falou – que está atacando várias casas de assistência espiritual.

— Atacando esta casa? Como assim atacando? – perguntei, sem entender direito do que se tratava.

— Não! Atacando TODAS as casas que trabalham com cura espiritual.

Ainda sem entender muito bem, continuei com meu interrogatório:

— Jura? Mas quem te contou isso? O pessoal que trabalha nas outras casas te contaram? Você deve saber, conhece várias pessoas de outros lugares.

E Zito me respondeu com a maior convicção:

— Foi aqui mesmo. Estamos recebendo várias mensagens. A sua sala, então, não deve estar sabendo. Pois é. Não são todas as salas que... – não consegui ouvir uma parte do que dizia, novamente. Mas ele continuou – Conto com sua discrição, mas a diretoria está pensando até em mudar de endereço porque esta casa está infestada de cupim.

Imediatamente olhei para o teto. O forro tinha marcas de cupim realmente, mas desde que eu estava lá foi assim, meio sem manutenção.

— Ah. Já havia notado, mas também, essa casa é tão antiga, precisa de manutenção constante, e...

Ele rebateu imediatamente:

– Imagina! Isso é de ordem espiritual! A espiritualidade intervém nessas coisas.

E então, foi bem enfático:

– Estamos sofrendo ataque!

Olhando aquele teto meio detonado em um dos cantos, fiquei pensando, "mas os bichinhos minúsculos também vivem, tem fome. Por que a espiritualidade assassinaria seres da natureza que estão famintos e fazendo o que fazem, comer madeira? Eles sempre estiveram aqui nessa casa velha, é que ninguém cuidou, a população cresceu e, agora que é verão, teve uma explosão demográfica de cupins. A quem compete o papel de assassinos? Somos nós humanos, que exterminamos tudo que nos incomoda, pica, corrói."

Resolvi insistir:

– Mas é só cupim!

Zito continuou com sua teoria da conspiração, enquanto os outros integrantes da sala balançavam a cabeça em afirmação. Nitidamente colocava "a sala dele" como a que havia descoberto e recebido a mensagem do ataque "do além". Mais uma vez ele falou tão baixo que eu não conseguia ouvir. – meus ouvidos pareciam não estar ajustados para aquele tipo de som... Parecia outro idioma e agora o Arthur também falava e eu não entendia do mesmo jeito. Aquilo estava me dando nos nervos.

Fiquei surpresa com aquela conversa toda. Agora todos na sala participavam e falavam sobre determinados atendidos que usavam a abertura dos tratamentos para trazer ameaças à Fraternidade. O senhor barrigudo começou a falar que eles vinham montados a cavalo, como na história do cavalo de Tróia. O moço do meu lado complementou:

– Vem para nos pegar de surpresa!

Agora não estava mais só ficando incomodada com aquela conversa, sentia o padrão vibratório mudar drasticamente e a vibração da sala começou a ficar muito pesada. Sentia-me muito desconfortável, como se as paredes estivessem se fechando contra mim. Eles pareciam estar gostando daquele assunto que meus ouvidos selecionavam e me deixavam entender metade das palavras pronunciadas. Estranho minha mente não conseguir processar aquele tipo de assunto e, mais estranho ainda, estar talvez sendo poupada daquela energia que estava sendo criada por eles com a tal teoria da conspiração. Em vez de neutralizar, estavam alimentando uma energia nada saudável. Em vez de vibrarem positivamente, estavam gostando de participar daquele processo criativo e não se davam conta disso. Estavam justamente fazendo o contrário do que eu havia aprendido durante o curso, transmutar energia e transformá-la em algo positivo. Isso era curar. Eles estavam abrindo portais nada legais.

Como me sentia cada vez pior e eles não paravam de falar, tentei tirá-los da catarse em que se encontravam.

– Gente! Vamos voltar ao tratamento, porque o padrão vibratório está caindo muito.

Mas eles pareciam não me ouvir. Fui totalmente ignorada, como se eu nem estivesse presente naquela sala e continuavam:

– É uma infantaria! Eles querem nos atacar... e também...

Novamente, não compreendia o que eles falavam. Agora parecia que ouvia como se estivesse longe deles. Pareciam murmurar e meus ouvidos não captavam aqueles sons, que se tornaram inaudíveis.

De repente, senti que a vibração caiu de uma vez, como se tivesse dado um salto enorme em direção às profundezas e o ar da sala ficou irrespirável. E então tive como um lampejo, uma visão. Uma energia muito espessa, como uma densa fumaça, igual àqueles filmes no deserto, quando se aproxima ao longe uma tempestade de areia engolindo tudo por onde passa, se aproximou.

Soltei um grito, ao mesmo tempo em que cobria meu rosto com as mãos virando minha cabeça para o lado, na tentativa de não olhar para aquela densa energia negra e aterrorizante. Assim que isso ocorreu, imediatamente senti uma presença de grande amor envolvendo meu corpo. Já conhecia essa energia. Era ela. A mulher que estava comigo na minha primeira vez dentro de uma sala de tratamento espiritual. A mesma energia feminina que me falava o que eu deveria fazer quando pediram socorro no acidente do avião. Eu a reconheci. Veio me salvar daquilo que eles estavam atraindo!

Após meu grito, Zito se posicionou atrás de mim. Enquanto aquela energia me envolvia cada vez mais, levava minhas mãos para o meu coração, sobre o chacra cardíaco e lágrimas escorriam dos meus olhos.

Antes de alguém achar que eu estava em maus lençóis, já fui logo falando:

– Gente, não se preocupem, não é nada. Toda vez que ela chega, não aguento de tanta energia que ela tem, de tanto amor e compaixão. Só, por favor, não projetem nada no meu chacra cardíaco porque vai me machucar.

Zito comentou:

– Eu que chamei o seu mentor.

Pensei: "Sei... Como se ela precisasse ser chamada! Veio em um piscar de olhos, antes mesmo dele se dar conta do que estava acontecendo. Ele pensou que eu estava incorporando, nem sabia o que estava acontecendo de tão disperso que estava nessa conversa estranha. Minha amiga veio me proteger desses malucos! Ainda bem!"

Zito agora estava ao meu lado, enquanto eu controlava aquela energia toda que chegava a me doer, mas um doer "bom", e me perguntou:

– E agora, o que eu faço?

– Nada. Não precisa fazer nada. Ela faz tudo.

Ele me olhou com cara de indagação. Afinal, os médiuns sempre dão instruções do que estão ouvindo, vendo ou percebendo. E continuei:

– Não faça nada, sério! Ela faz tudo. Ela sabe o que precisa ser feito.
– E imediatamente me senti ótima! Como se nada tivesse acontecido e até melhor que antes.

Pela primeira vez não vi o que ela estava fazendo. Antes eu conseguia ver a movimentação toda, as manipulações de energia. Não estava acompanhando como sempre fazia.

O homem ao meu lado falava pra mim com voz de mãe de santo:

– Num si priocupa minha fia, aqui ocê tá prutegida. Num pricisa ter medo.

Não estava com medo, só tomei um susto. E se tivesse tanta proteção assim, aquela palhaçada não tinha acontecido. Nem toda entidade é tão boa ou poderosa quanto se acha, assim como os seres humanos.

– Mas não estou com medo!

O que aconteceu foi que tomei um baita susto com a forma como aquela energia chegou, tomando tudo que havia pela frente, tão sorrateira. Além de pesada tinha uma dimensão enorme. Nunca tinha visto nada daquele jeito.

"E parem de ficar chamando essas energias! Não percebem que são vocês que estão atraindo isso?", queria ter falado. Mas decidi ficar quieta, percebi que eles estavam se achando os super-heróis da Fraternidade, sofrendo ataques. Entravam em uma espécie de transe e nem se davam conta.

Depois de tudo aquilo acontecer, o barrigudo se virou para o moço de camiseta e perguntou:

– Pronto para trabalhar? Já tem um aqui.

– Vamos lá! – respondeu o rapaz, esfregando as mãos na altura do peito ansioso por aquilo.

Uma entidade muito culpada se manifestou através do jovem. Disse que tinha feito tanta coisa ruim que não tinha nem mais jeito de ser salvo. Depois de muita harmonização e todo o cuidado empenhado, ele finalmente foi encaminhado.

Quando o rapaz voltou a si, pegou o paninho que estava no encosto de sua cadeira e secou o suor de seu rosto. Pude ver que não era um paninho e sim uma toalhinha do tamanho de um lenço.

Enquanto ele se secava, o barrigudo falava:

– Tem mais! Vamos lá?

Percebi que o Zito ficou sem graça comigo. Olhava-me enquanto falava, só para não parecer que ele estava abusando do pobre coitado, fazendo-o incorporar um atrás do outro.

– Se o médium aguentar... Será que há necessidade?

Percebi que ele só falou aquilo porque eu estava lá. Apenas para não ficar parecendo que era sempre daquele jeito, pastelaria de incorporações, pague um e leve três. Convenhamos, para o rapaz carregar uma toalhinha pra secar o suor, é porque deveria ser sempre daquele jeito.

O moço prontamente respondeu, como um viciado fissurado:

– Vamos embora!!! – Bem empolgado e batendo os pés no chão.

E mais uma vez, quase emendando uma incorporação na outra, deixou rolar.

Achava estranho porque, durante o ano de curso, ouvia o Zito declarar categoricamente que incorporação era desnecessário. Que judiava do corpo do médium e era um método antiquado. Procedimentos de umbanda e candomblé, dizia. Que o trabalho poderia ser feito através do intelecto, da mente. Bem. Não era nada disso que estava presenciando na sala que ele dirigia. Aliás, vendo a forma que ele conduzia as coisas, mal poderia dizer que aquele homem, o dirigente da sala, poderia ter dado aulas tão antagônicas. Que circo!

Quando a entidade se manifestou, instintivamente cruzei as minhas pernas, e Zito prontamente chamou minha atenção.

– Descruza as pernas, deixa a energia circular.

Era justamente o que não queria, deixar minha energia circular, foi meio instintivo.

– Desculpa, mas não vou descruzar, a energia está muito pesada. – E antes que ele continuasse falando, emendei – Sei o que estou fazendo. Sou budista. – Anunciei só para deixá-lo intrigado e não insistir.

Seu rosto transmitiu certa confusão. Como sabia que ele não conhecia nada sobre budismo, resolvi falar aquilo, mesmo não tendo nenhum nexo com o que eu estava fazendo. Falei por falar e ele decidiu não interferir em algo que não conhecia. Ufa!

Enquanto se dava o bafafá da incorporação, o rapaz se contorcendo, tossindo tanto que parecia que ia vomitar, o barrigudo resolveu confrontar a entidade e falou:

– Você pode ir baixando sua guarda porque eu estou aqui agora.

Acho que ele também estava incorporado. Estava falando com uma voz igual ao filme Batman, quando o Bruce Wayne se transformava no homem morcego e falava com aquela voz de super-herói-monstro. Uma voz meio rouca que mete medo.

Por um momento não sabia se era um personagem que ele criara ou se realmente estava incorporado.

O rapaz continuava tossindo e se contorcia como se estivesse com dor de barriga. O homem barrigudo agora bradava com uma voz bem mais rouca, parecendo um daqueles super-heróis que começam a falar com voz mais grave depois que se transformam:

– Agora você vai ver! Aqui não tem pra você não!

A entidade de energia muito densa que estava com o rapaz agora falava com muita raiva. Esses raivosos são casos muito relutantes em aceitar uma doutrinação, mas como apareceu por lá, era inevitável ser tratado e encaminhado para aconselhamento com os "senhores do carma".

O tratamento acabou, mas eu fiquei sem saber se o barrigudo tinha incorporado mesmo ou era um típico caso onde o ego do médium se sobrepõe. Tinha essa mesma dúvida quanto a dona Madalena, que trabalhava na minha sala, às terças, e o tal Sete que aparecia com ela.

Quanto ao rapaz, realmente fiquei com pena do que faziam com ele, os trabalhadores daquela sala e o dirigente abusavam da facilidade que ele tinha em incorporar. Agora secava o rosto com a toalhinha e exalava um cheiro forte de desodorante vencido.

Zito tinha o nariz cheio de gotículas de suor e a camisa estava encharcada em baixo dos braços. Meu deus! Estava me sentindo em uma sauna!

Fiquei inquieta e levantei da cadeira procurando pelo interruptor do ventilador de teto ou do ar-condicionado. Sentia-me em uma sala de musculação, em uma academia de marombeiros, mas sem janela alguma. O cheiro me incomodava muito!

– Não estou encontrando o botão do ventilador, alguém sabe onde é? Ou o do ar-condicionado?

A esposa do barrigudo, que agora estava de óculos escuros, me respondeu:

– Nunca ligamos. Deve estar cheio de ácaros.

Pensei, "vocês é que estão cheio de ácaros no cérebro! Prefiro ser atacada por uma manada desses microbichos, dar minha pele para ser devorada, do que esse cheiro de macho-passado-do-ponto-de-ser-colhido. Eca! Só eu me incomodo. Eles devem ter problema de nariz, não é possível!"

O rapaz da toalhinha se levantou e começou a procurar algo dentro de sua mochila, caminhou até a varandinha, e disse:

– Espera um pouco, senão ninguém vai aguentar. – Passou desodorante nas axilas e voltou. – Pronto!

Fala sério! Essa "academia" deve ser normal. Um levanta para passar desodorante, a outra está de óculos escuros em uma sala que já é quase um breu se achando *rock-star*, o outro é a personificação do super-herói-monstro, meu ex-professor não faz nada do que ensinou durante o curso e o coitado do Rubens, que é responsável por escrever os procedimentos feitos na ficha dos atendidos, estava com cara de quem iria desmaiar.

– Pessoal, não estou me sentindo bem. Minhas mãos estão pegando fogo, acho que doei energia demais, estou esgotado! – disse o escriba Rubens.

Eles estavam trabalhando com a carga máxima e nem se davam conta. Todos estavam visivelmente esgotados, menos eu.

Zito pediu que fizéssemos uma harmonização no Rubens e, como eu estava ótima foquei toda a minha atenção nele, doando o máximo de energia para a sua recuperação.

Antes do dirigente pedir para a atendida entrar na sala, perguntou como todos estavam se sentindo.

Disse que estava ótima, inclusive melhor do que quando tinha chegado.

– Você deve ter sido poupada neste trabalho. Não que você não tenha participado. – comentou Zito.

Minha "amiga", que não aparece sempre, com certeza veio para me proteger, realmente não senti nenhum abalo de energia em mim depois que ela chegou.

Acabei falando, meio que me justificando, porque não entendi o comentário:

– Acho que tenho uma forma diferente de trabalhar. Não sei explicar, mas estabeleço somente conexão mental com as entidades e os atendidos. Não chego a incorporar, embora sinta algumas sensações, às vezes, nada agradáveis. Consigo manter um certo distanciamento, ao ponto de não ocorrer uma incorporação. Não sei como acontece, mas consigo ver e ouvir, sem precisar incorporar de fato. É diferente.

Todos ficaram em silêncio. Inclusive meu ex-professor que sempre tinha explicação pra tudo.

– Bom, vou chamar a atendida.

– E a tal "mulher" que foi colocada esperando? – Perguntei, sobre a entidade que apareceu no começo do trabalho e ficou em *stand by*. – Ela fica dizendo "E eu? E eu?"

Zito não deu muita bola e disse:

– Vamos encaminhá-la com as energias que sobraram deste trabalho para um local de aproveitamento de energias. E deu o comando.

A mulher, agora de óculos, inclinou-se sobre a mesa em minha direção e perguntou quase sussurrando:

– E aí? Ela foi encaminhada?

Gostei da atenção que ela deu para a entidade, afinal, se tinha dado o ar da graça, estava procurando por ajuda. Respondi agradecida:

– Ela foi sim, não está mais aqui.

E Zito saiu da sala e voltou com a atendida, finalmente.

A moça jovem, acima do peso, usando roupas escuras e justas demais, cabelos tingidos de loiro amarelado e com a raiz preta aparecendo bastante, colocou sua bolsa no chão ao lado da cadeira e sentou-se.

– Como você passou após o último tratamento? Lemos na sua ficha que você teve uma recaída depois que esteve aqui.

– É verdade. Depois de duas semanas do tratamento tive uma crise de depressão. Me senti muito mal. Fui ao médico e ele me prescreveu antidepressivo. Depois que comecei a tomar, melhorei.

Zito continuou falando, disse que ela já havia sido tratada antes mesmo de entrar na sala e que iria melhorar. A mulher de óculos escuros ainda acrescentou:

– Quando você estiver pensando em fazer algo, tiver um impulso, não faça! Controle seu impulso!

E a moça respondeu:

– Tipo o quê? Quando eu estiver pensando em me matar? Eu já tentei algumas vezes. É sobre isso?

Ficamos nitidamente perplexos e Zito acrescentou:

– Tenha domínio sobre sua mente, não deixe ela dominar você. Você vai receber alta e, se algo acontecer, já sabe onde voltar. Vamos te colocar em tratamento a distância por três semanas.

Fiquei confusa e um pouco chocada. Como aquela moça poderia receber alta? Tudo bem que a pessoa não deveria ficar dependente da

Fraternidade, mas ela ainda precisava de mais um pouco de suporte. Acabara de falar que tinha pensado em suicídio e o tratamento dela tinha sido bem pesado. Pelo menos mais uma vez ela poderia voltar, não custava dar uma olhada na evolução dela. Quem sabe até trocá-la de sala. O dirigente não havia perguntado se era caso de alta ou o que as pessoas da sala achavam. Decidiu sozinho, não como um grupo.

A mulher de óculos escuros estava visivelmente preocupada. Olhava para todos tentando ver se alguém falava algo, procurando um apoio. Simplesmente não consegui dizer nada, porque ele já estava, inclusive, com a ficha dela nas mãos e abrindo a porta.

Não entendi esse procedimento. Sabia de casos em que se encaminhavam atendimentos para outras salas, quando não surtia muito efeito na passagem pela primeira equipe. Parecia que ele não queria admitir que não houve sucesso nesse caso. Era uma atitude arrogante perante a atendida e a equipe de trabalho. Estava claro que o processo dela ainda estava com pendências. Não precisava cem por cento de melhora, mas pelo menos sair amparada e com menos manifestações densas na sala.

Realmente não estava gostando da maneira como aquela sala trabalhava e agora sentia uma enorme vontade de ir embora. Ele a conduziu para fora da sala e retornou com mais uma ficha de atendimento.

O trabalho naquela noite acabou bem mais tarde do que eu costumava sair. Não parava de olhar o relógio da parede, me sentia esgotada. Havia mais duas salas trabalhando naquela noite, e fomos os últimos a terminar, com uma hora de atraso.

Fui embora triste. Não cheguei em casa com a sensação de missão cumprida. Sentia-me cansada, com um certo tipo de incômodo. Pensei na moça suicida que precisava de mais um tratamento, pelo menos. Fui dormir pensando na teoria da conspiração que eles tanto falavam. Na catarse grupal. Na mulher que colocou óculos escuros, no homem com voz de super-herói-monstro, no pobre coitado do médium que incorporava como numa pastelaria. Não queria adormecer com aquele sentimento, então pensei na minha adorável Lama e no mantra que recitávamos quando fazíamos prática de Tara Vermelha. Respirei fundo três vezes, imaginando que aquele asco todo saía pelo nariz e inspirava uma luz azul clara que banhava meu corpo todo, trocando minha vibração. Adormeci visualizando a linda imagem da Tara Vermelha e recitando *OM TARE TAM SOHA OM.*

Meu celular tocou algumas vezes, mas não consegui atendê-lo. O desfile seria em dois dias e toda hora alguém solicitava minha atenção. Não queria ir à festa sozinha; apesar de ser do meio que trabalhava, não conhecia praticamente nenhum dos convidados. Minha chefe liberou somente um acompanhante para cada pessoa da equipe, então convidei a Maya para ir comigo. Como ela não falava do namorado e eu também nem lembrava o nome dele, me fiz de esquecida e nem cogitei a existência dele, como se ela estivesse solteiríssima. Queria ir à festa e me divertir, então requisitei minha amiga mais animada.

Desde que a Maya começou a sair com esse cara, não tinha muitas notícias dela. Fora nosso último encontro, nos falamos duas vezes por telefone. Estava trabalhando como louca e ela estava naquela fase normal de encantamento de início de namoro, onde se dá uma sumida mesmo. Mesmo assim, não pensei em outra pessoa a não ser ela pra ir à festa comigo. Ela adorava sair pra dançar e não perdia uma boa balada. Tentei convencê-la de assistir ao desfile, mas ela escorregou como peixe tentando ser pego com as mãos em um aquário.

— Amiga, se você quiser muito, vou ao desfile também, mas você sabe, eu não curto. Você não vai me dar atenção porque estará ocupada. Vou ficar impaciente, sentada naquelas cadeiras duras. Garanto que, para você, não vai fazer diferença, pois estará trabalhando. Se pelo menos pudesse ficar comigo, ainda iria, mas curto mesmo é a festa. A gente vai se jogar na pista, beber todas e dançar até morrer!

Achava a Maya engraçada nesse ponto, ela se vestia superbem, gostava de moda, mas detestava desfile de moda. Sempre era convidada pelas marcas para as quais era cliente para assistir aos desfiles, ir nos coquetéis de troca de coleção, afinal era uma ótima compradora, mas nunca comparecia e sempre passava o convite para alguém que gostava de um tititi. Mas uma boa festinha, ela nunca recusava.

Sylvia conseguiu me achar. Ligou no telefone da confecção, já que não atendia o celular, dizendo que era da assessoria de imprensa e precisava falar comigo urgente.

– Dá pra falar ou você tá de refém aí desse povo? – Ela conseguia me divertir com seu sarcasmo mesmo nos piores momentos.

– Menina, estou enlouquecida! Ainda bem que você me ligou. Desculpa a minha sumida, mas é que esse lugar está parecendo um manicômio.

– Eu sei, só liguei pra tirar você desse hospício. Também tenho uma meganovidade para te contar.

– Você tá grávida? – disse em tom de brincadeira e parecendo surpresa, enquanto ela gargalhava do outro lado da linha.

– Calma, nem tanto, né? Mas quero te contar pessoalmente. Vem aqui em casa amanhã. Você pode?

Eu não ia negar, mesmo cansada, ela tinha algo para contar pessoalmente. Deveria ser importante de fato.

Quando cheguei na casa dela, seus pais me deram um rápido "oi" e foram para o quarto assistir a um filme. Enquanto isso, Sylvia vinha da cozinha com uma garrafa de vinho numa mão e duas taças na outra.

– Nossa! Deve ser importante mesmo! Vamos até comemorar! – disse surpresa, enquanto ela me falava tentando sacar a rolha da garrafa:

– Antes fosse. O meu pseudonamorado me deu um pé na bunda. – E levantando a taça, falou –Um brinde a isso!

Fiquei meio sem entender, mas levantei minha taça brindando com ela. Dei um gole no meu copo e perguntei:

– Mas isso seria um motivo para comemoração, por quê? Ele te traiu e você tá aliviada por não ser mais corna?

– Não, minha amiga, de como sou otária mesmo! Como pude perder um homem como ele. É um brinde à minha burrice. É tanta, mas tanta burrada que até merece um brinde. Um brinde, minha amiga, um brinde à minha burrice!

Ela me contou que a frase marcante dele foi: "Eu te amo muito, muito mesmo, mas você fez da minha vida um inferno e não aguento mais. Acabou". Isso já tinha acontecido há uma semana e ela achou que era só uma briguinha. Porém, depois disso, ele não ligou mais pra ela e, quando ela resolveu ligar, achando que ele atenderia como sempre fez depois que eles discutiam, ou depois de quando ela dava as sumidas dela, ele atenderia. Ela ligou uma dezena de vezes, ele não atendeu mais, e ainda mandou um torpedo dizendo que ela esquecesse que ele existiu na vida dela.

Sylvia realmente passava dos limites com ele. Gostava tanto dele, que seu medo de admitir isso fazia com que agisse desse jeito. Como se ele não fosse tão importante assim pra ela. Mas era. E muito. Agora ela estava lá, desolada, inconformada com ela mesma. Como não se deu conta e abusou de toda a paciência e compreensão dele, fazendo tudo o que fazia com ele? Como se ele não fosse importante para ela, como se ele fosse só um caso. Era assim que ela fazia questão que parecesse. Marcando vários compromissos no dia que iria vê-lo e fazendo parecer que ele era sua segunda opção. Toda vez que viajavam juntos, pareciam um casal em lua de mel. Ela esquecia de todas as suas defesas. Mas quando estavam de volta, sempre dava um jeito de mostrar que ele não era importante. Os presentes que ganhava dele, caros e de bom gosto, eram praticamente jogados na cara dele como se não fosse nada de mais.

Mas era a forma de ela se proteger dos sentimentos avassaladores que tinha por ele. Nunca havia amado antes. Foi seu primeiro amor. Tinha medo desse sentimento, medo de amar e de ser amada, mimada, cuidada. Tinha medo de perder tudo isso, então, fingiu durante muito tempo que ele não era importante. Mas agora, estava assim, inconformada. Não por ele ter feito algo de errado, como ela achava que poderia acontecer, mas sim por ela ter estragado tudo. Ele era vítima do maior medo dela, medo de não ser correspondida. Foi assim que acabou fazendo ele se sentir sozinho em seu sentimento altruísta. O rapaz fez tudo, deu tudo, mas não aguentou tanto descaso e resolveu se preservar. Deve ter sido difícil para ele.

Queria falar alguma coisa que a consolasse, mas não foi o que fiz:

– Desculpa, mas você pediu por isso. Ele é um dos melhores caras da face da Terra. Você achou que ele aguentaria até quando? Vou brindar a você também, um brinde à sua burrice!

Sylvia brindou, mas sem rir.

– É. Eu sei. Agora não sei o que fazer. Todo mundo me falava isso, eu mereço.

– Tá, você mereceu, mas tem que tentar reverter isso. Não pode desistir agora que gastou tanta energia fazendo ele fugir de você. Vamos pensar em algo.

– Que bom, Amanda! Só você me daria um puxão de orelha e me ajudaria a pensar nessa hora. Sei que fui burra, ainda bem que você não fica batendo no meu ombro. Tenho que mudar, mas não sei como fazer. Tô sem chão. Ele nem me atende.

– Olha, você torturou o cara. Agora vai ter que aguentar as consequências. Têm duas hipóteses: uma, é que ele realmente não queira te ver nunca mais; a segunda, que você vai ter que se humilhar para reconquistar ele, ou melhor, nem reconquistar, fazer com que ele queira primeiro falar com você. Nunca subestime um homem, querida amiga, pois quando chegam nesse ponto são muito mais firmes que as mulheres. Vai ser difícil.

Ela queria desabafar. Ficou reclamando dela mesma, de como se sentia excluída da família. Falou o que a mãe fazia com ela, de como preferia mais a irmã mais velha. De como, quando ela ficava doente, quando criança, a mãe não cuidava dela, mas quando a irmã ficava doente a mãe ficava paparicando. Dizia que se sentia como um estranho no ninho e que a mãe parecia não ligar para ela. Às vezes sentia que era um estorvo para a mãe.

Tomou praticamente a garrafa de vinho em um gole. Abriu outra e continuou falando de como ela se sentia só e que não podia contar com a família. Enquanto falava, comecei a ter uma sensação estranha. Parecia uma onda elétrica percorrendo meu corpo, mas bem suave. Quanto mais ela falava, mais a tal eletricidade aumentava e parecia que eu estava ficando anestesiada. Era uma sensação estranhíssima, mas não ruim. Diferente. Então falei pra Sylvia:

– Amiga, tô sentindo uma coisa muito estranha. Parece que estou meio anestesiada, sentindo uma dormenciazinha e, por mais estranho que pareça, estou sentindo uma enorme vontade de escrever. Como se eu quisesse te falar um monte de coisa, mas escrevendo.

Ela parou de falar desembestadamente e me olhou com muita seriedade. Levantou imediatamente do sofá e saiu apressada para a porta que levava aos quartos. Voltou trazendo um caderno aberto, uma caneta e me entregou na maior urgência. Fui logo me desculpando, enquanto pegava o caderno e a caneta:

– Desculpa, amiga, ter te cortado no meio do seu desabafo, mas é que me deu uma vontade louca de escrever.

Peguei o caderno e a caneta e, sem ter ideia do que ia sair, escrevi duas páginas. Quando Sylvia viu que havia terminado, praticamente arrancou o caderno da minha mão. Ficou parada, com o caderno nas mãos, lendo em silêncio, em pé na minha frente.

Quando terminou, me olhou muito séria e disse:

– Você acabou de psicografar!

Nunca havia psicografado daquele jeito. Estava com cara de alface, ainda tentando entender como poderia ter psicografado ali no meio da sala do apartamento dos pais da Sylvia, sendo que eu mal sabia como isso poderia ter acontecido assim tão fácil, sem nenhum tipo de transe ou lugar mais propício para isso, como na Fraternidade.

– Só escrevi por puro impulso.

– Então escuta o que você escreveu. Você nem vai acreditar:

Caros amigos, como seria mais fácil se todos vocês, como irmãos, amigos, comunidade, família, se ouvissem, se vissem, realmente se enxergassem... Como suas dores, aflições e dúvidas seriam mais fáceis de suportar... Como vocês deveriam saber onde me encontrar. É tão fácil!

Estou no meio de vocês. Num gesto de amizade, de conselho, de sabedoria, de acolhimento.

Eu estou sempre entre vocês e com vocês! Em cada pequena atitude, cada pequena mão que enxuga suas lágrimas, cada pequeno degrau que vocês têm que subir. Eu estou lá!
Eu estou aqui! Eu Sempre Sou!
Como seria mais fácil se vocês conseguissem me ver nas coisas mais simples, nas pequenas atitudes, nos pequenos tropeços...
Eu Estou, Sempre...
Sou Eu que dou motivação pra vocês continuarem. Sou Eu que estou Sempre olhando por vocês e dando apoio para que vocês não desistam.
Eu Sempre Estou! Confiem... Confie!
Cada sorriso inocente, cada acidente sem sentido, Eu Sempre Estou.
Eu Sou O Sentido da Caminhada. Eu Sou Aquele, Aquilo e Aqueles que vocês sempre procuraram.
Eu não estou em nenhum lugar escondido, Eu Estou em Todas as Coisas.
Eu procuro por vocês, Eu sempre vou ao encontro de vocês, mas são vocês que nunca Me encontram, porque me procuram em lugares impossíveis dentro de seus pensamentos confusos.
Eu repito: Sempre Estou e Sempre Sou. Eu Sou com vocês.
Estou Sempre Entre vocês e Com vocês.

Quando ela terminou de ler, fiquei um pouco confusa, mas ao mesmo tempo emocionada com aquelas palavras.

Sylvia estava meio eufórica e não parava de repetir:

– Você psicografou! Você psicografou!

– Tá! Já entendi! E daí?

– Daí que você descobriu outro dom seu. Isso é muito legal! Não é só ficar recebendo mensagem de gente morta, é ouvir o mundo dos intelectuais também, daqueles que nos inspiram. Você prestou atenção nas palavras que escreveu? Isso não é de gente que só quer passar mensagem, isso é coisa de gente evoluída! É de um nível de evolução mais elevado. É uma mensagem linda!

Nisso a Sylvia tinha razão, a mensagem realmente era linda. Jamais poderia ter escrito aquilo e também nem via motivo para tal, mas rolou. Aconteceu. Estava lá naquele caderno e com a minha letra. Já havia escrito um bilhetinho na sala que eu trabalhava às terças, mas era um recado, nem me dei conta que aquilo era psicografar.

– Tem gente que faz isso meio em transe, escreve em outras línguas que nem conhece. Eu acho incrível! Era uma coisa que eu adoraria fazer. – falou Sylvia enquanto fuçava na bolsa pegando um notebook.

Sylvia queria me mostrar uma matéria que tinha arquivado no seu computador sobre o Chico Xavier, onde falava sobre os livros psicografados e o método usado para conferir se a letra que era escrita no texto psicografado era a mesma do morto. Acabou não conseguindo encontrar, já estava embriagada e não se lembrava onde tinha arquivado. Resolveu recorrer à santa internet e achou bastante coisa no Wikipedia. Uma delas me chamou bastante a atenção, pois eu não imaginava que esse tipo de coisa era levada tão a sério a ponto de ser usada em tribunais.

> *No Brasil, em alguns casos, a psicografia foi utilizada como prova em tribunal. Em pelo menos quatro casos envolvendo homicídio:*
> • *num homicídio em Goiás, cometido a 10 de fevereiro de 1976, cuja vítima foi Henrique Emmanuel Gregoris;*
> • *em outro, também em Goiás, a 8 de maio de 1976;*
> • *em um ocorrido no Mato Grosso do Sul, a 1 de março de 1980; e*
> • *em um no Paraná, cometido a 21 de outubro de 1982.*
> *Um dos casos mais recentes registrou-se em maio de 2006, em Porto Alegre (RS), tendo a ré, Iara Marques Barcelos sido inocentada do assassinato do ex-amante, Ercy da Silva Cardoso, graças a uma carta que teria sido ditada pelo falecido. Mais recentemente, em 17 de maio de 2007, o julgamento do réu, Milton dos Santos, pelo assassinato de Paulo Roberto Pires (o "Paulinho do Estacionamento") em abril de 1997, foi suspenso devido a uma carta recebida pelo médium Rogério Leite em uma sessão espírita realizada em 2004, na qual Paulinho inocenta o acusado. Fotografias da sessão espírita foram anexadas aos autos do processo.*

No entanto, o advogado Roberto Selva da Silva Maia indicou em um artigo que os documentos psicografados podem ser aceitos no tribunal como documento particular, mas não como prova judicial. Isso se dá porque a lei estabelece que a morte extingue a personalidade humana, logo um morto não poderia gerar documento legal. Segundo, a psicografia depende da aceitação de premissas religiosas, e o judiciário não é religioso, visto que nosso estado é laico e, por fim, não haveria forma de se usufruir do princípio do contraditório e da ampla defesa.

– Viu? – disse Sylvia, segurando a taça de vinho em uma das mãos enquanto fechava a tela do notebook – Algumas psicografias são escritas com a letra da pessoa que envia a mensagem, com assinatura e tudo. Algumas não. São somente mensagens recebidas e escritas com a letra do próprio médium.

Na "minha" psicografia, a letra era a minha mesmo, mas o texto não. Com certeza não. Não poderia escrever palavras tão bonitas, nunca escrevi nem de perto alguma coisa parecida. Havia sido inspirada, só isso. Mas tinha que concordar com minha amiga: não fui eu quem escrevi aquilo! Embora minhas mãos tivessem escrito e tal. É muito estranho, porque fui eu quem fez, mas não fui eu quem "disse" aquilo. Preferia chamar aquilo de canalização, fui um canal, como os norte-americanos chamam, por ela ser da religião espírita eles preferiam chamar de psicografia.

Ficamos durante um bom tempo falando sobre o texto, de como ele era meio contra a igreja, de que Ele estava em tudo, em nós. Ainda ficava meio passada quando as coisas aconteciam comigo. Mal estava acreditando que em tão pouco tempo tanta coisa estava se mostrando. Bem que o Daniel, volta e meia, me falava "Você vai ver". Parecia que ele já sabia de alguma coisa que eu ainda não sabia. Para Sylvia, aquilo tudo era mais familiar, foi criada na religião espírita e sempre viu coisas, desde criança. Nunca vi nada, só sentia as coisas e quando era criança tinha certeza de que havia alguém no meu quarto. Sempre tive uma megaintuição e sonhos bizarros. Mas agora era tudo bem diferente. Havia aberto uma porta, tudo estava se revelando cada vez mais.

As religiões orientais sempre falaram, em linguagem figurada, sobre os véus que cobrem nossa visão. Dependendo de nossa vontade e, claro, do nosso empenho, vamos tirando véu por véu e começamos a ver as coisas com mais clareza. Comecei a ver meio rápido demais. Parecia

que a minha camada de véus era de um veludo bem pesado e cada vez que tirava um eu me ofuscava. Estava sendo surpreendente.
Sylvia percebeu minha confusão mental e resolveu citar Einstein:
– Queridinha, existem apenas duas maneiras de ver a vida. Uma é pensar que não existem milagres e, a outra, é que tudo é um milagre. – E continuou – Você preferia continuar naquela sua pequenice de pessoa, achando que nós existimos somente aqui e agora? De que tudo o que falam por aí sobre coisas sobrenaturais é viagem de gente que toma LSD? Como você acha que as coisas evoluem, todo mundo sentado, fazendo a mesma coisa, todo santo dia, tomando uma xícara de chá? – Ela agora estava se empolgando – Está duvidando, mesmo tendo acabado de fazer uma coisa você mesma. Presenciou, viveu a experiência e, mesmo assim, não acredita que isso pode ter acontecido de verdade, fica se questionando. É a sua mente que toma chá todo dia no mesmo lugar que está fazendo isso com você. Ela gosta de ficar sentada em lugar confortável. Você tem sorte que a maçã caiu na sua cabeça e te tirou desse lugar comum. Sabe quantas pessoas gostariam de estar no seu lugar? De ver as coisas com outros olhos? Você consegue abrir os portais, acessar outras dimensões, você vai ter que estudar sempre. Estar sempre buscando, é uma enorme responsabilidade.
– Credo, Sylvia! Você vai me deixar estressada, não tô acostumada como você!
– Mas eu nunca psicografei na vida, acho tão legal quem consegue fazer isso. Aliás, estava esquecendo de te contar! Semana passada, incorporei pela primeira vez na vida. Achava que isso não iria acontecer comigo, primeiro porque acho desnecessário e, segundo, porque se não tinha acontecido até agora, não aconteceria mais. Ainda bem que o pessoal da minha sala é legal, me deixaram superconfiante e rolou na boa.
– E aí? Conta, como foi?
Foi logo no primeiro atendimento. Uma mulher de uns 40 anos, com uma baixa autoestima absurda. Toda desanimada, bola murcha, não deu nenhum sorriso. Toda tristonha. Reclamava que estava sozinha há muito tempo e queria muito encontrar um namorado.
Pediram pra mulher sair da sala e, quando ela viu, já estava se desfazendo em lágrimas, pedindo desculpas, que não queria ter feito aquilo

com a família dela. Sylvia disse que não era uma entidade, era o nível da própria mulher em outra vida, que além de sentir e falar por ela, lá pelo ano de 1300, ela via a cena acontecendo e parecia que aquilo ia se repetindo como um disco velho, uma imagem de uma coisa que ela ficou presa. Dois adolescentes caídos mortos no chão, do que deveria ser a casa onde ela morava e ao lado dela estava uma senhora, que parecia ser sua mãe em pé ao lado dela. A mulher tinha traído o marido, ele em total desespero, acabou assassinando os dois filhos como forma de vingança.

– Que história cabeluda!

– Então! Ainda não terminou. Depois que despertei do transe, minha companheira de sala começou a escrever, psicografou uma mensagem da mãe dela, aquela que estava do lado dela na época do ocorrido, para que fosse entregue para a atendida que foi a filha dela naquela vida.

– Peraí, não entendi. Então a tal mãe dela não é mãe dela hoje?

– Não.

– E ela veio mandar uma mensagem pra ex-filha dela, em uma encarnação passada, só que hoje, ela não é mais filha?

– Exato.

– Mas essa mulher existe? Quer dizer, está encarnada pelo menos?

– Não dá pra saber. Ninguém perguntou. Pra que perguntar também? Não importa. O que importa é a que ela veio. Se ela veio ajudar, esclarecer alguma coisa pendente. Nessa vida poderia ter vindo como uma avó que já morreu, ou pode ser uma tia que goste muito dela e que ainda está viva.

– Que doido!

– Pois é. E eu incorporei. Fui facinha, facinha.

– Tenho medo, sei lá. E se eu não souber o que estiver fazendo, agredir alguém?

– Você não é do tipo que vai incorporar uma entidade ou um nível tão raivoso, de vibração pesada. As pessoas atraem aquilo que tem a ver com a frequência vibratória. Você é pacífica, odeia violência, nunca bateu em ninguém, nem no estrupício do seu irmão, como acha que vai incorporar alguma energia assim? Não viaja!

– Sei lá, sou encanada com isso. Perder o controle.

– Você já viu alguém incorporar na sua sala essas entidades de padrão vibratório bem baixo? – Perguntou Sylvia, agora em tom de pesquisa.
– Já.
– E aí? A pessoa saiu voando? Jogou a cadeira na parede?
– Não! Imagina, se vejo isso, saio correndo! – respondi rindo.
– Sai nada! Para de ser medrosa! Por um acaso essas entidades de baixo padrão vibratório incorporam sempre na mesma pessoa ou em todos os médiuns de incorporação?
– Na minha sala só tem a Nina e a dona Madalena que incorporam e nunca a Nina incorporou um desses, é sempre a dona Madalena.
– Então. Tá vendo como precisa ter um padrão? A Nina não tem esse padrão. A tal dona Madalena tem. Não estou falando que ela é péssima pessoa, mas tem algum histórico cármico que permite esse acoplamento.
– Hum, entendo. A dona Madalena é mais rústica mesmo. A Nina é quase uma professora de *yoga*, é toda zen.
– Então, não se preocupe, que você não vai sair xingando ninguém, se acontecer com você. E "se", você tem um intelecto muito forte. Acha que é todo mundo que fica conversando mentalmente com entidade como você faz? Fica de tagarelice mental sem incorporar. A maioria que estabelece contato com entidade não consegue sustentar essa separação. Você faz isso com a maior facilidade, por que acha que vai perder o controle?
– A gente vê cada coisa em filme. – Lá vem você com filme de novo. A gente é da geração dessa porcaria de filme "O exorcista". Todo mundo tem essa imagem na cabeça. Para de viajar e vamos fazer um brinde àquelas palavras lindas que você escreveu! – E brindamos.

Finalmente o dia do desfile chegara. Estavam todos hiperagitados na confecção. As roupas estavam sendo penduradas nas araras para que fossem levadas ao nosso camarim no local do evento, a Bienal do Ibirapuera. Estava tudo correndo conforme o programado. A marca que havia desfilado no dia anterior havia acabado de retirar tudo e a sala que ocuparíamos estava sendo limpa enquanto nos dirigíamos para lá. Nosso produtor já estava no local montando o cenário, a passarela e fazendo a arrumação das cadeiras. Nossa passarela teria o chão todo forrado de bolas de plástico coloridas. Cada fileira de cadeiras seria adornada com tufos de bexigas coloridas, mas cada fileira com uma única cor para passar a imagem de um enorme arco-íris. Como nosso tema era um conceito inspirado nos circos de antigamente, mas com um toque francês, tivemos a ideia de servir champanhe francês antes do desfile, mas o serviço seria executado por garçons-malabaristas usando pernas de pau e vestindo roupas de pierrot. Tudo isso para o evento durar ao todo uma hora e meia no máximo, entre a chegada dos convidados na sala, a acomodação deles em seus lugares marcados e o desfile. Tanto trabalho e tudo estaria terminado em menos de duas horas. Não via a hora de virar essa página. A São Paulo Fashion Week era o maior evento de moda da América Latina, acontecia duas vezes ao ano. Era pior que o carnaval! De seis em seis meses a mesma ladainha.

Precisei parar de atender meu celular. Só atendia quem identificava o número. Toda hora era alguém ligando para pedir convite, botar o nome na lista da festa que aconteceria depois. Esse ano, em especial, contratamos uma top model internacional para desfilar nossa marca e fotografar a campanha publicitária. Nosso desfile era o mais esperado por conta dessa modelo. Lorena já havia ficado amiga dela rapidamente e estava metida no hotel da moça desde a hora do almoço. Parecia até que era a agente dela. Iriam almoçar no Militz, fazer compras, passariam no Hotel Fasano para se arrumarem e seguiriam para o local do desfile com mais meia dúzia de amigos fashionistas deslumbrados. Não saíram do pé da Lorena desde o dia em que a supermodelo chegou para fotografar a campanha. Todos queriam tirar uma casquinha. Comentar para os amigos que ficaram amigos da supermodelo, serem fotografados ao lado dela, essas atitudes de gente que adora aparecer.

Na última coleção, fizemos nosso desfile fora do prédio onde ocorrem todos os desfiles da semana de moda. Precisávamos nos destacar da "massa", então, usamos como locação um casarão antigo. O desfile ocorreu durante uma tarde ensolarada regada a champanhe. Foi um sucesso. Além da coleção estar linda, os fashionistas adoraram a proposta do casarão, o clima do desfile e a modelo internacional que contratamos com exclusividade para nossa marca.

Nesta coleção, estaríamos na grade normal do evento e nos apresentaríamos dentro do pavilhão onde ocorriam todos os desfiles da temporada. Preferimos investir mais na festa pós-desfile, que seria em uma boate superbadalada, cheia de convidados vips. Percebemos que essa coisa de coluna social deixa o povo da moda em polvorosa. Convidamos alguns atores, celebridades, socialites e todos haviam confirmado presença assim que receberam o convite. Depois de ouvirem o nome da nossa modelo exclusiva, obviamente aceitariam prontamente. Gente famosa atrai gente famosa. Queríamos aproveitar ao máximo a imagem da nossa modelo exclusiva, que custou uma fortuna. Era bem cara, mas só o que saía de mídia espontânea, valia mais do que comprar páginas de anúncio em revistas. Era um excelente negócio.

Chegamos ao pavilhão com cinco horas de antecedência ao desfile. As roupas já estavam penduradas nas araras, as modelos, maquiadores, cabelereiros e seus assistentes estavam começando a chegar e se acomodar nas bancadas do camarim. As lâmpadas da bancada de maquiagem não estavam funcionando, mas o problema foi resolvido em menos de quinze minutos. A maquiagem e o cabelo foram inspirados nos bailes de máscaras da corte francesa.

Lorena chegou uma hora antes do desfile com nossa top model. Estava supereufórica, agitadíssima e de vez em quando dava umas sumidas. O evento estava atrasado. Um dos organizadores foi nos avisar que o desfile que ocorria no outro salão, ao lado do nosso, havia atrasado meia hora e, consequentemente, nosso desfile também teria que atrasar. Queria que a Lorena fosse falar com a nossa principal modelo, mas ninguém sabia onde ela estava. Pedi que nosso produtor falasse com a agente dela e levasse uma taça de champanhe junto. Não servíamos bebida no camarim, mas neste caso abrimos uma exceção.

Ainda havia algumas cadeiras vazias no salão, principalmente do pessoal da imprensa, pois eles ainda estavam chegando do último desfile. Os fotógrafos que ficavam na ponta da passarela começaram a chegar e se espremer para ficarem com a melhor posição. A maioria dos convidados estava acomodada e mais champanhe teve que ser gelada rapidamente com gelo seco, para não acabar antes das colunistas, compradores e produtoras de moda chegarem. Felizmente o buffet era precavido. Custava mais caro que a maioria, mas nessas horas sentimos a verdadeira diferença. A dona da confecção fazia questão do serviço deles, tanto na casa dela até em festas da empresa. Dei uma espiadinha na passarela e pude ver que os convidados nem pareciam se incomodar com o atraso. Ainda bem.

Assim que o organizador do desfile nos deu ok, começou a correria para os preparativos finais. As modelos em fila na entrada da passarela, nossa equipe dando os últimos retoques e a Lorena, nada. Começou a música. Uma banda tocava ao vivo na boca da passarela. Assim que fez a introdução, nosso produtor "soltou" as modelos. Elas passavam no meio dos músicos, no ritmo da música. Nossa top só apareceria no meio do desfile e faria três entradas. Era tendência desfiles com banda ao vivo, algumas marcas gringas já haviam usado esse formato e nós copiamos a ideia, que era superlegal.

O desfile foi aplaudidíssimo. Minha chefe estava toda feliz na passarela, de mãos dadas com a supermodelo. Assim que as modelos voltaram para o camarim, a imprensa correu para lá, loucos para entrevistarem a nossa modelo exclusiva e fotografar os bastidores. Aquele alvoroço típico dos desfiles badalados.

Como o desfile acabou tarde, o pessoal da confecção e a equipe de produção foram direto para a festa. Tinha que passar na casa da Maya para pegá-la. Afinal, ela disse que não perdia uma festa dessas por nada.

– Fiquei lisonjeada em você convidar uma mortal para essa festa cheia de estrelas! Será que alguém vai querer tirar uma foto minha pra sair nas colunas sociais? – disse Maya enquanto entrava no carro e me cumprimentava com um beijo no rosto.

– Se não tiver gente como nós, quem vai animar aquela pista de dança?

– Amanda, minha querida, você tem mais dinheiro que aquele glamour todo junto, mas eles nem imaginam, adoro! Hahahaha! Imagina se alguém descobre? Ninguém vai querer fotografar a sua chefe, até imagino a notinha das colunas sociais: "Estilista tem tanto dinheiro que pode ser a patroa da patroa!" – falou, gesticulando e rindo exageradamente – Essa eu queria ver!

– Me poupe Maya! Passo pra te pegar e você fica curtindo com a minha cara?

– Ah, amiga, relaxa! Mas que seria engraçada a cena, seria. De repente todos os flashes na sua direção, a cara de alface da sua chefe, o povo fashion que mal te olha, de repente babando ovo... Seria engraçado, vai?

Dei uma risada imaginado a cena.

– Seria mesmo! – E rimos com prazer.

– E seu namorado? Não chiou de você sair comigo, sem ele?

– Nada. Ele não liga de eu sair sozinha, não faz o tipo macho ciumento.

– Então ele não deve te trair, porque homem muito ciumento geralmente bota corno ou é um galinha. Aquele vira-lata do meu ex que me botou corno era superciumento, agora sei por quê.

– Nunca pensei nisso, mas faz sentido. Pra que ficar controlando se existe confiança? Pode ser verdade mesmo. Então tenho sorte.

– Pode ser, mas o ser humano sempre surpreende. Tem tanta gente maluca nesse mundo.

– E você, hein? Quando vai sair desse jejum?
– Vixi. Tá difícil. Não quero mais dor de cabeça. Minha cota tá esgotada por enquanto.

A porta da festa estava abarrotada de gente. Pessoas que não tinham convite mas, mesmo assim, queriam entrar na festa. A secretária da minha chefe estava na porta e rapidamente pediu que os seguranças abrissem passagem para nós no meio da confusão. Quando entramos já estava cheio e muita gente já estava dançando animadamente. O lugar estava lotado de fotógrafos e gente famosa.

A festa estava um sucesso. Maya e eu, depois de umas duas taças de champanhe, rodopiávamos na pista de dança sem dar bola pra ninguém. Acho que éramos umas das mais animadas. De vez em quando dávamos uma paradinha para pegar mais uma taça e voltávamos para a pista. Estava dando graças a deus que havia terminado meu trabalho todo e poderia ter paz, afinal. Sentia-me leve. Lorena estava irracionalmente bebendo, coisa que poderia fazer somente na próxima encarnação e olhe lá. As consequências não seriam nada boas. Parecia que havia esquecido o que ocorreu há poucos dias mas, enfim, dizem que começo de tratamento é acompanhado de várias recaídas.

No dia seguinte estávamos todos com cara de ontem. Todo mundo visivelmente cansado. Lorena não apareceu pra trabalhar, até imaginava por quê. Fui empurrando o dia, sem a menor culpa. Almocei demoradamente, folhei várias revistas, fucei bastante na internet. Um dia de pura embromação.

Para o meu fim de semana, já tinha um plano: me internar em casa e só sair na próxima segunda-feira. Precisava de um bom descanso, daqueles ao estilo purê de batatas esparramada no sofá, vendo todos os filmes possíveis e comendo brigadeiro de colher. Era isso o que eu mais queria. Era isso que faria.

Segunda-feira, assim que cheguei no trabalho, Lorena me chamou pra tomar um café na padaria da esquina. Disse que precisava muito falar comigo, mas que não podia ser lá. Peguei minha bolsa e saímos. Ela fez o pedido pra nós duas:

– Um cappuccino pra minha amiga, sem espuma; e um chocolate quente pra mim – em seguida, perguntou com um ar engraçado – Amanda, quem toma cappuccino sem espuma? O cappuccino tem que ter espuma, faz parte de ser um cappuccino, você acaba com ele desse jeito, sem espuma ele deixa de ser autêntico – E ficou rindo sozinha, enquanto eu falava que detestava espuma de leite e que meu cappuccino era conceitual, uma palavra que se usa muito no mundo da criação e dos modernetes.

– O que é tão sério pra gente estar aqui matando trabalho?

– Tenho até vergonha de falar, mas eu preciso. – Disse Lorena cabisbaixa, olhando para sua xícara de café enquanto mexia a colher dentro dele. – Preciso de ajuda. Depois da festa, naquele mesmo dia, fui pra casa de uns amigos e continuamos bebendo até de manhã. Nem preciso falar como acordei deprimida, arrependida, me sentindo o pior dos seres humanos. Tinha terapia naquela tarde e nem apareci. Sorte que ela pôde me atender no dia seguinte, senão me sentiria pior ainda por ela achar que abandonei meu tratamento.

– Vi você bebendo, mas não queria ser a chata, que fica chamando a atenção. Você já é bem crescidinha pra eu ter que ficar pegando no seu pé.

– Pois é. Eu sabia que estava fazendo uma coisa que não posso nunca mais fazer, e tentava nem passar perto de você pra que não me visse bebendo. Estava querendo enganar quem?

– Você sabe que no ponto que chegou, não existe essa coisa de é "só uma tacinha", não sabe? Essa tacinha vai levar a mais outras coisas.

– Pois é, agora eu sei. Minha terapeuta falou que vou precisar de mais ajuda, pra frequentar um grupo de apoio, o Narcóticos Anônimos. Fui ao Alcoólicos Anônimos, mas não gostei do pessoal, então ela me recomendou esse NA, que é um pessoal que fala mais a minha língua, que além da bebida, usou drogas também, e são de outra geração. Achei o pessoal do AA meio careta, não me senti à vontade pra falar de mim. Ela acha que no NA ia ficar mais à vontade, só que não queria ir sozinha a primeira vez, então queria te pedir uma coisa.

Antes dela terminar de falar, já fui logo respondendo à pergunta que ela nem precisou fazer:

– É lógico que vou com você!

– Jura?

– Claro!

– Sabe que pedi pra duas amigas antes de você e elas falaram que não iriam, não estavam a fim de ouvir histórias de bêbados e viciados, que era muito baixo astral e que esse tipo de convite não se fazia pra ninguém...

– Lorena, não é todo mundo que tá disposto a tudo em uma amizade. Tem gente que é amigo pra determinadas coisas. Não fica triste, cada um tem sua limitação.

– É, mas pra você nem precisei chegar a pedir.

– Mas talvez eu tenha mais tolerância pra esses assuntos, não ligo, acho legal as pessoas se exporem, se mostrarem sem as máscaras do dia a dia. Tem gente que não consegue ser tão de verdade e ponto. Cada um é cada um. Tem gente que pode ter algum problema deste na família, ou tem um trauma, ou não quer ir porque pode se ver em alguém que vai estar lá no grupo. Aposto que essas suas amigas que você pediu companhia são amigas das suas baladas.

– São. Achei que por isso mesmo seria mais fácil, já que estamos juntas fazendo esse tipo de coisa.
– Lógico que elas não vão querer ir. Às vezes elas não estão nem um pouco a fim de descobrir que também podem ter um problema. Não é todo mundo que está pronto pra levar um soco no estômago. E vai saber também se já não tentaram parar e não conseguiram, ou estão a fim de curtir essa fase e aí vem você falar de um problema sério que as drogas causam. Tem gente que nunca vai chegar no ponto que você chegou, podem usar drogas mas não se descontrolam, conseguem ter um limite. Se todo mundo fosse igual, todo mundo que já experimentou drogas seria viciado e a gente sabe que não é assim que funciona. Infelizmente, você é uma dessas pessoas que foi até o limite. Não se aborreça com isso e vamos lá.
– É, não tinha pensado em nada disso.
– Então? Quando é?
– Na quarta-feira.
– Então, fechado!

Terça-feira pela manhã, Carina telefonou me intimando a comparecer na festa de aniversário que ela resolveu dar de última hora.

– Amanda, sei que tá em cima, mas estava meio deprê, no inferno astral e não queria fazer nada, aí meu primo que é DJ, do Pink Pix, reservou uma mesa e liberou todas as consumações e entrada para dez amigos meus. Ah, não tinha como falar não. O lugar é tão legal e hypado, nunca tem mesa e depois vira balada. Você vai, né? A Maya já confirmou e disse que vai levar o namorado pra apresentar pra gente.

– Nossa! Que acontecimento duplo. Lógico que vou, mas não vou chegar cedo, vou chegar umas onze horas, hoje é meu dia de trabalho voluntário.

– Eu sei. Não tem problema, tô marcando mais tarde mesmo. Hoje vem uma atriz do Rio fotografar no estúdio e o contrato dela diz que ela sai oito e meia da noite em ponto. Você não vai chegar tão mais tarde que ninguém.

– Vai muita gente?

– Não. Só chamei mais um amiga minha que é editora da *Vogue*, o maridão vai levar um amigo, porque disse que estarei ocupada demais dando atenção para minhas amigas e assim ele tem com quem conversar.

– Hahahaha. Ainda bem que ele já sabe. Cara esperto.

— Ah, é meu aniversário, atenção pra ele é todos os dias, minhas amigas, não vejo todos os dias. Pelo menos ele é um cara moderno que não quer atenção o tempo todo. Ganhei esse homem na loteria.
— É verdade, ele é muito legal, quisera eu achar um desses.
— Agradeço todos os dias. Esse bando de homens são tão machistas, vivem ainda como se estivessem no século passado, não acompanharam a libertação das mulheres. Imagina eu ainda, como sou? Inquieta, sempre mudando a cor do cabelo, a mente que não para. Ainda bem que meus sogros são franceses. Francês é um povo mais liberal, intelectual, senão tava solteira até hoje, preferia não casar.
— É. Cada um tem o que merece. Você sempre foi uma pessoa legal, honesta, até demais. Mas melhor ser verdadeira. Nunca fez joguinho, nunca usou máscara pra ter que conquistar alguém. Lógico que o destino ia te dar alguém à sua altura.
— Nossa! Só porque é meu aniversário?
— Ah vai, Carina! Nem vem, você sabe muito bem como é, não preciso nem te falar. Você sempre diz tudo na lata, não tem medo de não ser aprovada. Fora esse seu jeitinho que ninguém tem, de mulher mutante, modernosa, uma hora super-religiosa, outra uma teosofista.
— Valeu, amigona. Esse é o melhor presente de aniversário que eu poderia ter, a admiração de uma das minhas melhores amigas.
— Tá bom, mas de qualquer jeito vou te dar um presentinho. Se eu não conseguir comprar hoje, deixo no estúdio que é mais fácil pra mim.
— Só de ir ao meu aniversário já tá bom. Desencana de presente.
— Tá, deixa que eu resolvo. Então, a gente se vê lá.

Carina casou-se praticamente com o primeiro namorado. Nunca foi namoradeira, era um tipo bem estranho na adolescência, muito quieta, mais observadora, já tinha tatuagem e pintava o cabelo em casa, para desespero da mãe, que a cada dois meses se surpreendia com o novo visual. Ela já foi punk, dark, grunge, nada de estilo princesa, mas em todos os estilos que ela adotava, a feminilidade era sempre gritante, tanto que as outras garotas adeptas dos vários estilos que ela incorporava morriam de inveja. Os rapazes dessas tribos sempre prestavam muita atenção nela.

Por mais que esses grupos tivessem um quê de anarquia, os rapazes eram sempre muito conservadores quando namoravam, do tipo castradores ciumentos e, Carina não conseguia levar a diante nenhuma das experiências a dois. Mas com Hervé foi diferente. Ele era um rapaz magrelo, cabelos mal cortados, as roupas sempre um número maior do que seria certo. Foi amor à primeira vista. Ela conheceu a família dele assim que se conheceram, ainda como amigos. Os pais, franceses, de Marcele, no sul da França, fumavam feito loucos, enchiam a cara de vinho toda a noite e reuniam amigos e os filhos, duas meninas e o Hervé, em volta da mesa da cozinha, que era ao mesmo tempo sala, copa e minibiblioteca, para longos papos.

Carina sentiu-se em casa. Parecia pertencer àquilo desde sempre. Somente depois de um ano como amigos que "ficavam de vez em quando", assumiram o namoro e, daí para o casamento, foi um passo. Casaram praticamente quando atingiram a maioridade. Nem os pais dela, muito menos os dele, falaram que era cedo ou que deveriam esperar mais tempo. Era nítido o quanto um complementava o outro, o amor que sentiam e, principalmente, o respeito pela liberdade que cada um tinha. Hoje, Hervé é um cineasta super-respeitado e conhecido pelas suas ideias subversivas. Carina não se via casada com mais ninguém e sempre repetia que se um dia ele morresse nunca mais se casaria novamente.

Nada de especial aconteceu na confecção, ainda estava na fase de colher os louros do desfile. Isso duraria mais uns quinze dias no máximo, depois, ninguém se lembraria mais e as notícias estariam focadas na tendência para a próxima estação.

Cheguei na Fraternidade adiantada. Foi ótimo, porque pude comer um sanduíche de atum com cenoura, calmamente, sem nenhuma pressa, antes de entrar na sala. Fiquei na cantina jogando conversa fora com um homem alto, de bigode, estudante de física quântica. Contou-me sobre a Teoria das Cordas, que resumindo, grosso modo, são as onze dimensões de nosso universo. Disse que há uns anos eram menos, mas que hoje em dia já se tinha comprovado matematicamente as onze. Sempre achei matemática uma coisa artística, como uma música e tirava o chapéu para essas pessoas que conseguiam traduzir as coisas em números, mas também sempre achei que nem tudo dá pra ser explicado assim.

Mas tá valendo. Gênio de quem consegue fazer isso. Perdi o interesse no assunto rapidamente, pois em dado momento ele começou a fazer o paralelo entre essas dimensões e as dimensões que acessávamos durante os tratamentos. Era demais pra mim, sempre achava que todo mundo queria teorizar demais sobre os fenômenos e quem fazia isso era porque não conseguia sentir nada. Preferia me ater ao sanduíche naquele momento e fingi que entendia o que ele tentava dizer só pra não querer explicar novamente a sua teoria.

Quando entrei na sala todos já estavam a postos. Conversamos um pouquinho e nosso dirigente disse que começaria logo pois tinha compromisso. Bom, eu também.

Assim que a Manuela leu a ficha de atendimento, lembrei do caso. O Antônio tinha uma tremedeira no braço há mais de dez anos e no último tratamento apareceu uma história de que, em outra dimensão, colocaram algo na coluna dele, que na Fraternidade chamavam de aparelhos astrais. Estava louca para saber o que tinha acontecido, pois achava essa coisa de aparelho história da carochinha.

Antônio entrou na sala sorrindo. Sentou-se na cadeira e respondeu à pergunta que o seu Homero sempre fazia nos retornos:

– E aí? Como é que está se sentindo hoje?

– Eu estou ótimo! A tremedeira passou completamente. Nem dá para acreditar! Fiquei tantos anos com ela. Aquele meu problema de refluxo que tinha operado, mas continuava aqui, consegui resolver. Logo depois que estive aqui, um amigo que não via faz alguns anos me indicou um médico imunologista que descobriu que eu tinha uma bactéria no estômago. Nem precisava ter sido operado. Passei uma semana tomando um antibiótico que ele me receitou e sarei! – tomou fôlego e continuou – Ah! A dor nas costas que sentia praticamente todos os dias, só tenho quando estou muito ansioso e agora tenho bem menos crises de ansiedade. Mas isso é o de menos, depois que estive aqui, posso dizer que sou outra pessoa!

Enquanto ouvia aquilo, pensava no aparelho no mundo astral, etéreo, imaterial. A coisa existia mesmo em outra dimensão, não era lenda. O cara estava bem. Curado! A tal entidade que falou ter tirado um aparelho não mentiu.

Poderia ser considerado comum, "normal" naquele universo todo que eu agora tinha acesso? Cada dia uma novidade, uma revelação, um véu retirado. Fiquei feliz por ele.

Pensei enquanto dirigia para o aniversário da Carina, que ninguém podia dizer que sabia de tudo desses mundos de outras dimensões, espíritos, pois "tudo" não era nem o começo. Quanta coisa ainda não temos acesso, porque não estamos preparados pra saber? Quantas coisas não reveladas, mas que podem surgir de sopetão quando menos se espera? Quanta compreensão podemos ter a respeito do que já está aí e, mesmo assim, duvidamos e damos desculpas para não acreditarmos?

Nossa! Como somos medíocres e nos achamos detentores de conhecimentos, mas na verdade não conhecemos nada! Ninguém sabe o suficiente para poder explicar como essas coisas acontecem. Como podemos olhar atrás "de uma porta" e enxergar a outra dimensão? Como é que a gente faz isso, e por quê? É maldição ou sorte, afinal?

Tanta gente faz o curso de cura energética espiritual, achando que vai virar um manipulador de energia, vai poder controlar ou influenciar alguém, que acha que vai virar um vidente, um viajante interdimensional. Acha que simplesmente vai conseguir a passagem aérea e o visto para atravessar um portal mágico. Santa ignorância e pretensão.

Não é assim que acontece. Já se nasce com esse visto carimbado no meio da testa. Quem tem não sabe se é tão legal assim ter acesso livre para outros mundos e quem não tem e gostaria de ter esse acesso, daria uma perna para poder atravessar a porta para "a sala ao lado", onde as coisas são reveladas apenas para uns pobres infelizes ou danados de sortudos.

Quantos transtornos causam uma mediunidade sem controle. Quantos problemas podem causar um dom mal administrado. Um simples abraço em um amigo num dia ruim pode acabar com o seu, porque por uma fração de segundos, você sentiu e absorveu para si toda a tristeza daquela pessoa. Acabou ficando com um pouco daquilo tudo, sendo que nem tinha a ver com o problema, e menos ainda era da sua conta você saber dele, mas acabou tendo um lampejo com toda as informações.

Sono perturbado por um turbilhão de coisas, visitas a lugares do passado ou futuro, ou mesmo em dimensões não conhecidas ainda por nós, como um outro planeta que não tem nada a ver com o nosso. Visitar outros planetas ou lugares que não fazem parte de nossa dimensão atual é difícil demais. Nunca se sabe o que encontrará, que tipo de energia vai sentir, a permeabilidade da antimatéria ou a densidade de alguma composição química desconhecida. Não se tem essa preparação, quando acontece, só acontece e ponto. Algumas vezes pode-se visitar até mesmo campos de batalha no plano astral, ou mesmo lugares muito perturbadores e de energia não muito evoluída, dependendo do padrão mental em que a pessoa está vivendo. Basta uma tristeza, uma desavença com alguém que gera muita ira, um recente final de relacionamento amoroso, uma traição.

Quem vai para lugares densos e interage com o ambiente, com certeza não está em seus melhores momentos, ou tem baixo padrão vibratório. Pode-se acessar quando necessário, mas não precisa interagir. Aconteceu com uma amiga da Fraternidade. Ela andava muito desequilibrada, num momento da vida em que sentia muita mágoa e raiva. Certa manhã, acordou cheia de hematomas nos braços, arranhões nas costas onde seria impossível de alcançar e sentindo muita dor no corpo. Como ela tinha o dom da vidência, não se sabe o porquê, acabou interagindo com o plano astral. Talvez, porque quisesse sentir mais sofrimento ou autopiedade, como por exemplo, quando a gente não para de ficar gripada, fica doente todo mês inconscientemente para chamar a atenção ou talvez porque ela achou que pudesse fazer alguma coisa. Como dizia minha Lama, não dá para ajudar quem está se afogando se você não sabe nadar.

Mediunidade nesses casos pode ser mais danosa do que benéfica.

Uma coisa eu já havia definido. Se estivesse de TPM não iria trabalhar na Fraternidade. Imagina só o que iria acessar? Só "bicho preto", como dizia um amigo meu do trabalho, que adorava chamar assim toda a pessoa do mal e que zicava os outros.

Todo mundo quer ser especial, mas ninguém quer pagar o preço. Não tem a menor graça ser diferente. É legal ouvir as histórias, os casos, enxergar tudo como se estivesse assistindo um filme, mas ninguém aprecia as mazelas que acompanham o pacote. Isso ninguém quer e, talvez, quem não nasceu com o carimbo no meio da testa, nem saiba que existe o outro lado da moeda. Meu amigo Daniel era um dos casos, vai saber a história de outras pessoas.

Cada dia, depois que assumi esse meu outro lado, as coisas passaram a ter outro significado. Nunca mais procedi de forma irresponsável no que diz respeito a intuições, sonhos e visões. Passei a ter mais respeito pelas energias que sentia passando por mim. Comecei a agir tanto com mais cautela, como também com mais paciência perante pessoas menos privilegiadas em conhecimento e consciência verdadeira. Cada um tem seu momento e, se algo lhe é revelado é porque tem que dar atenção, tem que se ouvir. Parei de agir como uma sonâmbula, uma zumbi, sem prestar atenção em mim e nos outros, ignorando tudo o que sempre senti. Resolvi assumir de verdade, sem ter vergonha de falar quando tinha um pressentimento e não ligava mais se falavam que eu estava "chapada" ou que estava bêbada. Danem-se os incrédulos!

Só para meus pais eu não explicava exatamente o que eu fazia durante minhas terças-feiras. Dizia que trabalhava como voluntária em uma casa que prestava assistência espiritual, mas evitei entrar em detalhes porque eles não entenderiam. Não por que iriam me olhar estranho, sempre me acharam estranha, desde sempre. Amava muito minha família, mas não tínhamos muitos assuntos em comum. Na minha adolescência morria de inveja das amigas que tinham um relacionamento de verdade dentro da família. Irmãos saindo juntos na mesma turma, contar tudo na frente dos pais. Nunca tive isso. Acho que, primeiro por meus pais não promoverem e estarem sempre ocupados com festas e coisas desse tipo, segundo, porque eles mesmos não faziam questão de fazer as coisas juntos. Eram casados, mas também pareciam muito solitários.

Tinha vontade de contar minhas experiências para eles. Até tentei contar para minha mãe, mas ela não parava de mexer no celular e atender ligações. Não teve o menor interesse em saber do meu trabalho como voluntária, só ficava repetindo entre um telefonema e outro:

– Quem bom filhinha, pelo menos alguém nessa família faz algum trabalho desse tipo.

A tal Pink Pix era bem legal, tinha gente de todas as tribos juntas em um mesmo lugar. Como os donos do lugar eram cada um de um ramo de negócios, a mistura era garantida. Um era um cara da noite bem famoso, outro um cantor polêmico ganhador do prêmio Grammy, outro um gay mauricinho e por fim a promoter mais conhecida de São Paulo.

A mistura era ótima. Mas era um lugar bem caro. Só para entrar era o salário semanal de muita gente, fora o que se consumia.

Na porta, uma hostess lindíssima me recepcionou e pediu que aguardasse um momento. Chamou um rapaz também de ótima aparência que me conduziu até a mesa da Carina. Assim que me aproximei, vi meu irmão sentado ao lado da Maya. Achei muito estranho ele estar lá, mas imaginei que talvez já estivesse por lá e encontrou minhas amigas, mesmo sabendo que ele não frequentava lugares muito ecléticos. Dei um beijo, primeiro na aniversariante e, antes de cumprimentar a todos, disse para meu irmão:

– Lucas, você por aqui?

E antes mesmo que ele respondesse, Maya se pronunciou:

– Surpresa! Amanda, meu namorado Lucas.

Fiquei meio perplexa. Era um misto de choque com indignação.

– O Lucas é o seu namorado?

E continuei cumprimentando as pessoas em volta da mesa, um a um, com um beijo no rosto, enquanto processava aquela novidade.

Quando não tinha mais o que fazer, ainda perguntei, parecendo uma idiota que não tinha entendido nada.

– Como assim Maya? Por que você não me contou antes? E você, Lucas? Não acredito!

Realmente era uma surpresa, mas não como minha amiga imaginava. Sentia-me um pouco traída. Igual à mulher corna que é sempre a última a saber. A única cadeira vazia era ao lado da Maya, então me sentei, ainda meio perplexa com a novidade.

– A gente queria te contar juntos, mas você tava toda enrolada, trabalhando feito louca, mal tinha tempo pra nada.

– Mas isso não era uma coisa que eu deveria saber antes de todo mundo? – falei meio sem paciência, não achando nada divertida aquela situação.

Pedi uma cerveja, estava meio quieta, na minha e resolvi chamar a Maya para ir ao toalete comigo.

Assim que entramos, virei para ela, como se tivesse sido apunhalada pelas costa e perguntei:

– O que é isso tudo? Não posso acreditar que você ficou quase três meses mentido pra mim!

– Nossa... Achei que você fosse ter outra reação!
– Tá, não tive. Você mentiu pra mim.
– Não senhora! Não menti, eu só omiti. Desculpa.
– Que papelão... – disse, enquanto lavava minhas mãos tentando disfarçar minha ira.
– Amanda, não queria te contar antes porque nem sabia se a gente ia ficar junto por mais de uma semana.
– Ah... Então se não fossem pra frente nessa coisa eu nunca saberia?
– Nada disso, ia te contar de todo jeito, mas também acabei me sentindo insegura, conheço seu irmão pelo que você sempre contou. Fui boba como qualquer mulher, talvez se eu te contasse que tinha ficado com ele, você deixasse de me contar alguma coisa que me fizesse desencanar dele. Não imaginava que fosse gostar do seu irmão. A coisa aconteceu super sem querer.
– Tá! Ele é meu irmão, mas ele também é um mauricinho fútil. Ele é isso. Pode ser legal pra um monte de garotas, mas você é minha amiga, não quero que você quebre a cara. Nem é isso que queria falar. E se eu acabasse falando alguma coisa, tipo que ele saiu pra algum lugar e você não estivesse com ele, ou não sabia? Além de tudo ia estar jogando meu irmão na fogueira e, justamente, com minha amiga, que nem sabia que estava com ele. Não achei graça nenhuma!
– Desculpa. Desculpa, não sou perfeita. Também tenho minhas inseguranças. Fui boba. Fui mulher! Toda mulher tem um pouco de insegurança quanto ao sentimento de um homem, ainda mais sabendo como seu irmão é.

Fiquei absorvida pelo que eu estava sentindo, mas entendi o que ela queria dizer. Nós mulheres somos, às vezes, muito inseguras. Não é porque a Maya é uma mulher e tanto que não sente o mesmo. Embora fosse uma mulher forte e decidida, aquilo de estar com meu irmão devia ser uma coisa bem difícil para ela. Ele sempre foi um bon vivant, não era fácil se apaixonar por uma pessoa que tem um passado como o dele, e ela sabia das histórias dele porque era minha amiga.

– Maya, você é minha amiga. E se meu irmão for um canalha com você, como você acha que vou ficar?

– Eu sei. Mas ele não está sendo aquele Lucas que você sempre falou e que eu até tirava sarro quando era mais novo. Aconteceu. A gente tá se dando bem. E quer saber? Ele tá querendo mudar.

– Sério?! Todo mundo fala isso, mas ele mostra isso?

– Claro! Senão ele não teria me conquistado. Não sou tão idiota assim.

Sempre achei que meu irmão só precisava de um empurrãozinho para ser uma pessoa mais verdadeira, menos superficial. Ele tinha um bom coração e isso a gente não pode mudar. Quem sabe a Maya não seria o empurrão que ele precisava?

– Maya, omitir também é uma forma de mentira, sabia?

– Desculpa. Não achei que você fosse ter essa reação.

Maya agora se mostrava desapontada com tudo aquilo, mas não queria estragar a felicidade dela por causa de uma coisa tão infantil. Fui em direção dela e a abracei, enquanto algumas garotas fingiam não estar prestando atenção em nossa discussão no meio do toalete decorado com ilustrações do Kama Sutra.

– Quero que você seja feliz e meu irmão também. Estou feliz por vocês. Desculpe-me você, pela minha reação, te amo minha amiga, desculpe por estragar esse momento.

Ficamos alguns segundos abraçadas e quando nos separamos ambas estavam com os olhos marejados de lágrimas.

– Poxa, achei que tinha estragado tudo, Amanda, não era pra ser assim.

– Deixa pra lá, devo estar de TPM e fazendo uma tempestade em copo d'água. Fui idiota.

– Então você acha legal?

– Acho. Embora seja uma coisa totalmente inesperada, quem sabe pode dar certo?

– Não é? Eu também acho. Sei lá... De repente, foi uma coisa do destino, vai saber?

E nos abraçamos de novo, agora mais tranquilas.

– Vamos voltar. – disse, pegando-a pela mão e indo em direção à porta.

Voltamos para a mesa e nos divertimos muito. Depois da meia-noite, o som do lugar aumentava de volume e as pessoas começavam a dançar. Estava um clima bem alto astral. Sempre ouvi falar que aquela Pink Pix era legal, mas se não fosse a Carina e o primo armarem aquela noite, acho que nunca teria ido lá. Adorei e voltaria mais vezes.

O marido da Carina estava um pouco irritado, pois não era permitido fumar lá dentro e não tinha nenhuma área externa para fumantes. Volta e meia saía com o amigo para fumar na rua, o que causava um transtorno para eles, já que cada saída tinham que renovar os cartões de consumação. Agora, observava melhor a Maya e meu irmão, eles realmente pareciam se entender bem. Nunca vi meu irmão tão calmo, sem aquela ansiedade que sempre teve. Parecia muito feliz e minha amiga também. Queria mesmo que desse certo entre eles, pareciam um casal de verdade.

Durante a semana fiquei tentando entender porque tive uma reação tão negativa sobre o namoro do meu irmão com a Maya e descobri pouco a pouco. Na correria toda do desfile, nem lembrava quando ia menstruar, ou melhor "monstruar", como preferia dizer, devido ao estado monstro que ficava. Estava explicado, nunca me façam surpresas nesse período, ou eu choro ou bato. Tadinha da Maya e do meu irmão, só queriam me fazer uma surpresa e estraguei tudo. Pedi desculpas para Maya praticamente dia sim, dia não, até o sábado seguinte. Ela garantiu que não contou nossa conversa do banheiro da Pink Pix. Imagina como meu irmão iria se sentir sabendo que dei um barraco dentro de um banheiro por causa dele. Ainda bem que no final estava tudo bem entre todos. Só sei que não seria fácil ter alguém da família namorando com alguém da minha família que não nasceu em baixo do mesmo teto. No final das contas éramos todos irmãos.

Também já havia aprendido que quando duas pessoas vivem uma história, por mais curta que seja, é porque essas pessoas tinham que se encontrar para resolver algumas pendências de alguma outra vida. Realmente acreditava que as coisas não eram ao simples acaso. Claro que a Maya e meu irmão tinham algo para compartilhar, ainda que soasse estranho dizer que os dois estavam namorando. Maya era uma supertrabalhadora, enquanto Lucas levava no bico o trabalho na fábrica do meu pai. Maya era muito mais evoluída que meu irmão. Lucas tinha muito chão pela frente. Maya era superanimada e Lucas super de bem com a vida. Peraí! Acho que estava unindo pontos, a coisa não era um disparate tão grande. Maya era minha irmã de coração e o Lucas meu irmão de sangue e eu queria que todos se dessem bem. Iria torcer que desse muito certo. Imagina só a Maya como minha cunhada! Seria oficialmente da família.

Sentia-me muito feliz quando estacionei meu carro e passei pelo portão da Fraternidade. Daniel tinha acabado de me ligar no celular dizendo que havia chegado de viagem, finalmente. Ficou mais tempo do que havia planejado e combinamos de nos encontrar na próxima quinta-feira. Ele queria marcar antes, mas eu tinha aquele compromisso inadiável com a Lorena.

Antes de entrar na sala de atendimento, dei uma paradinha no toalete para lavar minhas mãos e fui até a cantina matar a minha fome com um pedaço de torta de legumes. Estava faminta e não dava pra esperar falar com os amigos da "sala ao lado" sentindo uma fome desesperada. Comi dois pedaços de torta de palmito com cenoura e vagem em praticamente duas abocanhadas, nem mastiguei direito, pois como sempre, estava atrasada e seria a última a entrar na sala para tomar meu posto de trabalho.

Depois de acalmar a fome, me dirigi à sala de atendimento. Cumprimentei meus colegas com um beijo no rosto e, assim que me acomodei, seu Homero começou o procedimento para nosso desdobramento. Depois, era de praxe ele perguntar se havíamos recebido alguma instrução de trabalho. Nina, minha adorável amiga de curso, descreveu uma cena.

– Nossa! Fui para um lugar tão lindo! Era um daqueles lugares que a gente vê nos filmes. Em meio a montanhas, com a relva bem verdinha, ovelhinhas bem branquinhas pastando, muitas flores. E o céu? O céu de cores que só vemos naqueles fins de tarde espetaculares em algum lugar como a Ilha de Santorini, na Grécia, ou em Fernando de Noronha, quando estamos inebriados de tanta felicidade. Especial mesmo! Ah, como gostaria que vocês vissem.

Seu Homero ficou esperando mais instruções. Dona Madalena sempre tinha praticamente uma lista, mas naquele dia, ela estava quieta. Não veio nada. Achei estranho, porque sempre parecia ter tudo resolvido, as cores que usaríamos nos atendidos, quem era a equipe do hospital espiritual que estava presente, que eram sempre os mesmos: um tal de Dr. Carlos, uma tal de Meimei, que tinha alguma coisa a ver com crianças e um outro que ela chamava só de Japonês.

Depois de um breve silêncio, ele então olhou pra mim, que sempre era a última opção, já estava acostumada. Como sempre tinha dúvidas quanto ao que poderia falar e ser real nas minhas visões do que era só fruto da minha imaginação, não tive escolha e comecei a descrever o que estava vendo:

– Vi uma enorme piscina redonda em um jardim e eles estavam mexendo com enormes colheres o líquido dentro da piscina, que ia mudando de cor, nessa ordem: vermelho, amarelo e azul.

Assim que pronunciei as cores, ainda pensei, "mas essas são cores primárias, podem ser tantas outras cores quando misturadas. Mas enfim, não iria explicar naquela hora sobre cores, afinal, somente a Nina poderia entender o que eram cores primárias, ela adorava pintar suas telas nas horas vagas".

Nosso primeiro atendimento era uma mulher de 56 anos que se achava injustiçada. Estava tendo insucessos na vida e culpava seus amigos que sentiam inveja dela. Estava sem trabalho há uns três anos, fazia *yoga* e dizia ter descoberto recentemente que era uma "índigo". Achava que, por causa desse fato, era tão complicada.

Conforme a ficha dela era lida, comecei a sentir uma aproximação, que praticamente estacionou do meu lado esquerdo. Fechei meus olhos e consegui vê-la. Uma mulher altiva, magra, com um manto branco de calda arredondada, mas não via seus pés e ela sussurrava:

– Cosi. Cosi, Cosi.

Como não lembrava o nome dela, pedi pra Manuela dar uma olhada na ficha se ela tinha sobrenome italiano. Bingo. Olhei pra Nina, que já começava a escrever em nossos papeizinhos e disse:
— Olha, estou ouvindo isso aqui. E mostrei meu papelzinho escrito — "Cosi".
Assim que ela leu o que estava escrito, ela começou a dar sinais de que absorveu a vibração.
Seu Homero percebeu e pediu que a atendida esperasse na outra sala.
Nina já estava incorporada e só esperava a atendida sair da sala para começar a deixar fluir o que a entidade queria falar. Assim que nosso dirigente retornou, colocou-se atrás da Nina e perguntou:
— Qual a sua relação com a atendida? Você quer falar alguma coisa?
Sem pestanejar, a entidade começou:
— Ela se acha a tal! E agora vem com essa historia de que é "índigo"? É só pra se sentir melhor que os outros, especial, superior. Essa agora é boa! Era só o que faltava! Inveja, tem ela dos outros. Ela que não aceita nada do jeito que tem que ser. Tá sempre querendo estar acima dos outros. Humilha os outros, passa por cima sem dó nenhuma. Tá aí, sozinha, porque só pensa nela. Quem não tem amigos é ela, de tanto que fez com todo mundo.
O tratamento continuou com a harmonização da entidade e encaminhamento para local apropriado.
Quanto à atendida, ela era uma nobre em outra vida e, nesta vida, teve uma boa condição social, mas perdeu tudo e só se queixava da má sorte. Seu carma era passar por esse desafio. Como eu gostava de falar, o desafio de "sair do salto alto".
Em vez de aceitar a mudança e exercitar mais a humildade, deixava-se levar pelo sentimento de que todos tinham inveja dela, por isso estava nessa situação. Tinha o sentimento de que realmente as pessoas queriam ser ela.
Não conseguiu deixar de lado seus vícios de superioridade e foi pega em sua própria armadilha. Acabou colhendo solidão, dificuldade financeira e falta de realidade.
Fazia *yoga* três vezes por semana, mesmo sem ter dinheiro para ir ao médico fazer exames de rotina, que toda mulher tem que fazer ao

menos uma vez ao ano. Estava com uma dor de dente, que dizia ser um tratamento complexo e que não dava pra tratar em um dentista comum, mas também não queria ir em postos de saúde pública. Não tinha opção, nenhum amigo poderia ajudá-la, porque ela não os tinha mais.

Dona Madalena, cansada de ouvir a mulher reclamar tanto, com ímpeto de bom humor e sorrindo, falou:

– Olha, a situação não tá fácil pra ninguém. A gente pode fazer uma vaquinha e juntar umas moedinhas, mas com certeza não é isso que vai te ajudar.

Dona Madalena, às vezes, tinha essa síncope e dava essas tiradas bem humoradas. Fiquei rindo baixinho, me controlando pra não dar uma gargalhada na cara da mulher, que agora estava com uma expressão meio desconcertada, por perceber que estava exagerando no seu drama mexicano.

Sempre escutei de amigos que foram em videntes, cartomantes, etc., que haviam sido príncipes, reis, pessoas nobres, amante de reis ou rainhas, ou mestres em alguma coisa, mas ninguém era o serviçal.

Essa mulher em nossa sala havia sido uma nobre de verdade em uma de suas vidas passadas, mas uma nobre tirana, não uma nobre generosa. Hoje, passava por dificuldades, tanto financeira como de saúde e, mesmo assim, mantinha um sentimento de realeza nos dias atuais.

Sua face estava quase tocando a lama, mas ela continuava com a ponta do dedão ainda tocando o pedestal. Todos da sala concluímos que, se no auge de seus 56 anos, ainda mantinha essa postura de que a vida estava dessa forma por causa dos amigos invejosos, será que poderíamos fazê-la mudar o foco? Com certeza o tratamento dela seria difícil, porque dependia dela começar a ter atitudes mais humildes, uma das tarefas mais difíceis para o ser humano.

O segundo atendimento era também uma mulher. A atendida já havia passado em outra sala, por três atendimentos, sem que surtisse nenhum efeito. Então, resolveram mudá-la de sala.

Manuela leu na ficha de atendimento os procedimentos que já haviam sido realizados.

– Foi feito o corte de simbiose com a mãe, que culpava a atendida por um acidente em outra vida, onde ela perdeu uma das pernas. Foi visto um macaco observando mãe e filha (torcemos o nariz com a coisa do macaco, pois não entendemos nada) e foi feita despolarização de memória.

Depois de ler todos os procedimentos, seu Homero foi buscá-la.

Divorciada, 54 anos, mas parecia ter dez anos a menos, pois tinha uma pele linda, bem branca e quase sem rugas. Cabelo preto na altura dos ombros, bem bonita por sinal. Queria um relacionamento amoroso, mas não conseguia porque a mãe era um empecilho, a chantageava por qualquer coisa e ela sentia-se com a consciência pesada.

Estava morando com a mãe de 84 anos e reclamava do autoritarismo e possessão da mãe em relação a ela.

A mãe a fazia sentir-se culpada por deixá-la sozinha, quando saía com os amigos, e não só isso, a chantageava, dizendo coisas do tipo, "vou morrer se você me deixar aqui sozinha! Posso ter um treco enquanto você tá por aí!"

Por mais que a velha estivesse na companhia de uma enfermeira, dizia que era a filha quem deveria ficar com ela.

Seu Homero começou o procedimento de harmonização, enquanto isso, eu, Manu e Nina comentávamos:

– Nesse caso a gente precisa ver o "nível" dela, esse precisa ser trabalhado.

No mesmo momento, eu já consegui me conectar facilmente e comecei a "ouvir" um dos níveis da atendida:

– Eu tô cansada! – E murmurava coisas bem baixinho que não conseguia entender.

Escrevi o que estava ouvindo em um papel e entreguei-o para seu Homero. Ele pegou o papel, leu, colocou-o em cima da mesa e falou:

– Tá bom. Então vamos esperar.

Percebi que ele não trabalharia com o "nível" antes dele estar incorporado, então comentei com a Manu:

– O seu Homero não vai trabalhar com não incorporação. Nina, posso tentar mandar pra você?

Seu Homero parecia não se interessar muito quando eu dizia estar vendo ou ouvindo, acho que era força do hábito e já havia se acostumado com incorporação. Parecia que eu não tinha muita credibilidade.

Como já era um senhor de uns sessenta e poucos anos, talvez houvesse se acostumado com o jeito. Queria tentar passar o que estava sentindo pra Nina, assim o trabalho seria mais fácil.

Nina, um amor de pessoa, não precisava nem que eu perguntasse se podia, ela nunca reclamava, diferentemente da dona Madalena que já ouvi murmurando que fazia tudo, que era tudo ela, que ela não ia fazer mais nada pra ver se a gente fazia alguma coisa.

Então, decidida, peguei o Evangelho e entreguei para seu Homero, dizendo bem enfática:

– Pode pedir para ela sair.

Ele titubeou, pois dona Madalena fitou-o com olhar de dúvida. Então, insisti:

– Ela já pode sair.

Enquanto a atendida pegava a bolsa e saía da sala, comecei a "passar minha energia" para Nina. Não sei como fiz isso, mas funcionou.

Quando seu Homero voltou para a sala, a incorporação já havia se consumado. O nível da atendida não conseguia falar, estava exausto. Mesmo passando o nível pra Nina, continuava conectada a ele, sentindo tudo que ela sentia, acho que por eu ter sido a ponte, sei lá.

Enquanto o nível da atendida não se pronunciava, sentia uma total falta de energia e motivação. Achei que era a hora de usar as cores que vi no começo do trabalho, então falei:

– Seu Homero, vamos harmonizar com a cor vermelha para energizar e recompor o "nível".

Assim que disse isso, ouço dona Madalena murmurando:

– Não se pode mexer com essa energia, é muito perigosa!

Mesmo assim, ninguém deu ouvidos e continuamos com o procedimento.

– Ainda não está bom, mais uma vez o vermelho.

Senti, depois da segunda enxurrada de vermelho, que o "nível" estava muito mais revitalizado, mas mesmo assim, não conseguia se pronunciar, então sugeri:

– Agora, vamos trabalhar com o amarelo.

E conforme ocorria a harmonização, o nível estava cada vez melhor.

– E agora, o azul.

Continuava ouvindo dona Madalena murmurando, que era uma cor que não se deveria mexer, que essa energia... Blá, blá, blá... Mas mantive minha atenção no nível e finalmente ele conseguiu falar:
– Eu não sei como uma mãe pode fazer isso com uma filha!
Falou tudo que a sufocava. Reclamou bastante da mãe, das coisas que ela fazia, disse estar inconformada e muito triste. Fizemos todo o procedimento relativo àquele caso e um retorno foi marcado.
Dona Madalena não estava mais na sala quando a atendida saiu. Tivemos que esperá-la para começar o terceiro tratamento. Achamos que ela tinha ido ao toalete.
Passou-se alguns minutos, e no instante em que Manuela estava indo atrás dela para ver se estava tudo bem, ela retornou falando antes mesmo de sentar-se novamente:
– Fui pesquisar. Não se trabalha com a cor vermelha. Pode ativar a Kundaliní!
Ficamos visivelmente estarrecidos. Ela saiu da sala para procurar argumentos sobre nossa condução do tratamento e, no meio do caminho foi comentando com os trabalhadores que ficavam na recepção e agendamento, que estávamos ativando a Kundaliní.
Isso acabou gerando uma desarmonização na sala. Ficamos bestas com o que ela fez. Por que ela ficara tão incomodada com aquele procedimento que havia dado certo? Saiu da sala para discutir lá fora, com pessoas que nem sabiam dos procedimentos, expondo toda a equipe e, pior, expondo de forma negativa, sem antes falar com alguém. Foi péssimo.
A agitação dela fez com que a vibração da sala caísse bastante. Quando nos demos conta estávamos envolvidos numa pequena discussão sobre o procedimento e ela continuava insistindo em argumentos tolos. Seu Homero estava mudo, pois não queria chamar a atenção dela.
Por fim, Nina sentenciou:
– O que nós fizemos aqui não tem nada a ver com Kundaliní. Tem a ver com cores, energia, cromoterapia, conhece? Cromoterapia! Porque você tanto fala da Kundaliní? A gente não trabalha com Kundaliní, aqui não é *yoga*, trabalhamos com uma cor. E também

não é esse "bicho de sete cabeças" que você tá falando. Você tá fazendo tempestade em copo d'água.

Nina era praticante de *yoga* fazia anos e conhecia bem sobre a filosofia hinduísta, sabia que com certeza a gente não estava fazendo nada mais do que uma cromoterapia espiritual.

A Kundaliní foi muito comentada durante o período em que fiz o curso de cura espiritual energética, mas nunca esclarecida. Falaram meio por cima, nem sei para que comentar sobre uma coisa que meu professor nem sabia o que era de verdade. Acabava levantando poeira, criando preconceito e fazendo com que as pessoas falassem como se conhecem do que estavam falando, como era o caso da dona Madalena e sei lá com quem que ela conseguiu validar sua afirmação fora da sala de tratamento. Como a maioria das pessoas que trabalhavam lá eram de religião espírita e católicos, não havia ninguém com algum conhecimento sobre filosofias orientais para esclarecer o assunto, mas mesmo assim falavam como se conhecessem e que era uma coisa ruim. Diziam que tinha a energia do fogo e da serpente. Uma visão com certeza muito curta, folclórica, que remetia ao inferno deles e diziam que era muito perigoso ativar a tal Kundaliní.

Nas filosofias orientais, é muito normal se ativar essa energia sob orientação de um mestre. Ocorre sem grande alarde e ela tem vários nomes, mas esse é o mais conhecido.

A Kundaliní é o tão falado poder espiritual primordial, básico ou energia cósmica, que está adormecido próximo à base da coluna e aos órgãos genitais, no chacra básico. É a energia que transita entre os chacras, no movimento de baixo para cima, percorrendo todos eles, fazendo a ligação da terra com o céu.

Segundo algumas crenças, enquanto está adormecida, ou melhor, não se está praticando a sua circulação, assemelha-se a uma chama congelada. A palavra Kundaliní, deriva de uma palavra em sânscrito que significa, literalmente, "enrolada como uma cobra" ou "aquela que tem a forma de uma serpente". É a energia do universo em seu aspecto total, como potencial energia, calor, eletricidade, etc.

Ativar a Kundaliní visa à paz interior e à realização divina. Vários praticantes de meditação usam essa energia para alcançar a iluminação.

As nomenclaturas parecem complicadas porque originam do sânscrito, mas são somente energias. É basicamente o equilíbrio entre o masculino e o feminino, o alto e o baixo, que tem por finalidade fazer a conexão com o divino.

Acho que por se falar em energia com aparência de serpente, os ocidentais, neste caso os cristãos, associam a uma coisa ruim, a serpente que era o demo do paraíso bíblico, rastejante, perspicaz, traiçoeira, a que convenceu Eva a comer a maçã da árvore da vida. Mas poucos se lembram que o símbolo da medicina é um cajado com duas cobras enroladas em ascendência.

Não deixa de ser um símbolo também vinculado à imagem de magia e até tem um fundo de verdade mesmo, porque eram considerados magos os que usavam ervas curativas.

A discussão da tal Kundaliní se manteve ainda durante um tempo dentro de nossa sala, que agora estava com a vibração totalmente conturbada e péssima para dar continuidade em nosso trabalho. Nosso dirigente continuava mudo. Só achava engraçado ver a dona Madalena, que sempre reclamava que conduzia o trabalho da sala sozinha e sempre era a que fazia tudo, agora reclamar de como nós o fazíamos.

Já estávamos com a ficha da outra atendida dentro da sala, e concluímos que talvez aquela ferveção toda fosse por conta daquele próximo atendimento: moça jovem, 24 anos, morria de medo de várias coisas, inclusive de manifestações mediúnicas, mas frequentava umbanda, candomblé e outras cozitas más. Tinha pedra nos rins e problema nos pulmões, que segundo a Nina, estudiosa de medicina chinesa, são órgãos que têm a ver com medo de relacionamentos e com o passado ancestral.

Visivelmente, ela gostava do envolvimento com o mundo da "sala ao lado" e tinha enorme curiosidade a respeito, o que a fazia procurar tudo o que podia se relacionar com esses fenômenos. Essa atitude não era muito positiva, pois a fazia encontrar muitos charlatões e desarmonia. Ela nos disse que tinha problemas de relacionamento com familiares e com o ex-marido. Passou pela harmonização em baixo de muito choro, mas não estava se sentindo mal. Segundo ela, era só uma sensação estranha e boa ao mesmo tempo. Dizia estar sentindo como se um enorme peso estivesse saindo de seus ombros. Acabamos o atendimento e ainda assim dona Madalena insistia na tal energia da Kundaliní. Nina, agora sem paciência, foi bem enfática:

— Não trabalhamos com a Kundaliní, foi somente um trabalho de cromoterapia, de harmonização como outro qualquer, somente foi usada a energia das cores. E outra coisa, você vive reclamando que faz TUDO, então deixe que todos aqueles que estão aqui, pelo motivo que é de cooperação e ajuda, vivos ou não, façam o seu trabalho.

Seu Homero parecia chateado e não disse nada. Mas por fim, ela parou de resmungar.

Certa vez, pude ouvir dona Madalena resmungando que fazia tudo sozinha e se não fosse ela os tratamentos não aconteciam. Ela ficou murmurando durante uns minutos e quanto mais ouvia, mais indignada eu ficava. Não que eu estivesse levando para o pessoal, mas achava uma falta de consideração com os companheiros dela que já estavam lá bem antes de mim. Quando acabamos os atendimentos daquela noite, perguntei para Nina, enquanto ela esperava pelo marido no portão da Fraternidade, se ela não ficava chateada com aquelas coisas que tinha ouvido. Para minha surpresa, ela disse que não ouviu nada naquela noite, embora de vez em quando ela dissesse que o guia dela, o tal Sete Flechas, que batia no peito feito um gorila, falava para todos colaborarem com o trabalho, meio em tom de cobrança, como se a gente estivesse ali a passeio.

Nina me disse que eu devia ter entrado na frequência mental da dona Madalena e acabei ouvindo os pensamentos dela. Disse para eu não ficar chateada e que não ligasse pra aquilo, que ignorasse, assim como ela fazia. Disse também que em todos os lugares que ela trabalhou, sempre tiveram pessoas que achavam que faziam mais que os outros, mas que nunca percebiam isso. Era uma coisa sem querer, como se não pudessem ver as coisas como elas são. Mesmo que estivessem fazendo mais e, se podiam e tinham energia e tempo de sobra, não precisavam ficar jogando aos quatro ventos o quanto faziam.

— Amanda, isso é ser humano, é tão normal. É que em caridade a gente acha que não vai ver isso, mas às vezes é onde a gente mais vê acontecendo, infelizmente.

– Achei que tinha ouvido e poderia estar chateada. Você se doa tanto, nunca reclama de nada, está sempre de bom humor...

– Mesmo que tivesse ouvido, nem ligo mais pra essas coisas. Já estou calejada e quer saber? Aqui ainda está bom demais, pelo menos a metade não fica de fofocas e melindres.

– Que coisa, né? Mas fiquei meio chocada com a história da Kundaliní, parecia que estava sendo crucificada.

– Não liga não. Deve ser ciúmes porque a cada dia você está desenvolvendo mais a sua mediunidade e talvez ela ache que está perdendo espaço.

– Meu colega de curso que está trabalhando na outra sala diz que o pessoal é meio ciumento. Ele tem uma vidência absurda mas não fala nada, só em último caso, porque já foi ignorado várias vezes pela equipe que trabalha com ele. Como pode, né?

– É assim mesmo. Tem médium que se acha meio Deus, e que sabe mais que os outros, então vem uma pessoa estranha e vai lá na frente de todo mundo contestar o que ele acabou de falar. Tem médium que não admite que, às vezes, pode falhar, ou estar errado, ou estar sendo enganado por algum espírito zombeteiro. Eles sempre acham que o que veem vem de zonas evoluídas, mas a maioria é de pouca evolução mesmo. Então, muitas vezes, eles acabam passando informações erradas.

– Sabe Nina, sempre achei isso, que não dá pra confiar em tudo só porque veio do mundo dos espíritos. Nem sempre são os guias das pessoas, acho que dá pra sentir a vibração, a densidade energética, mas tenho notado que a maioria não consegue fazer essa distinção.

– E você tem razão. A maioria não faz mesmo, o que até acho estranho, porque é fundamental para a qualidade do tratamento. Às vezes, eles se apresentam superbem, são extremamente bem articulados, tem uma ótima intelectualidade, mas no fundo são espíritos que não visam ao bem do assistido. Saber fazer essa distinção é super- importante.

– Pois é. Esse meu amigo diz que enxerga perfeitamente, como se fosse uma pessoa de carne e osso e, enquanto a pessoa diz estar vendo uma coisa boa, ele consegue ver por baixo da máscara que está sendo usada, exatamente o que ele é.

— É uma pena ele não poder ter liberdade. Por que não tenta mudar para outra sala?

— Ele diz que não quer agora, que está aprendendo a exercitar a paciência. Ele diz que não liga do pessoal ser seco e indiferente com ele. Eu não ia aguentar.

— Nem eu. Não tenho mais idade para isso não. Mas acho que seu amigo deve ser mais novinho também, não é?

— Ele tem uns trinta anos. Não é tão novinho assim.

— Ah, é sim. Nesse lugar que só tem bruxa velha. – disse Nina, rindo gostosamente – Hahahaha! Posso ser bruxa, mas ainda não tô velha, me exclui dessa!

O marido da Nina estava parando o carro em frente ao portão da casinha.

— Bom Amanda, não esquenta a cabeça, você ainda vai ver muita presepada, como dizem hoje em dia.

— Pode deixar.

Nos despedimos e fui em direção ao meu carro dando as últimas baforadas do meu quinto cigarro do dia. Estava querendo parar de fumar e vinha diminuindo a quantidade gradativamente. De uns doze por dia já estava em cinco.

Yes!

Lorena estava ansiosa naquela manhã de quarta-feira por causa de sua primeira visita ao Narcóticos Anônimos. Fiquei apreensiva por ela, mas tentei passar a maior naturalidade com relação a esse assunto, embora não tivesse ideia de como era. Não conhecia ninguém que tivesse frequentado um lugar desses. Uma amiga de meu ex-namorado sempre falava aos quatro ventos que o pai era alcoólatra e conseguiu controlar seu vício graças aos Alcoólicos Anônimos. Achava que era algo corajoso, já que todo mundo gostava de manter esse histórico debaixo do tapete.

Tinha uma ideia de que a coisa fosse pesada, sofrida, gente com cara de que perdeu tudo, não que deixasse de ter um fundo de verdade, mas nunca imaginei como seria frequentar um grupo desses. Agora, tinha me comprometido.

Estava decidida a acompanhar minha amiga. Nunca diria um não para ela, mesmo porque sempre ajudava pessoas que mal conhecia e não deixaria de forma alguma um pedido de minha amiga de lado.

Tem muita gente que faz caridade, ajuda um monte de gente, mas nunca olha para o problema de quem está ao lado, para um amigo que pede socorro sem querer incomodar.

Claro que era difícil para mim, estaria mais envolvida com os problemas dela por não ser uma estranha, assim como eram as pessoas que davam assistência no lugar onde fazia trabalho voluntário.

Tinha um envolvimento mais pessoal com ela e imaginava tudo aquilo que ela passou. Fora o caso de quase perder a vida, de não ter apoio dos amigos, se sentir sozinha naquele desafio. O que ela deveria estar sentindo? Eu jamais poderia saber.

Ela quase não falou durante o dia todo e, perto das sete horas, anunciou:

– Amanda, tá quase na hora da gente ir, temos que estar lá às oito.

– Peraí que preciso mandar um desenho por e-mail, já desligo meu computador.

Fomos em dois carros. Ela foi dirigindo na minha frente, pois eu somente sabia que o lugar ficava no bairro de Pinheiros.

O lugar era em uma portinha minúscula, ao lado de uma espécie de igreja. Havia uma pequena placa ao lado da porta com horários: reuniões dos Alcoólicos Anônimos toda terça-feira, Narcóticos Anônimos toda quarta-feira, e MADA todas as quintas-feiras. Não tinha ideia do que era MADA e perguntei pra Lorena:

– O que é MADA?

– É o grupo das Mulheres que Amam Demais. É uma sigla em inglês, não sei o significado. Mas é assim que chama.

Comecei a rir, e insisti:

– Ah... Sei, fala sério?

– É sério! Não tô brincando.

– Nossa! Não tinha ideia que isso existia.

O primeiro grupo foi criado a partir do livro "Mulheres que amam demais", de 1985, escrito por uma psicóloga e terapeuta familiar, Robin Norwood.

O livro é baseado na sua própria experiência e na de centenas de mulheres envolvidas com dependentes químicos. Ela percebeu um padrão de comportamento comum em todas elas e as chamou de "mulheres que amam demais".

São mulheres viciadas em pessoas, em seus companheiros. Não necessariamente eles sejam homens viciados em alguma droga ou bebida, podem ter alguns tipos de comportamentos, como por exemplo: homens que são viciados em trabalho, alguém emocionalmente fechado, viciados em outras mulheres. E a mulher insiste nesses relacionamentos, se anula, na esperança que essa pessoa mude. Pode ser o caso também do companheiro não ter vício nenhum e elas serem obsessivas com relação a eles, como o ciúmes absurdo, ou terem se separado e não conseguirem seguir com suas vidas pois fazem tudo esperando que o ex preste atenção nelas novamente, reatem o relacionamento. São mulheres que não seguem com suas vidas porque acreditam que receberão uma recompensa afetiva dos companheiros ou ex-companheiros.

É um tipo de A.A. para que a mulher se recupere da dependência ou obsessão nos seus relacionamentos. A mulher vai se identificar com alguém do grupo, alguma história, sempre tem alguém passando pela mesma coisa. É como um espelho, não existe julgamento, existe apoio.

Ao final do livro, a autora ensina como montar um grupo e a estrutura dos encontros é a mesma do A.A., assim como do N.A.

Lorena me falou, ainda, que existia um para fumantes também. Queria saber se existia um para os comedores que atacavam a geladeira na madrugada e para as mulheres que sofriam de TPM. Esse último, com certeza, eu precisaria frequentar.

As pessoas vão chegando e se sentando, algumas se cumprimentam, outras não, somente sentam-se e esperam a reunião ter início. Uma das pessoas do grupo é a responsável do dia, e isso acontece em sistema de rodízio. Ela pega o nome das pessoas que vão chegando, escreve em um papelzinho e coloca em um saquinho para sortear as pessoas que falarão naquele encontro. Assim que dá o horário de começar, ele lê um papel que fala sobre os procedimentos do grupo. Alerta sobre o tempo que cada um tem pra falar – cinco minutos, mais um de conclusão –, enfatiza que o anonimato é importante e que somente os membros do grupo fazem doação. Doações de visitantes e parentes não são aceitas.

Eles se chamam por "companheiros" e pedem para todos os participantes que estão lá pela primeira vez, inclusive os acompanhantes, se apresentem a todos.

Quem pertence ao grupo e veio de outra sala de apoio, diz seu nome, que é um adicto, que significa dependente, e há quanto tempo está sóbrio, ou limpo, na gíria deles. Alguns lembram até as horas e minutos!

Sempre que alguém falava alguma coisa todos batiam palmas. Achei até engraçado, porque eles agradecem, dizem o nome da pessoa que falou e dão uma salva de palmas. Achei legal, animado!

Também tive que me apresentar. Disse que era acompanhante da Lorena. Na hora da Lorena falar, ela se apresentou e disse que era uma adicta em recuperação. Um dos primeiros passos é assumir o vício.

Senti orgulho dela falar isso em voz alta pra tantos estranhos. Que coragem! E também achei legal eles usarem a palavra adicto, em vez de viciado porque, assim, não marginaliza, tem mais conotação médica, é visto mais como doença e não como coisa de malandro safado.

Ficamos lá sentadas ouvindo as pessoas falarem o que quisessem depois de seu nome ser sorteado pra falar. Se a pessoa não quisesse falar, tudo bem e quem quisesse muito falar alguma coisa, também podia pedir pra falar. Mas o sistema de sorteio parecia dar um empurrãozinho para que as experiências fossem compartilhadas.

Tinha gente que começou a beber com treze anos e hoje estava com 25. Tinha pai que desgraçou a família por causa de drogas, roubou até o som de casa pra poder comprar cocaína. Tinha gente que estava no grupo há dezoito anos limpo, mas não perdia nenhuma semana. Tinha gente que ficou oito meses sem usar nada, teve recaída na semana anterior à reunião e se acabava de chorar de arrependimento. Ninguém julgava, todo mundo só ouvia e ao final agradecia pelo fato de ter compartilhado com os colegas de grupo.

A maioria já tinha sido internada mais de uma vez, mas só conseguia largar mesmo o vício depois que ingressou no grupo. Todos tinham um padrinho. Uma pessoa que dispunha seus telefones para um novo integrante ligar nas horas de aflição. Um ombro amigo que entendia o que era ficar sem a muleta das drogas quando algum problema acontecia. Uma pessoa que já havia passado pelo desespero de querer beber ou se drogar, mas não querer mais fazer aquilo porque sabia que depois se arrependeria no fundo da alma. Uma pessoa que passou pela dor que o novo membro estava passando, a dor da abstinência, da escolha de ficar sóbrio.

Ao final dos depoimentos, o responsável do dia perguntou se alguém gostaria de ingressar ao grupo. Nesta hora Lorena pegou na minha mão e a apertando disse em voz alta:

– Eu quero!

Nossa! Naquele momento, não sei como não me estrebuchei de chorar. Meus olhos se encheram de água. Comprimi meus lábios na tentativa de segurar minhas lágrimas, que agora desciam pelas minhas bochechas. Não consegui segurar, e a única coisa que me ocorreu foi abraçá-la enquanto as pessoas a aplaudiam.

Lorena parecia mais fortalecida, uma verdadeira rocha. Por alguns instantes ela deixou de ser aquela Lorena que eu estava acostumada, atrapalhada, meio criançona, destrambelhada que só. Ela parecia uma mulher adulta, decidida. Não chorou feito criança como eu. Só olhou pra mim dando uma piscada e me agradeceu baixinho.

Depois do festejo e da minha choradeira, o responsável pelo dia perguntou quem poderia ser a madrinha ou o padrinho dela. Duas pessoas se ofereceram. Uma mulher de uns 45 anos e um homem na casa de seus trinta anos. Ambos se apresentaram pra ela e trocaram os telefones com a Lorena. Ao final da reunião, as pessoas se levantaram, inclusive eu e a Lorena, formaram um círculo, se deram as mãos, e fizeram uma oração que eu nunca ouvira:

Senhor, concedei-me a serenidade necessária para aceitar as coisas que não podemos modificar, coragem para modificar aquelas que podemos e sabedoria para distinguir umas das outras.

A té que enfim veria Daniel. Estava morrendo de saudades dele. Nem tinha me dado conta de quanta falta ele me fazia. Adorava nossas conversas, as coisas que ele me mostrava que nunca nem sonhara existir, as tiradas inteligentes dele e também seu charme. Ele era muito charmoso.

Gostava de ver o movimento que ele fazia com as mãos enquanto falava, como cobria a boca com uma delas enquanto prestava atenção em algo ou quando estava pensativo. A forma elegante de ele comer e segurar uma taça de champanhe ou um copo de cerveja num botequim de esquina. Seu jeito despretensioso de se vestir, num estilo arrumado--desarrumado. Realmente estava com saudades daquele homem que era meu amigo.

Passei o dia pensando nele, enquanto a Lorena não parava de me agradecer por ter ido com ela à reunião do NA. Disse que agora poderia caminhar com as próprias pernas, que tinha perdido o medo e tinha adorado a turma. Pra falar a verdade, também tinha gostado muito. É uma terapia em grupo, mas com o foco naquilo que eles querem superar, as drogas. Todos com seus monstros para domar, com suas dores de perdas, estresses e ansiedades.

Todos recorrem a algum entorpecente, alguns vão à academia todos os dias por semana em busca de doses de endorfina, outros fazem esportes de ação em busca da adrenalina, outros fazem corridas até em baixo de cântaros de água e neve, outros só pensam em sexo 24 horas por dia. Algumas pessoas tomam antidepressivos e calmantes em demasia, bebem todos os dias, atacam um prato de comida como se fosse a última refeição do ano. Cada um extravasa como pode.

Os viciados em álcool e drogas têm sua vida virada de cabeça para baixo. Não trabalham direito, isso quando não vão trabalhar ou deixam de levar os filhos na escola porque estão de ressaca, rebordose ou deprimidos. No dia seguinte ao excesso cometido rola uma depressão, uma tristeza profunda. Tanto por se sentirem mal pelo que fizeram, como fisicamente. Eles ficam incapacitados de usufruir de uma vida normal, alguns no começo até conseguem, mas não por muito tempo. Têm as crises de abstenção e podem ficar agressivos e superviolentos. Mais ou menos como os obesos, que começam a comer demais por causa de algum tipo de carência ou algo mal resolvido na vida, o que acaba virando compulsão. Depois se torna um vício, vício de açúcar, de carboidratos. Não conseguem mais ter controle sobre o impulso e é só mais comida, mais comida... Fazer uma pessoa em sobrepeso comer só salada vai fazer com que ela também tenha crise de abstinência. Quem já fez dietas radicais sabe a sensação de garganta apertada. Sem falar no mal-humor.

Quantas vezes trabalhei como louca para não ter que voltar para casa e enfrentar minha realidade, porque estava me sentindo triste e insatisfeita com alguma coisa? Todo mundo já fez isso.

Não havia achado nem um pouco baixo astral a reunião do Narcóticos Anônimos, mesmo quando uma mulher chorou pra caramba contando um caso que aconteceu com ela. As pessoas contavam suas vitórias, como tinham superado a fase de abstinência, o retorno aos valores morais, a retomada com a família. O primeiro emprego depois de tanto tempo sem conseguir trabalhar por estar sempre de ressaca física e moral. Poder acordar sem estar sentindo a depressão típica do dia seguinte de uma balada regada a drogas ou muita bebida. O alívio de não colocar mais a própria vida, nem a de outras pessoas em perigo. Senti mais como se estivesse numa competição de algum esporte e aquelas pessoas tivessem tirado o primeiro lugar no pódio. Eram vencedoras, estavam vencendo!

Gente que finalmente conseguiu estabelecer uma relação de confiança com seus maridos, esposas, pais, filhos, amigos e familiares. Saber que vão voltar para casa todo dia, sem dar uma desviada no caminho pra parar num bar ou comprar drogas.

Quanta gente vitoriosa!

Que ideia incrível esses grupos todos de Anônimos. Adorei! Deveriam existir muito mais grupos como esse. Todos autossustentáveis e administrados pelos próprios frequentadores. Quem inventou isso é um anjo da guarda, um ser humano que com certeza recebeu uma mensagem dos céus de como ajudar as pessoas de forma megaeficiente.

Como é bom saber que não somos os únicos a vivenciar um problema e ter alguém para te estender uma mão. E também como sempre tem alguém com um perrengue bem maior. Tinha sorte de ter amigos que podia contar, mas muita gente não tem esse privilégio e quando se dão conta, estão num buraco tão fundo que não conseguem mais sair sozinhos. No final, todo mundo se sente solitário na maior parte do tempo.

Tinham uma fraternidade de verdade ali. Ninguém julgava ninguém e todos tinham uma meta comum: superar um problema e ajudar outras pessoas a superarem. Achei bonito e muito inspirador. Lorena estava no caminho certo, com certeza. Ela também parecia estar se sentindo mais aliviada.

Assim que acabou meu dia de trabalho na confecção, fui direto encontrar Daniel em um restaurante perto do escritório dele, o Aix. Marcamos meio cedo, oito horas da noite. Estava morrendo de vontade de vê-lo.

Enquanto dirigia até o Aix, entre um semáforo fechado e outro, passei uma maquiagenzinha leve, só pra não ficar com cara de "todo dia". Reforcei meu rímel, passei uma corzinha nas maças do rosto e troquei o meu batom por um mais em tom avermelhado. Queria ficar bonita para ele.

Quando entrei no pequeno restaurante, muito aconchegante e com um ar romântico, ele já estava acomodado em uma pequena mesa com uma pequena vela acesa no centro. O lugar era perfeito para um primeiro encontro. Até me senti um pouco cortejada, só pelo fato de ele ter escolhido um lugar como aquele para nosso encontro.

Assim que ele me viu, levantou-se da cadeira e veio em minha direção. Me deu um abraço apertado, levantando-me do chão enquanto me beijava o rosto. Senti seu peito e braços firmes me envolverem enquanto inalava o perfume dele que eu sempre gostei.

— Como você está bonita! Tá diferente. — falou, dando uma olhada geral em mim enquanto me colocava no chão.

— São seus olhos. — respondi meio corando e sentindo minhas orelhas começarem a ferver.

— É o que dá a gente não se ver por algumas semanas.

— Nossa se eu soubesse que ia fazer tanto sucesso depois de algumas semanas sem a gente se ver, teria dado umas sumidas só pra receber tantos elogios.

— Não faça isso! Com quem eu vou conversar, Amandita?

— Ué? Com suas franguinhas. — disse eu, em tom sarcástico.

— Com elas eu não converso. — e riu cheio de charme, fazendo-me sentir estranhamente enciumada.

Nunca o olhei como mulher, sempre com olhos de amiga, nunca me incomodava quando ele falava dos casinhos dele, mas agora, estava tendo reações estranhas, estava sentindo ciúmes.

Também havia reparado que não era só do perfume que ele usava que eu sentia o cheiro. Sentia o cheiro dele, misturado com o perfume.

Daniel demorou a retornar dessa última viagem porque teve que ir para a França de última hora. Não entrou em detalhes e eu já estava imaginando que ele foi para lá por causa de alguma mulher. Uma centelha de ciúme surgiu novamente na minha mente.

Conversamos um pouquinho sobre a demora dele na Europa e contei que tinha ido no dia anterior com a Lorena ao N.A. Ele ficou surpreso com minha coragem e me contou que tinha um tio alcoólatra que deu um trabalhão para a família até decidir se tratar direito. A família dele hoje era super bem de vida e foi o pai do Daniel que custeou as internações do irmão mais velho da mãe de Daniel. Ele foi internado várias vezes, mas sempre tinha recaídas. Foi só com o grupo de apoio, o A.A., que ele conseguiu largar de vez a bebida.

Por conta do histórico do tio, Daniel sabia bem o que era uma pessoa dependente química. Como gostava de saber sobre tudo, e nunca pela metade, me contou coisas interessantíssimas sobre as drogas. Antes delas serem vistas como coisa de viciado e do mal, elas eram consideradas benéficas e a maioria surgiu primeiramente como remédio.

    A heroína, há uns cento e poucos anos atrás, por exemplo, era divulgada como um substituto não viciante da morfina, veja só – "não viciante" – , usada como remédio contra tosse para crianças. Fabricada e vendida em frascos por um laboratório farmacêutico famosíssimo até hoje. Tinha até Papa viciadinho em drogas camufladas.

    – O Papa Leão XIII era viciado num vinho feito de folha de coca, o famoso vinho Mariani. Ele carregava uma garrafa onde quer que fosse.

    – Fala sério vai, Daniel?!

    – Não tô brincando. É verdade. Essa história é famosa porque o Papa deu uma medalha de ouro para o criador do vinho, o Angelo Mariani.

    – Hahahaha. Bem coisa típica de gente empolgada pela cocaína. Nem dá pra acreditar que um Papa fez isso.

    Esse Daniel tinha cada uma! Como ele arrumava tanto espaço na cabeça para essas informações? Cada dia me surpreendia com uma coisa nova.

    – Tinham as balas de cocaína. Sabe qual era o mote das vendas? O slogan?

    – Chupou, pulou? – arrisquei rindo enquanto beliscava um pedaço de queijo brie com damasco seco.

    – "Indispensáveis para cantores, professores e oradores".

    – Como assim?

    – É porque eles davam uma anestesiada na dor de garganta e davam um efeito "animador" para que esses profissionais atingissem o máximo de sua performance.

    – Deviam atingir mesmo.

    – E para aquietar bebês recém-nascidos.

    – Ah vai? Não acredito que davam cocaína. – agora estava pasma e indignada.

    – Não era cocaína, era ópio. Sem esforço nenhum, colocavam o xarope na mamadeira misturado com o leite. Vendido em frascos na farmácia. Isso sim é que era facilidade.

– Ópio pra chapar os bebês e parar a choradeira. Ah, se hoje os pais sem paciência pudessem ter um negócio desses. Acho que comprariam mesmo sabendo que é droga.

– Amanda, mas todo remédio é droga. Só que depende da quantidade e a maioria nem vicia. Repare, a indústria farmacêutica lança os remédios e volta e meia alguns têm que sair de circulação por causa das reações que causam. É sempre tentativa, erro ou acerto. Naquela época era uma festa!

– Hoje tem muito médico viciado em morfina, anfetamina, analgésicos. Olha o caso de um monte de artistas que misturam tudo junto ao mesmo tempo e morrem. Essa coisas viciam. Essa drogas de antigamente foram banidas das prateleiras das farmácias mas substituídas por outras.

– As drogas de última geração.

Muitas drogas do século XXI, estavam sendo usadas às escondidas para turbinar o cérebro, uma delas era conhecida vulgarmente como "rebite", usada principalmente por caminhoneiros apressados em fazer entregas e que queriam aproveitar a noite para dirigir por mais tempo. Ele também era consumido por publicitários que viravam a noite trabalhando nas agências em processo de criação para ganhar uma nova conta.

Daniel me disse que na faculdade sempre alguém oferecia essas anfetaminas para ele em época de provas.

Esse remedinho é um estimulante legalizado e está nas prateleiras das farmácias. Ele pode viciar, assim como as drogas ilícitas, fazendo o usuário precisar de doses cada vez maiores para manter o efeito, além de sofrer com crises de abstinência seguidas por depressão e irritação, exatamente como no viciado em cocaína, por exemplo.

Seriam essas drogas a cocaína de balcão? Pra mim, parecia a mesma coisa, só que produzidas pelas gigantes indústrias farmacêuticas. Vendidas em farmácias, pagando imposto e de fácil acesso. Não precisa nem de um traficante do submundo do crime. Afinal essas anfetaminas servem para curar o que mesmo? Tirar a fome? Tirar a vontade de comer? A pessoa que come muito é ansiosa e anfetamina dá mais agitação ainda.

– Caramba, Daniel! Nunca tinha me dado conta de anfetamina ser tão usada. Minha mãe tomou para tirar a fome. Tinha sua receita médica e tudo. Ela ficou parecendo uma louca. Parecia a Lorena nas festas só que dentro de casa, pilhada, não parava quieta, os olhos estatelados e falando como louca. Parece cocaína mesmo.

– A pessoa fica igual a um usuário de cocaína. Ainda bem que hoje em dia é super mal vista e só com receita retida. Até uns anos atrás era só pedir na farmácia que eles vendiam mesmo com tarja preta.

– Minha mãe só parou de tomar esse remédio porque meu pai falou que enquanto ela estivesse alterada daquele jeito, ele não conversava mais com ela.

– Hahahahaha! Pelo menos ele usou a tática certa, quem toma anfetamina fica uma matraca incontrolável. Posso imaginar sua mãe desesperada pra falar, toda ligada na tomada sem ter com quem conversar.

– Ah... Mas e eu? Meu ouvido virou pinico de tanta bobagem que tinha que ouvir da minha mãe enlouquecida. Como meu pai não falava com ela, ficava atrás de mim em todo lugar da casa. Entrava até no banheiro atrás de mim pra poder conversar.

– Coitada de você.

– Coitada mesmo! Essa fase alterada da minha mãe deu fim só uma semana depois que meu pai a boicotou, e nem foi por causa do boicote. Foi só depois de ela dar um bafo.

– Bafo? Que é isso?

– Bafo, Daniel, é quase como um barraco, mas sem dar baixaria. Linguagem do meio da moda.

– Sei... – Daniel detestava quando eu usava gírias, dizia que isso era coisa de adolescente – O que ela fez?

– Então... Foi na casa de uns amigos dos meus pais. Minha mãe bebeu e com esse remédio é terminantemente proibido beber. Mas ela ignorou a recomendação do médico, porque já estava duas semanas sem tomar nada de álcool. Achou que uma taça de champanhe não ia fazer mal nenhum.

– Hum, já posso imaginar.

– Pois é. Ela ficou tão louca, falando mole, como se estivesse tomado uma dúzia de garrafas de champanhe. Sentou no colo do amigo do meu pai. Falou mal da mulher dele na frente dela como se nem estivesse lá. Começou a chorar na frente de todo mundo quando meu pai a tirou do colo do amigo falando que eles iriam embora. Um bafão!

– Coitado do seu pai. Que vergonha.

– Não é? Ainda bem que só tinha amigo mais chegado.

– Essa droga é forte. Não pode beber nada, aliás, deveria ser proibida, na minha opinião. Espero que sua mãe nunca mais tenha tomado isso.

– Eu que diga, deveria ter filmado o estado amalucado da minha mãe, ela tava hilária.

Daniel ainda me contou sobre a droga mais famosa no meio dos jovens e veterinários, a Ketamina, um tranquilizante pra cavalos, mais conhecido como "Special K" nas boates. Em doses pequenas aumenta a energia e, em doses grandes, são anestésicas e dão a sensação de que se está flutuando.

– Já ouvi falar. É o "Boa noite Cinderela".

– Que raio é isso Amanda? Lá vem você de novo com suas gírias.

– Não é gíria. É um golpe superconhecido.

– Nunca ouvi falar.

– É porque, Daniel, você só anda em lugar decente, não frequenta baladas. É a droga que colocam na bebida para apagar a pessoa, mas ela continua fazendo tudo só que não sabe o que está fazendo. Vai dizer, na época da faculdade nenhum cara comentou sobre colocar droga na bebida das garotas pra levar pra cama?

– Claro que já ouvi, isso é tranquilizante pra cavalo. Não sabia que tinha o nome de "Boa noite cinderela". Não tem nada de conto de fadas, isso é um absurdo.

– É, mas tem muito canalha nesse mundo, que também é um absurdo.

– Acho muita canalhice um homem precisar drogar uma mulher pra levá-la pra cama. É muita falta de competência.

– Tem muito homem que não é gay e vai nas boates gays pra dar o golpe em cima das bibas. Os caras fingem que estão pagando uma bebida e o pobre coitado é levado ao caixa eletrônico pra sacar dinheiro pro bandido, entram na casa do sujeito e roubam tudo. Isso tudo com o infeliz abrindo a porta, digitando senha, faz tudo drogado e sem saber o que está fazendo. Esse golpe no mundo gay é famoso.

– Então esse nome veio daí. Agora entendi! Cinderela! Hahahaha. Daniel tinha uma risada deliciosa.

– Dan, e aquele remédio que dão para criança hiperativa e com déficit de atenção? Os médicos receitam esse remédio em todo caso de criança inquieta. É o sossega leão para criança serelepe.

– Na época dos meus avós, se falava que a criança era levada, hoje ela virou hiperativa, com déficit de atenção. Botaram o problema na criança, a falta de tempo e paciência dos pais, a falta de brincadeira fora dos apartamentos. É o ópio dos tempos modernos. Não davam para os bebês pararem de chorar no passado? Agora chapam as crianças com os "remédios-sossega-criança-levada-e-carente-de-atenção".

– Sabe Daniel, sou a favor da medicina, mas não sou a favor de dopar todo mundo e não curar a causa. Os antidepressivos são receitados até pra emagrecer, tem gente que deveria fazer terapia antes de sair tomando antidepressivo. É mais fácil continuar varrendo os problemas pra debaixo do tapete em vez de enfrentá-los. Quantas pessoas você conhece que fazem terapia? E homens, então?

– Homem não gosta de *yoga* nem de terapia.

– Bom, a Lorena, a minha amiga que acompanhei no Narcóticos Anônimos e a Carina fazem, eu deveria fazer também.

– Amanda, você não tem problema.

– Todo mundo tem coisa mal resolvida, vai dizer que você não tem?

– Admito que minha infância foi bem complicada...

– Bota complicada nisso, né Daniel!?

– Ok, eu deveria fazer terapia, mas você deveria por quê?

– Terapia é bom pra todo mundo, mesmo que por um curto período. Posso não precisar tanto assim, digamos que consiga olhar um pouco pra mim e me conhecer, tá bom. Mas só tem o que acrescentar. Mal não faz. – Continuei insistindo com a terapia. – Na Fraternidade mesmo, aparece um monte de gente para ser atendido, que toma antidepressivo e nem passaram por um psicoterapeuta. Não tô falando dos casos químicos, aqueles que precisam regular alguma coisa que falta no cérebro, sei lá... Tomar lítio. Mas de gente que poderia resolver de outra maneira antes de se entupir de remédio.

– Lorena, você não sabe que médico cuida de doença, não de saúde? Médico sempre vai te dar uma receitinha. Sempre.

– Pois é... Imagina só, pais atarefados e impacientes reclamam do filho pentelho para o médico, que o menino não para quieto... "remédio sossega leão" no moleque! É o ópio contemporâneo.

– Ou poderiam receitar para os pais em vez dos filhos. Há muitos casos em que o problema do filho ser assim é causado pelos próprios pais. Ópio nos pais também!

Enquanto Daniel ria gostosamente, eu continuava sem parar:

– Ópio na minha chefe estressada! Ópio na minha mãe quando tá atacada! Ópio pra minha TPM! Um brinde ao ópio!

E rimos muito enquanto nossas taças se tocavam no meio da mesa.

Comentei com Daniel que durante o tratamento na Fraternidade de pessoas com problemas de bebidas e drogas, sempre apareciam muitas entidades acompanhando, uma galera da "sala ao lado". Era uma relação de simbiose mesmo, totalmente dependentes dos vivos consumidores de bebidas e drogas em excesso. Eram uma espécie de compartilhadores do consumo.

Ficava em dúvida se essa "relação de simbiose" tinha a ver com o que é consumido ou com o padrão vibratório que a pessoa viciada tinha pelo fato de se estar cometendo os excessos.

Os espíritas dizem que os que estão "do lado de lá" usam nossos consumos de bebida ou drogas para se esbaldarem. É como se eles estivessem também consumindo, mas através dos vivos.

Então não seria o mesmo com nossos sentimentos? Gente triste com um bando de espíritos tristes também, usufruindo de tristeza? O mesmo então para o caso de alegria? Ou até o contrário, um triste querendo um pouco de alegria? Por que não?

Podiam inclusive ser várias outras relações de simbiose, não somente entidades sanguessugas vampirescas de drogas e bebidas. E a comida? Gente que tem compulsão por comida e não para de visitar a geladeira mesmo no meio da noite. E o chocolate? O café? Tem gente que toma trinta cafezinhos por dia! Não entrariam nesse patamar de descontrole, de excessos, vícios? Esses também não teriam seus próprios obsessores simbióticos?

Por que somente é feita essa relação com consumidores de entorpecentes? Comer chocolate é megaprazeroso e, para alguns, tão bom quanto o sexo! É mais fácil apontar o dedo para quem já está se afundando a olhos vistos, como uma pessoa dependente de drogas ou álcool, assim, ninguém olha para o comum, que está bem debaixo de nosso nariz, os viciados em comida, pançudos comilões e cheios de doenças decorrente do que entra pela boca.

Quem já não se atracou com uma bandeja de brigadeiro numa festa infantil, como se nunca mais fosse ter outra oportunidade? Ou comeu até quase explodir em um churrasco de domingo regado à caipirinha? Então? Não estaríamos também alimentando nossos obsessores? Ou será que eles é que estariam nos guiando para a comilança desenfreada? Ótima desculpa, não?

– Daniel, toda vez que alguém falar que estou repetindo a sobremesa, vou falar que a segunda é para o meu obsessor guloso. Hahahahaha.

– Ótima desculpa! Também vou usar essa quando estiver a fim de tomar um porre.

– Hahahahaha. A culpa não é minha. É da minha lombriga obsessora. Estou sendo controlada!

– Amanda, essa não vai colar.

– A única coisa ruim é que as calorias da outra sobremesa não podem passar pro meu obsessor a tiracolo.

– E fazer ginástica como louco por causa da endorfina que dá prazer, euforia? Tem um monte de gente viciada em endorfina. Gente viciada em endorfina e outras substâncias que o corpo produz com muita atividade física, ficam desesperadas quando não conseguem fazer exercício mais pesado. Não é uma caminhada que resolve o problema, é uma aula de spinning, de corrida, pegar pesado na malhação.

– É o obsessor, obcecado por malhação, oras!

– Sabia que existem mulheres que param de menstruar por causa de tanto exercício?

– Caramba! Sério?

– Sério.

– Tá, sem brincadeira agora. Uma vez atendemos na Fraternidade uma moça supernova, 24 anos, alcoólatra. Nos procurou porque a mãe queria que ela buscasse tratamentos alternativos também. Ela sofria de depressão e a terapia analítica não estava ajudando muito. Uma coisa quase unânime nessas pessoas que estão nos excessos é algum tipo de "doença da alma". Sabe? Tipo tristeza profunda, alguma carência, ansiedade, frustração, saudade de alguma coisa, uma perda.

– Essas "doenças da alma" são as mais difíceis de curar. Uma terapia vai bem nesses casos, talvez o terapeuta dela não fosse tão bom assim.

– Na minha sala, indicamos para algumas pessoas um psicoterapeuta quando vemos que é o caso. Nem tudo é espiritual, nem tudo é caso de um obsessor, de traumas, de vidas passadas. Tem coisa que é frustração, tristeza. Aí pode atrair um monte de entidades de baixo padrão vibratório e deixar a coisa ainda mais pesada.

Essa moça em questão que eu contava para o Daniel tomava antidepressivos há seis meses e havia parado de beber há um ano. A gota d'água que a levou a procurar ajuda foi ter sofrido um "apagão" em um bar bem de terceira categoria. Desmaiou e não se lembrava do que aconteceu. A colocaram deitada num canto sujo do bar, no chão frio, pois ninguém sabia o que fazer com a coitada. Ela sempre saía sozinha para beber e não tinha nenhum amigo.

Podia ter sido bem pior do que acordar deitada em um canto de bar. Por sorte ninguém abusou do estado dela.

Era uma moça muito tímida. Dizia beber para conseguir se relacionar com as pessoas. Começou bebendo cerveja trancada no seu quarto, com apenas 16 anos de idade, escondida da mãe. Depois a situação foi ficando mais descarada. Essa era a única forma que ela tinha de se relacionar com o mundo, bêbada.

Durante seu tratamento em nossa sala, apareceu uma entidade que rodopiava e parecia embriagada. Ela usava um vestido longo, saia com forro duplo, mangas justas até a altura dos cotovelos e segurava uma garrafa na mão. A cena lembrava aqueles filmes de velho oeste americano, com aquelas mulheres animadas que ficavam nos bares sentadas no colo dos homens. Também podia ser confundida com uma cigana rodopiando em uma festa tradicional.

Essa entidade praticamente esbarrou em mim quando chegou. Se fosse uma pessoa em carne e osso, com certeza teria caído da minha cadeira.

Com a entidade, Manu e Nina "viram" também uma festa, mas antes de trabalharmos a tal festa, tratamos primeiramente a entidade rodopiante.

Assim que nos conectamos com a tal festa, pude identificar que era uma típica festa rave, cheia de pessoas entorpecidas, extasiadas e saltitantes. Estavam todas animadíssimas.

Chamávamos esse bando de entidades que ficavam juntas de "bolsão". Rapidamente recolhemos esse bolsão e o encaminhamos para um local apropriado em outra dimensão. Geralmente em casos de alcoolismo e drogas, tanto o atendido, como alguém da família do atendido, vem acompanhado de um "bolsão". São entidades que se aproveitam do consumo exagerado de substâncias entorpecentes e se instalam onde há um padrão vibratório desarmonioso.

Nunca, na sala que eu trabalhava, tratamos de casos de obesidade mórbida, pelo menos não enquanto estava lá. Mas tinha uma enorme curiosidade de saber se era assim também nos casos de obesidade. Se havia um "bolsão" de comilões.

Será que é por isso que algumas pessoas que fazem a cirurgia de redução do estômago ficam tão descompensadas um tempo depois da cirurgia? Os obsessores dos comilões não podem mais se esbaldar como antes e ficam atordoados, deixando o coitado que passou pela cirurgia em completo estado de ansiedade e inquietação, depois que não podem comer mais como antes?

Dizem que é porque não dá mais pra usar a comida como válvula de escape, mas não seria o mesmo processo que passa um ex-alcoólatra ou dependente de drogas? Porém, existe uma diferença: alguns ex-comilões serão eternos ansiosos e irritadiços, diferente de muitos ex-dependentes de drogas, que costumam se tornar pessoas mais calmas e amáveis.

Quem, afinal, pode ser considerado exceção nesse processo todo de exageros e obsessores vorazes? Quem tiver a resposta, que atire a primeira pedra.

– Pois é, Amandita. – Daniel me chamava assim de vez em quando e eu adorava – Quem, afinal, sabe? No curso que a gente fez na Fraternidade, se falava exclusivamente dos drogados. Nos livros espíritas que li também, mas será que é só isso mesmo? Será que não é somente uma forma de abrir os olhos das pessoas quanto aos excessos? Será que também todo mundo só enxerga aquilo que lhe convém, e só incluíram aí os drogados, os alcoólatras?

– Você esqueceu dos comedores de carne. Pecado mortal no mundo da espiritualidade!

– Sabe o que eu acho? Acho que esses livros todos psicografados, canalizados, ainda vão mudar muito. Acho que virá uma nova geração de informações mais complexas pra pessoas que têm capacidade de assimilar coisas menos simplistas.

– Eu só não acho, como tenho certeza.

Daniel continuou falando depois que deu um gole de vinho.

– É só olhar pra essa nova geração de gente mais consciente sobre a natureza, suas manifestações, do ambiente à sua volta. Uma gente muito mais inteligente que a média. Crianças que começam a falar mais cedo, andar mais cedo, são alfabetizadas com muito mais facilidade. A espiritualidade vai começar a nos desafiar mais, tirar a gente da mesmice. Nós vamos desabrochar de forma mais intensa, mais verdadeira, com uma consciência moral muito maior. A gente não vai deixar de comer carne porque dizem que não é bom para a digestão, porque demora muito pra ser digerida e tem muita gordura saturada. A gente não vai querer comer carne porque, para ela chegar ao nosso prato, a morte foi provocada e estamos comendo morte, medo e desespero que o bicho passou. Isso é falta de compaixão e respeito pela vida.

– É verdade. Uma nova geração de gente mais sensível, com os canais abertos para o mundo da natureza, mais informações verdadeiramente inspiradas. Mas vai ter muita gente que não vai entender nada e ficarão boiando.

– Caríssima, já tem um monte de gente que não entende a mensagem, isso não muda, eles é que vão ficar para trás, mas o processo precisa continuar, é a evolução. É assim que as coisas são e sempre foram. Tudo está sempre caminhando para o aprimoramento, evoluindo. Veja o caso dessa geração índigo despontando. Isso é evolução da espécie.

– Falou o senhor Darwin!

A-ma-va conversar com Daniel. Fora o fato de ele ser um gato, estar sempre perfumado e arrumado do jeito que eu gostava, ele ainda era inteligente. O que mais alguém poderia querer? E o charme? Esse então, nem se fale. Hum. Acho que estava começando a prestar mais atenção nele como homem, não só como amigo. Algo estava crescendo em mim. Sempre soube que ele era isso tudo, mas nunca havia reparado tanto. E quando ele me ligou avisando que tinha voltado de viagem, meu coração chegou até a bater um pouco descompassado.

Será que estava me apaixonando pra valer? Será que meu coração estava se curando de meu último relacionamento?

– Dani, eu já te disse que adooooro conversar com você?
– Já, mas hoje ainda não. – e sorriu timidamente.
– Então, um brinde à sua volta e aos nossos futuros encontros!
– Um brinde! Mas que esse seja logo. Que tal na próxima terça?
– Não dá. Vou na Fraternidade, esqueceu?
– É verdade. Então na quarta-feira.
– Fechado!

Fui para casa pensando no Daniel. Em como ele podia ser tão legal e não ser gay. Todos os homens legais que eu conhecia eram gays. Com certeza ele não era, porque sempre me contava das mulheres carrapatos que grudavam nele e não largavam o osso até ele sumir de vez. Será que era porque ele era bom de cama? Por isso a mulherada não dava sossego? Talvez também por ele ser bem-sucedido. Pelos dois oras! Essa coisa de as pessoas ficarem falando que mulher gosta de homem com dinheiro me deixava indignada. Fico realmente tentando entender por que tanto preconceito, principalmente esse discurso na boca dos homens. – Ah! Aposto que se ele fosse pobre, ela não ficava com ele! – Discurso de homem com dor de cotovelo ou derrotado.

Quem, por um acaso, em sã consciência, não pode gostar de um cara gato, inteligente, legal e bem-sucedido? Só uma louca. Tantos predicados juntos acabam gerando é inveja nesse pessoal que fala esse tipo de coisa.

Quem gostaria de falar sobre o namorado para sua mãe ou para as amigas, descrevendo o bofe assim:

– Tô apaixonada por um cara que não tem um pau pra dar no gato. Sei que ele vai ser pobre a vida toda, não vai conseguir pagar o aluguel, comprar um carro ou muito menos ter dinheiro pra botar a gasolina nele.

Nunca me leva pra jantar porque tá sempre duro. Tudo bem. Ele tem uma autoestima meio baixa, mas pelo menos ele não me agride verbalmente quando eu apareço com uma bolsa nova que comprei com meu dinheiro.

É muito fácil os caras falarem mal de mulher que gosta de homens inteligentes, com um futuro na vida, que seja um *gentleman*, mas por acaso, eles querem uma mulher "meia-boca", que cheira a ônibus lotado no final do dia e com a mão parecendo de estivador de porto? Claro que não. Eles também querem uma mulher legal, cheirosa, bem-humorada, sem TPM, sem sogra chata, que não fique imensa de gorda depois do casamento e de preferência faça sexo quatorze vezes na semana. Então que mal tem a mulherada querer um homem como o Daniel?

Também queria um homem como o Daniel ou deveria continuar pensando no desgraçado do meu ex que me botava corno feito um cachorro de rua? Aquele vira-lata aproveitador! Por acaso, era o que deveria me contentar? Nem morta! Preferia ficar sozinha a ter que engolir alguém goela abaixo porque dizem que homem é tudo igual. Eu tenho esperança que um dia um cara legal como o Daniel se apaixone por mim.

Sempre soube que príncipes encantados não existem, mas os sapos podem vir a se tornar príncipes. Nem todos conseguem ser essencialmente verdadeiros, mas com paciência, a verdadeira essência humana pode desabrochar como uma flor, na sua devida estação de florada. É questão de paciência, olhar e sentir com o coração, ele sabe sempre onde tudo está. Ele enxerga tudo, sente tudo, até antes mesmo da gente ver. O bichinho sempre tem a melhor resposta.

Todos têm a ilusão de encontrar seu príncipe ou sua princesa, mas como querer uma coisa que nós mesmos também não somos?

Antes de tudo, devemos ser aquilo que procuramos, ser aquilo que nós queremos. Trabalhar o nosso interior, sermos de verdade, sem tipinho, joguinhos e máscaras. E mostrar quem somos para as pessoas, senão, como elas poderão saber o que somos e o que buscamos?

Todo mundo tem medo de se expor. Tem medo do que os outros irão pensar. Os outros sempre vão pensar alguma coisa sobre nós, mas isso não importa. O que pensam sobre nós não vai mudar nossa vida para melhor, não vai nos acalentar, nem irá nos fazer sentir melhor.

Somos nós que temos o poder de melhorar tudo que nos rodeia, não os outros. Então, porque não sermos mais amorosos, mais verdadeiros, mais amigos, mais íntegros? Nós é que nos beneficiamos. E o mundo a nossa volta se transforma milagrosamente.

Eu estava buscando o meu milagre.

Acordei cantarolando. Minha mãe até se surpreendeu, pois normalmente acordo quieta, sem falar muito. Sento muda e saio calada da mesa de café da manhã.
– Viu um passarinho azul na janela do quarto?
– Mais ou menos.
– Sei... Me conta vai!
– Acho que conheci alguém... Quer dizer, mais ou menos. – estava com sono ainda e não conseguia me expressar direito.
– Quem é? Onde você conheceu?
– Na verdade eu já conhecia, mas é que, sei lá, mudou alguma coisa. – estava ficando cada vez mais difícil de explicar.
– Amanda, não dá pra ser mais clara? Sua mãe não entendeu nada.
– Ele é meu amigo, mas agora tá diferente.
– Ele resolveu se declarar pra você?
– Não, mãe! Nada disso. – Como eu poderia explicar? – Eu é que tô vendo ele diferente.
– Hum! Sei. Você tá a fim dele, como vocês dizem.
– Exatamente! Quer dizer... Ainda não sei se estou a fim dele.
– Sei. E tá toda feliz assim, logo de manhã?
– É. Acho que tô olhando ele com outros olhos.
– Quem bom filhinha! Já estava na hora. – suspirou minha mãe em alívio. – Ele já sabe da sua paixonite?

– Tá bom, mãe, nem eu sei de nada.
– Ele não é divorciado, né filhinha?
Minha mãe tinha pavor da palavra divorciado, dizia que na minha idade, a chance de encontrar um homem que não fosse solteiro era quase impossível.
– Mãe, eu já te falei, hoje em dia as pessoas não casam tão cedo. Outros tempos, sacou? Deixa eu ir, senão vou me atrasar.
– Opa! Bom dia! Quem vai casar?
Meu irmão tinha acabado de entrar na copa.
– Ninguém, Lucas. – disse, já irritada, sem nem dar bom-dia.
– Sua irmã está apaixonada.
– Tchau, mãe. Fui.
Saí antes que ela começasse com seu discurso, "já estava na hora de você se acertar... Você precisa encontrar alguém... Já está na idade", e antes do meu irmão começar a me fazer perguntas.
O peso de ser uma mulher chegando nos trinta, solteira, soprava na minha nuca todos os dias, e seria assim enquanto eu estivesse sem namorado. E era minha mãe que soprava o cálido ar na minha nuca sempre que tinha chance.
Meu pai não dava a mínima. Era a eterna filhinha, nem se dava conta de que eu havia crescido. Por ele, ficava solteirona morando em casa até ficar velhinha, fazendo tricô no sofá da sala.
Liguei para Sylvia, mas ela não atendeu. Deveria estar dormindo ou curtindo fossa por causa do namorado que deu um pé na bunda dela. Toda vez era a mesma história, sempre que acontecia alguma coisa que a deixava arrasada, dava essas sumidas. Não atendia ao telefone por umas três semanas. Era a forma de ela digerir os problemas, caso contrário ficava com raiva do mundo. Acho que assim evitava também de ter que ouvir que ela era muito difícil, complicada e melodramática demais.
Talvez se ouvisse dez por cento do que as amigas falavam, ela não estaria sempre tentando sabotar seus relacionamentos. Era difícil ter uma amiga com um gênio do cão e, pior disso tudo, gostar de ter esse gênio do cão.
Sylvia era uma daquelas pessoas que não se entregava totalmente. Até as amigas não a conheciam realmente. Ela parecia estar sempre escondendo um segredo.

Resolvi deixar um recado dessa vez, para ver se ela me retornava a ligação.

Assim que estacionei o carro no prédio da confecção, ela me ligou. Estava com voz de sono:

— Isso é hora de ligar pros outros?

— Bom dia pra você também! — respondi sem dar bola.

— Eu já estava acordada. Tô brincando.

— Tô sabendo, você entra antes de mim no trabalho. Resolveu aparecer, é?

— É... Já deu minha "deprê".

— Ainda bem! Essa bateu recorde. Você devia gostar mesmo dele.

— Não vamos falar disso logo cedo, senão é capaz de azedar meu dia.

— Ok... Ok...

— Que aconteceu pra você me ligar logo de manhã? — me perguntou ela séria.

— Nada de mais.

— Sei. Você nunca me liga nesse horário. Desembucha logo!

— Você não vai acreditar. É o Daniel.

— Morreu?!!!

— Nãããão! Tá lôca?

— Então fala de uma vez! Tá fazendo muito mistério.

— É que... Como posso começar? — realmente não sabia exatamente como falar, mas queria falar sobre isso com alguém que não fosse a minha mãe. — Eu acho que tô começando a me apaixonar pelo Daniel. Pronto. Falei.

— O queeee??? O nosso Daniel?

— É.

— Mas você só falava que gostava dele como amigo, que nem via ele como homem. O que aconteceu?

— Nada. Quer dizer...

— Ele te beijou? — disse Sylvia, desesperada por uma resposta.

— Não. Nada disso. Ele não fez nada. Sou eu.

— Você beijou ele? Não acredito, sua safada!

— Dá pra parar! Nada disso. Acho que tô começando a reparar demais nele. Antes reparava, lógico, mas era diferente. Agora me pego olhando pras mãos dele, olhando pra boca dele enquanto ele fala, sacou?
— Hummm, saquei. Tá rolando um clima. Ele já se ligou?
— Nem sonha. Imagina que vou dar bandeira. Na verdade tudo isso aconteceu ontem.
— Onde vocês foram?
— Num bistrô perto do trabalho dele. Só ficamos de papo.
— Sei.
— Só precisava contar pra alguém. Dar uma verbalizada, sacou?
— Saquei. Tá apaixonada pelo Daniel!?
— Não disse isso!
— Amanda, você já tá apaixonada por ele. Se apaixonando... foi bem antes de você se dar conta. Eu já estava me dando conta antes de você mesma saber.
— Ah é? E como você poderia saber?
— Gatinha, você só fala desse homem, não ouço outro nome de macho na sua boca faz muito tempo. Se liga!
— Jura! Não tinha percebido.
— Pois é. Mas eu já.
— Você nunca me falou nada.
— Ué? Pra quê? Você só falava que não queria saber de homem por um bom tempo, então eu me fingi de morta. Cada um com seus problemas, quem sou eu pra ficar enchendo o saco?
— Nunca imaginei que estava dando tanta bandeira.
— E aí? Quando vocês vão se ver de novo?
— Semana que vem.
— Quem marcou? Você ou ele?
— Sei lá... Acho que foi meio nós dois, não lembro.
— Sei. A gente tem que dar um jeito de saber se ele tá a fim de você também, ou se ele só te vê como amiguinha.
— Pois é, Sylvia, esse é meu medo. E se for só isso?
— Pra começar, não acredito que o cara não iria ficar com uma mulher como você. Se eu fosse dessa praia, ia querer te dar uns amassos.

– Como vou saber agora? Que eu faço?
– Nada. Deixa rolar.
– Mais já tô deixando rolar. Já rola faz tempo.
– É, mas agora é diferente, ele como um cara pegador, uma hora vai se ligar que você tá na dele. O cara não é bobo, tá sempre cheio de mulher rodeando. Ele é um gato e cheio de adjetivos.
– Nem me fale. Vou ser mais uma babando nele.
– Não diga isso. Você não é qualquer uma. Você é diferente e sabe disso.
– Tá. Você é minha amiga, já sei, não precisa falar isso. Mas ele que tem que achar isso.
– Gatinha, ele sabe disso, mas você nunca deu mole. Se você não fosse especial pra ele, você acha que ele ia te ver com tanta frequência? Quem do curso continua tendo contato com ele? Pra mim, ele não telefona convidando pra sair.
– É verdade... Não tinha parado pra pensar nisso.
Lorena bateu no vidro do meu carro me dando um baita susto.
– Sylvia, vou desligar que a Lorena tá aqui na porta do meu carro, te ligo depois. Beijo.
– Tá bom. Beijo.
Lorena continuava parada ao lado da porta do meu carro, enquanto pegava minhas coisas.
– E aí, Amanda? Tá com uma cara ótima!
– Você acha?
– Acho. Tá diferente.
– Acordei de bom humor.
– Que bom! Somos duas então. Tive uma ótima notícia.
– O que?
– Meu pai vai me ajudar a organizar minhas contas e dar entrada em um apartamento pra mim. Disse que agora que resolvi crescer, vai me ajudar a arrumar minha vida.
– Que legal, Lorena. Como seu pai tá sendo parceiro. Ele é muito legal. Você tem muita sorte de tê-lo.
– Você não imagina como minha vida tá uma bagunça. Estava sempre fora de mim, no meio de meus milhões de programas, de pessoas.

Sempre devendo no banco, quer dizer, ainda tô devendo, mas ele vai me ajudar a organizar minha vida. Só de não sair mais como saía, gastar tanto dinheiro em bebida, drogas e ainda por cima pagando tudo para os outros, vai sobrar um bom dinheiro pra eu poder ajeitar as coisas. Não me dava conta de quanto dinheiro eu jogava fora. Era uma descontrolada. Em tudo.

– Que maravilha! Vamos tomar um café na esquina antes de entrarmos?

– *Let's go*! Tô morrendo de fome.

Maya me ligou no meio da tarde querendo saber com quem eu estava namorando.

– Eu não estou namorando!

– Amanda, você quer se vingar de mim só porque eu não contei sobre o seu irmão.

– Para com isso, meu irmão tá inventando.

– Não acredito que você não vai me contar!

– Mas eu não tenho o que contar!

– E por que o Lucas me disse isso?

– Porque ele devia ainda estar bêbado de alguma balada quando acordou, oras.

Maya não gostou de eu ter falado que o namorado dela era bêbado e ficou quieta por alguns longos segundos.

– Então, tá bom. Não quer contar, não conta.

– Aiii! Pergunta direito pro Lucas se eu disse que estava namorando. Tenho que desligar. Um beijo.

– Tchau. Um beijo.

Não quis contar toda a história para ela, estava querendo fazer um suspense sim, só para deixá-la curiosa. Não era vingancinha, era mais uma picuinhazinha por ela ter escondido o namoro dela com meu irmão.

Também não tinha muito o que contar. Mas que estava me sentindo apaixonadinha, isso estava. Vendo tudo mais colorido e com um brilho especial, mais iluminado.

Depois daquele furdunço das minhas amigas me ligando toda hora, recebi uma ligação da Fraternidade. Era a coordenadora me perguntando se poderia trabalhar mais um dia naquela semana. Ela me pediu desculpas e disse que havia uma pessoa encarregada de me telefonar no começo da semana mas, por algum motivo, havia esquecido.

Haviam me remanejado para trabalhar naquele dia. Se eu não pudesse, tudo bem, ficaria para a próxima semana, na terça-feira, só que em outra sala de atendimento. Disse que não havia problema e confirmei minha presença. A diretoria da Fraternidade e meu ex-professor achavam fundamental os novos trabalhadores adquirirem experiência trabalhando em outras salas. Informou que era no mesmo horário de sempre, agradeceu e desligou o telefone.

Meu ex-professor já havia dito, logo que comecei a trabalhar na Fraternidade, que os recém-formados trocariam de sala em algum momento. Era importante para "pegar uma bagagem a mais", diziam eles.

Cheguei no horário marcado. Como de costume, passei antes na pequena cantina e comi um sanduíche de atum e tomei um guaraná. Dirigi-me à sala que fui designada. A porta estava aberta. Havia quatro pessoas já sentadas em volta da mesa retangular. Era a mesma sala que fiz minha primeira aula prática. Era bem maior que a sala que eu trabalhava às terças-feiras. Havia três mulheres na casa dos 45 anos e um homem, o Vinie, meu ex-parceiro de curso.

Sentei-me ao lado dele, enquanto cumprimentava as pessoas com um breve oi.

– E aí? Você vai trabalhar nessa sala? – perguntou-me Vinie, baixinho, enquanto me dava um beijo no rosto.

– Não sei. Não entendi muito bem. O Zito havia me falado que estavam remanejando as pessoas novas, mas não sei se é por um tempo ou se é definitivo.

– Você passou em outra sala ou veio direto para cá depois da formatura? – me perguntou Vinie com curiosidade.

– Não. Quer dizer, sim. Estou trabalhando de terça-feira, mas me mandaram para cá. E você? Sempre nessa ou é como eu? Trabalha em outra sala e te mandaram ter outras experiências?

– Estou aqui desde o começo. Essa sala é perfeita pra mim. Só tem mulher!

E rimos baixinho.

– Sério? Ninguém te falou nada sobre mudar?

– Não. – respondeu Vinie, até meio frustrado por não terem feito esse remanejamento com ele.

Vinie foi um dos últimos do meu grupo a ser chamado para trabalhar. Ele tinha ficado superchateado. Toda semana ligava para Sylvia perguntando se ela sabia de alguma coisa. Como era mais chegada no nosso professor, achava que ela poderia ter alguma informação.

Sylvia até chegou a comentar comigo que achava que o Zito estava deixando-o em banho-maria de propósito. Nosso ex-professor tinha um pouco de ciúmes dele por causa da Sylvia.

O Vinie tinha uma queda por ela. Sempre guardava uma cadeira ao lado dele, fazia elogios descaradamente na frente de todo mundo. O Zito sempre ficava incomodado quando os via juntos, era nítida a inquietação dele.

Certo dia, durante nosso curso, comentei com eles que achava que o Zito ficava incomodado quando estavam juntos fazendo algum trabalho em grupo ou conversando. Para minha surpresa, os dois me disseram que já tinham percebido. Também me contaram que eles tinham sonhado com o Zito, na mesma noite. Ambos descreveram o mesmo cenário e tudo. O Vinie e o Zito brigavam por causa da Sylvia. Nesse sonho, Zito era o pretendente da Sylvia e a cena que os dois sonharam era a de dois homens brigando por causa dela, com espadas em punho. Não viram se houve morte, mas foi bem estranho os dois sonharem a mesma coisa, na mesma noite.

Nem a Sylvia entendia por que ele demorou tanto para ser chamado. Tinha uma vidência incrível, durante a aula prática de formatura teve várias visões, participou ativamente. Vinie enxergava as cenas perfeitamente, com riqueza de detalhes. Podia se transportar para qualquer lugar que quisesse e descrever até a estampa da cortina da casa da pessoa sem nunca ter pisado lá. Via cenas e espíritos como se fossem gente vivendo como a gente.

Já trabalhava como voluntário na recepção da Fraternidade havia quase dois anos, todas as quintas-feiras. Não fazia sentido demorar tanto para que o convocassem. A conclusão que tiramos foi de que Zito estava deixando ele por último de propósito, por pirraça.

– Bom, talvez você seja o próximo a mudar de sala. Vai saber...

Outras duas mulheres aparentando também uns 45 anos de idade entraram na sala. Cumprimentaram-me e sentaram-se.

Até então, ninguém me perguntou o que eu fazia ali.

– Vinie, sala perfeita para você porque só tem mulher até entendo, mas não tem nenhuma mulher simpática?

Assim que ele se inclinou para me responder alguma coisa, a dirigente entrou, fazendo com que ele recuasse interrompendo nossa conversa ao pé do ouvido.

Ela tinha cinquenta e poucos anos, cabelos curtos, alta, bem magra e enormes olhos verdes. Bem bonita por sinal, apesar de aparentar ter uma vida bem sofrida.

– Oi! Você quem é? – me perguntou, antes de dar boa-noite para as pessoas na sala.

Me senti como se estivesse invadindo alguma propriedade.

– Sou Amanda. Ex-aluna do Zito, me encaminharam pra cá.

– Ah, você é do curso, então?

– Sou. Quer dizer, o curso já acabou faz um tempo... Estava em outra sala. – Antes que eu pudesse terminar a frase fui interrompida com outra pergunta.

– Qual é o seu dom?

Quem me fez a pergunta era uma mulher sentada perto da ponta da mesa, onde a dirigente estava em pé. Ela tinha uma agenda aberta em sua frente. Uma espécie de diário recheado de papéis. Usava um óculos de armação dourada bem fino, que combinava com o formato de seu rosto quadrado de pele clara. Fiquei intimidada com a forma e a linguagem corporal desafiadora dela.

Levei alguns segundos para responder, enquanto ela me olhava e ajeitava o cabelo loiro em corte chanel atrás das duas orelhas, cruzando as mãos e apoiando o queixo sobre elas.

– Não sei exatamente qual é. Estou engatinhando e sou nova nisso, estou aprendendo.

– Ah! Você é espírita? – me interrompeu ela novamente antes mesmo de poder terminar o que queria dizer.

– Não.

Respondi sentindo-me um pouco acuada com a pergunta feita de forma tão rígida, enquanto ela me olhava por cima dos óculos de armação dourada. Foi como se estivesse sendo interrogada por irmãs católicas num colégio interno dirigido por freiras carrancudas.

Ninguém nunca havia me feito essa pergunta de maneira tão enfática. Parecia que era obrigatório que eu tivesse a mesma religião que a maioria das pessoas que estavam lá. Ela não perguntou se eu tinha alguma religião e sim se eu era espírita.

– Estou conhecendo mais sobre o espiritismo depois que comecei o curso. – a última palavra quase não saiu da minha boca. Sentia-me acuada, ela estava fazendo me sentir assim por não ser da mesma religião que eles. Enquanto respondia, ela fazia anotações em sua agenda e me olhava de vez em quando por cima dos óculos como se estivesse tirando minhas medidas para alguma coisa.

Realmente não conhecia muita coisa sobre essa religião. Não que não gostasse de conhecer sobre religiões, mas eu achava que por estar trabalhando com espíritos poderia me deixar levar por dogmas e ideias preestabelecidas. Não gostava de pensar que poderia influenciar minha mente por ter lido alguma coisa. Queria que ela ficasse o mais livre possível para experimentar por si mesma. Deixar que as coisas acontecessem sem ter a obrigação de dar um nome exato para as energias que sentia. Elas eram todas diferentes entre si, assim como cada indivíduo também é. Preferia não saber muito a respeito para preservar a minha integridade e poder sentir e "ver" as coisas sem necessariamente dizer o nome do que era, porque no livro dizia que era de baixo, de cima, da natureza, do umbral, do céu, do mundo das bestas rastejantes, das fadas ou gnomos. Queria ser apresentada para elas do jeito que elas eram.

Havia tomado essa decisão por causa de uma história que havia acontecido comigo e que partilhei com a Sylvia logo que comecei a fazer o curso na Fraternidade.

Aconteceu num domingo ensolarado de outono. Céu azul, sem nenhuma nuvem, calorzinho gostoso, em que o sol batia e um friozinho invernal na sombra. Tinha ido passar um fim de semana na fazenda de amigos, no interior de São Paulo. A fazenda era enorme, daquelas que não se conhece em um dia de cavalgada, mas talvez em uns dois ou três.

Havia um churrasco programado, perto de uma das cachoeiras da fazenda, segundo o pessoal de lá, a cachoeira mais bonita. Enquanto os empregados amarravam os cavalos e montavam toda a parafernália para o almoço, fui me refrescar perto da queda d'água. Tirei minhas botas de montaria com muita dificuldade e sentei em uma pedra. Fiquei alguns minutos balançando a pontas dos meus pés dentro da água congelante que corria pelo riacho. Não queria entrar na água, só estava curtindo o momento, de olhos fechados, com meu rosto em direção ao sol, sentindo o calor acariciar meu corpo em contraponto com o gelado dos meus pés. Meus amigos estavam a alguns metros atrás de mim, sentados embaixo de uma enorme árvore e rindo alto. De repente, senti como se alguém estivesse se aproximando por trás de mim. Abri meus olhos, virei minha cabeça para ver quem chegava, mas não havia ninguém.

Fechei novamente meus olhos e, para minha surpresa, "vi" um "ser" sentado ao meu lado, imitando os movimentos que eu fazia com os pés na água gelada do riacho. Tomei um susto enorme e abri meus olhos imediatamente. Me senti uma idiota por sentir medo de uma coisa que nem era "real" e, contrariando meu impulso, voltei a fechar meus olhos.

O "ser" ainda estava lá, balançando os... Peraí! Ele não tinha os pés. Ele balançava as canelas dentro da água. Resolvi reparar melhor na situação toda. Ele era completamente branco-radiante, como se fosse coberto por tinta refletiva, igual aquelas usadas nos para-choques de bicicletas para refletir a luz dos automóveis. Embora tivesse uma forma humana, com braços, tronco, pernas e cabeça, ele não tinha um rosto. Nem cabelos, orelhas ou mãos! Ele estava imitando meus movimentos, mas os pés não tocavam a água, as pernas iam somente até metade da canela dele, como que desaparecendo, dissolvida... Pensei por que então ele estava fazendo aquilo se não tinha pés? Por que ele estava então imitando o meu movimento? Assim que terminei meu questionamento mental, tive uma resposta imediata, "ele estava querendo ser simpático. Pela imitação de meus movimentos eu poderia me identificar com ele, assim como as crianças fazem em uma brincadeira. Ele imitava meu movimento somente para fazer o contato".

Perguntei de onde ele tinha vindo, tudo telepaticamente, já que ele podia ler meus pensamentos e eu "ouvi-lo". O ser me respondeu "que ele estava em tudo por ali". Como num flash, conversamos numa fração de segundo, e ele me contou que vivia ali. Me explicou que o tal "ali" que ele me falava era que ele vivia em TODA a natureza, não exatamente num lugar específico. Que ele habitava em tudo.

Como ele notou que fiquei reparando muito no fato de ele não ter os pés, tratou de me explicar que ele não precisava de nada daquilo. Que ele era de uma composição muito diferente da minha, um tipo de matéria mais sutil. Portanto, por ser basicamente energia, não caminhava, não comia, nem precisava de olhos e ouvidos como eu. Ele interagia com o todo usando outro tipo de sentido, era como se não existisse o externo e o interno. Parecia complicado, mas ele me disse que era muito mais simples do que eu podia imaginar. Era como se tudo fosse uma coisa só.

Tivemos essa conversa telepática super a jato. Abri meus olhos assim que entendi o conceito que o ser me mostrou em minha mente. Ele era conectado com tudo, não era separado de nada e disse que estava sempre por ali. Entendi que, se eu quisesse encontrá-lo novamente, não era necessariamente naquela pedra ou naquele cachoeira, era no planeta todo! Uma coisa incrível!

Fiquei estarrecidamente maravilhada com aquilo, era um sentido de conexão absurdo. Assim que ele me mostrou como era, saiu voando e se diluindo no espaço, desaparecendo atrás de mim.

Ele deixou uma energia muito boa. Senti como se eu flutuasse sobre a pedra por alguns segundos. Era como sentir uma alegria gratuita, um bem-estar, paz, serenidade, amor... Delícia!

Quando contei essa experiência para Sylvia, alguns anos depois do ocorrido, ela me disse que eu tinha encontrado a Iara, a rainha dos rios, como a Iemanjá das águas do mar, nas crenças afro-brasileiras e indígenas. Não contente com essa definição, que não se parecia nada com o que eu tinha experimentado, fui procurar na internet sobre alguma informação mais próxima do meu contato imediato com o *ser*.

Encontrei uma explicação mais convincente pesquisando na internet, mais precisamente no Wikipedia, sobre esses seres que fazem parte da mitologia Nórdica e apareceram representados em vários filmes, sendo um deles o famoso "Senhor dos Anéis", os Elfos. Bem mais parecido com o que eu tinha "conhecido". Mesmo que ele não tivesse rosto, nem pés e não fosse mulher ou homem, a explicação me pareceu bem mais próxima sobre o meu "amigo da natureza".

"*Andróginos vivem entre as florestas, sob a terra, em fontes e outros lugares naturais* (o tal do "aí" que ele mencionou que vivia)*, belos e luminosos* (luminoso com certeza ele era)*, seres semidivinos, mágicos, semelhantes à imagem literária das fadas ou das ninfas.*" Este Elfo estava bem mais próximo da minha experiência do que uma mulher, a tal Iara ou Iemanjá que a Sylvia me falou.

Sabia que esse tipo de descrição era como um ser humano tentava detalhar uma imagem inexplicável e inédita através da referência dele próprio, sempre como uma pessoa. Por exemplo, Deus é pai, um homem de barba branca sentado em um trono, um rei idoso. Como explicar uma coisa inexplicável? Ainda mais na época em que surgiram todas essas lendas e mitos. Havia pouca cultura, pouco vocabulário e muito pouca gente. As notícias se espalhavam de boca em boca e cada um aumentando um pouco.

Preferia não me aprofundar muito nos tipos de energias, preferia ter primeiro a experiência. Todo mundo sabia tanta coisa na teoria, mas não tinha a menor noção sensorialmente do que eram. Sabiam os nomes de tantos seres, entidades e lugares, o limbo, o umbral (aliás era só falar em lugar escuro, que só podia ser o umbral, o lugar das almas penadas), mas poucos o conheciam de verdade. Mais ou menos como olhar uma pessoa voando de asa delta: uma coisa é enxergar a asa delta e a pessoa pendurada nela, outra coisa é estar lá pendurado a muitos metros do chão, sentindo o vento no rosto, voando. Experimentar é bem diferente.

Queria conhecer através do meu coração, dos meus sentimentos, da sensação que cada experiência me causava. Também tinha a impressão que as coisas estavam meio congeladas a respeito do mundo dos espíritos, das outras dimensões. E se nem tudo fosse como sempre se pensou? E se além desses mundos e dessas coisas já classificadas e nomeadas nas literaturas em que todos já estavam habituados, houvesse muito mais outros, ainda sem nomes? Entidades que nunca se mostraram antes e que, de uns tempos para cá, começaram a se apresentar porque anteriormente a humanidade não tinha certo nível de evolução para que eles pudessem fazer contato? Se estiver tudo sempre definido e imutável, então nunca haverá nada novo. A Terra sempre seria plana, por exemplo, embora ninguém tivesse como provar que ela fosse plana; antigamente as pessoas achavam que cairiam dela se chegassem até certo ponto. Ninguém nunca experimentou a existência da terra ser plana, até alguém pegar um navio e observar que ela sumia no horizonte, aos poucos, sem despencar. Só experimentando podemos saber o que acontece de verdade.

Podia estar errada em não querer me aprofundar muito na literatura sobre o mundo dos espíritos, mas confiava em meu instinto e ele me dizia para continuar na superficialidade, que novas experiências e acessos a novos mundos iriam se mostrar, mas para isso, tinha que continuar um pouco na ignorância, ou como dizem os orientais, "esvaziar a xícara para que ela possa ser enchida. Mente cheia não absorve novas informações".

Muitas pessoas falavam sobre as mesmas coisas. Quase ninguém contava alguma novidade. Era sempre tudo igual, a mãe de santo, o mentor, o preto velho, o umbral, o mago. Queria olhar outros mundos, "conversar" com formas mais evoluídas também. Por que não? O universo é tão grande, para que ser tão limitado? O que fazíamos naquelas salas nos dava ferramentas para poder explorar, era só soltar as amarras, olhar atrás de outras portas.

Queria que as coisas acontecessem, queria deixar rolar, porque foi assim que eu parei naquela Fraternidade. Por algum motivo, havia chegado ali, mesmo sem ter a religião que a maioria tinha ou ter estudado e pesquisado tanto quanto algumas daquelas pessoas que estavam trabalhando com esse tipo de cura.

– Hummmm. – Agora escutava a mulher que me interrogava murmurando enquanto balançava a cabeça afirmativamente, continuando seu interrogatório.

– Então você não é espírita?

Já estava começando a me encher o saco, ela estava realmente se esforçando para me deixar como um peixe fora d'água.

As outras mulheres da sala, com exceção de uma que me sorria com simpatia, sentada na frente da que me fazia o interrogatório, nem olhavam na minha cara. Simplesmente eu parecia nem estar lá. O máximo que ouvi delas foi um boa-noite por educação e de algumas outras, nem isso.

A dirigente, agora menos ocupada com um caderno que folheava enquanto a mulher antipática me fazia o interrogatório, finalmente olhou para mim e me socorreu.

– Seja bem-vinda! Você deve conhecer o Vinie?

– É. Fomos colegas de classe.

Ufa! Mudou o assunto. Achei que estava presa num papel grudento de pegar moscas.

– Que bom! – disse a dirigente em tom cordial. – Então vamos começar?

Sentei-me com a coluna ereta e ela iniciou o procedimento que eu já conhecia. Nada diferente do que seu Homero fazia. Ela lia a mesma folha que ele lia na minha sala ou ex-sala (ainda não sabia se estava só de passagem, ou se teria que ficar ali definitivamente – tomara que não!).

Depois de todos desdobrados e tudo mais, ela saiu da sala e foi buscar a primeira ficha de atendimento. Uma mãe totalmente perdida, sem saber o que fazer com a filha que ficava o dia inteiro trancada no quarto se alcoolizando.

A dirigente mostrava uma enorme compaixão por aquela atendida. Com uma voz suave e serena, foi conduzindo a atendida para o estado de desdobramento e acalmando aquela mulher que se mostrava bastante aflita e ansiosa.

Conforme decorria o desdobramento, vários papelzinhos eram entregues para a mulher que havia me feito o interrogatório. Ela parecia fazer uma triagem, leu alguns, separou de lado outros e entregou somente dois deles para a dirigente. Assim que ela terminou de ler, colocou-os em cima da mesa e foi em direção a uma das mulheres sentadas a minha frente, enquanto dizia:

– Vamos lá.

Ela não pediu para a atendida sair da sala.

– Mas ela não vai pedir pra mulher sair da sala? – cochichei no ouvido do Vinie.

Vinie não me respondeu. Ficou quieto, enquanto a mulher que estava sentada ao meu lado parecia estar incorporando também.

A mulher que me fez o interrogatório foi quem se posicionou atrás da cadeira da médium. Entendi que ela era a assistente de dirigente.

Duas pessoas estavam incorporando ao mesmo tempo, entidades diferentes, tudo na frente da atendida.

As médiuns falavam muito baixo, assim como a dirigente e a mulher da agenda que conduzia a segunda incorporação. Podia ver que as duas pareciam tirar coisas, como se tirassem joias ou pulseiras dos braços. Acho que eram coisas que tinham muito apego e precisavam tirar antes de serem tratadas e encaminhadas para o hospital espiritual. As entidades choraram, reclamaram e por fim foram encaminhadas se sentindo mais calmas e resignadas.

Logo em seguida, fizeram a limpeza na casa e também fizeram alguma coisa com a filha da atendida, que eu não sabia o que era, pois ninguém trocava informação alguma. Era tudo meio velado, ninguém se falava ou mostrava os seus papeizinhos para os companheiros sentados em volta da mesa. Somente a mulher do interrogatório e a dirigente que viam o que estava escrito. Ninguém dava um pio. Eu estava "boiando".

Se entrou na vibração, entrou e ponto e, se não entrou, também não dá palpite. Era basicamente isso. Uma coisa meio unilateral. Sem nenhuma troca, espírito de equipe ou comentários.

A dirigente sentou-se ao lado da mãe e a aconselhou enquanto a atendida agora chorava de soluçar. A atendida saiu da sala sentindo-se bem melhor, agradecendo umas dez vezes antes de sair pela porta.

Não pude deixar de comentar com Vinie:

– Vinie, aqui é diferente da sala em que eu trabalho. É tudo muito rápido e na frente do atendido. A gente sempre pede pra sair, não deixa rolar nada na frente da pessoa.

– Desde que estou aqui, sempre o atendido fica dentro da sala. Nem acho necessário e também tem gente que fica com medo, sonha com as coisas, fica matutando. Você sabe, né? Não pode falar nada do que foi feito dentro da sala, então o sujeito pergunta e só dizem pra não pensar sobre o que aconteceu.

– Então? Não é melhor pedir para a pessoa esperar lá fora?

– O pior é o sujeito não saber o que tá rolando, e só ficar imaginando. Ninguém é surdo, né? Se fosse comigo, ficaria pensando o mês inteiro sobre o que tinha escutado, ou melhor, o que não tinham me contado. Quando o atendido pergunta o que aconteceu ninguém fala nada! Acho péssimo. Melhor sair da sala, aí o sujeito não fica tendo pesadelo com essas coisas. Não é todo mundo que está acostumado com esses fenômenos.

– Eu não tô acostumada até hoje!

E rimos baixinho enquanto a dirigente fechava a porta da sala voltando com outra ficha de atendimento.

O próximo atendimento era um retorno.

– Pessoal – disse a dirigente olhando a ficha de atendimento –, esse é aquele caso do rapaz que está perdendo a visão, o Lázio. Ele já frequentou outros lugares, inclusive já fez cirurgia espiritual em Goiás. Vocês se lembram?

Todos disseram que sim, e a dirigente continuou:

– Esse caso, não sei mais o que podemos fazer. Ele não está melhorando. A hemorragia que ele tem nos olhos não está parando e pelo que está escrito aqui, até piorou. Vou fazer o seguinte, a gente o chama para o atendimento, mas vou encaminhá-lo para retorno, só que em outra sala. Quem sabe?

Ele entrou na sala e foi harmonizado. Enquanto isso, senti uma enorme compaixão por ele e comentei com Vinie:

— Tô com uma dó dele. Parece que o caso é de carma, é como se ele tivesse que passar por isso para ter um grande aprendizado por causa desse problema. Se não fosse essa cegueira ele não conseguiria "enxergar" uma outra coisa mais grandiosa. É como se uma coisa levasse a outra. Ele é médium. Lembro dele no dia da minha aula prática, ele incorporou um menino.

— Pode ser mesmo caso de carma. Nem tudo é só obsessão, magia negra, trauma de vidas passadas, aparelhos implantados no astral. Pode ser mesmo.

Lázio foi harmonizado e encaminhado para seguir tratamento em outra sala, pois ele já estava no terceiro retorno e nada havia mudado em seu quadro.

Mais dois atendimentos ocorreram. Não tive participação nenhuma, a não ser pela minha doação de energia e minhas intuições e visões que não compartilhava por não estar me sentindo à vontade. Não havia sentido uma energia muito acolhedora e Vinie me disse que lá era assim mesmo, elas eram superciumentas e não gostavam de dividir a atenção. Mesmo sendo um médium de visão superavançada, ele não falava nada a não ser em casos que ninguém via nada e ele estava vendo tudo.

Não me conformava como vários trabalhadores compartilhavam dessa mesma postura arrogante. O espiritismo, assim como o budismo, pregam a humildade e a caridade. Mas o budismo tinha a fórmula para cortar esses apegos e isso dá um trabalho absurdo. Mudar um padrão interno, um hábito, mudar o estado mental é bem penoso e requer muita meditação e prática de vigília constante, o tempo todo, todos os dias, não só em determinados momentos e muito menos praticando caridade somente. Depois de algum tempo na prática a coisa vai se tornando natural e não requer mais tanto esforço, mas mesmo assim, escorregar é muito fácil.

Ter exemplos vivos, estar na presença de um bom mestre ou pessoa iluminada faz toda a diferença. Ouvir ensinamentos, trabalhar para a evolução pessoal e o benefício de todos requer muita disciplina. Ter a presença de um lama ou mestre ajuda muito a ficarmos no caminho, enquanto não temos a evolução suficiente para nos mantermos firmes em nossos desafios.

A nossa Fraternidade carecia de bons exemplos, um tipo de lama, ter alguém que realmente fosse exemplar, inspirador. Decepcionava-me bastante, pois havia pessoas que já estavam lá há anos, eram mais velhas do que eu e se diziam bastante praticantes da humildade. A coisa que mais ouvia lá era "tem que ser humilde, nós somos somente instrumentos".

Quem fica falando muito que "tem que isso, tem que aquilo", na minha opinião é porque tem problema com o tal "tem que". Tem que ser mais humilde, tem que falar menos, tem que não comer carne. Fala-se muito e faz-se muito pouco. Havia sempre muitas regras, muita hierarquia, muita determinação da diretoria da Fraternidade sem que os trabalhadores participassem dos assuntos e, também, muita fofoca e falta da tal humildade que sempre ouvia os trabalhadores mais "jurássicos" e dogmáticos falarem. O lugar se chamava Fraternidade, mas indiscutivelmente o que mais presenciava, infelizmente, não era só gente bondosa doando seu tempo para o próximo, mas também muita arrogância e falta de companheirismo. Gente que não estava disposta a dividir, mas sim manter o "posto" conquistado, manter o pé fincado na sua razão. Um apego absurdo.

Não adianta, somos todos imperfeitos e temos um grande caminho a trilhar. Para começar a melhorar, temos que, no mínimo, começar a ficar "menos piores".

Como disse o romancista Charles Reade:

Semeie um ato e você colhe um hábito. Semeie um hábito e você colhe um caráter. Semeie um caráter e você colhe um destino.

Era disso que todos precisávamos, começar a semear coisas positivas, para assim mudarmos, pelo menos um pouquinho, aquilo que somos.

O mestre e professor da minha Lama, que conheci bem no final de sua existência terrena – e hoje já está encarnado novamente na região do Tibete – dizia que não bastava somente estar ocupado em ajudar no abrigo dos pobres e por isso deixar de meditar, se policiar. As duas coisas deveriam ser feitas para se alcançar a iluminação, ou pelo menos, começar a chegar mais perto da perfeição. Era importante também experimentarmos o sofrimento, pois só assim entenderíamos o que era o sofrimento do outro, caso o contrário, trabalhar para o bem do outro se tornava muito teórico.

Dizia que somente ajudar uma pessoa dando-lhe um prato de comida, sem investigar a verdadeira raiz do problema, era como encontrar um modo de proporcionar benefícios apenas temporários. Podia ser como construir um "sonho" melhor para si próprio. Porém, dependendo do que estivesse na sua mente ao agir, seria bem provável que não se atingiria o objetivo inicial por se ter a motivação errada.

Encontrar os amigos em um almoço e ficar se gabando que ajuda os necessitados pode gerar um péssimo carma para si mesmo. Caridade tem que vir do coração, de motivação pura, altruísta, do contrário isso nada mais é do que uma atitude egocêntrica e vazia. Já presenciei vários momentos desses com minha mãe e as amigas dela. Algumas delas faziam trabalho voluntário e as que mais adoravam ficar falando sobre o assunto eram as mais pentelhas, as que destratavam o garçom porque trouxe a bebida que era sem açúcar com açúcar, ou por demorar mais do que ela gostaria para trazer a salada. Respeitar o que está do lado e te servindo nem passava pela cabeça delas.

Era chique dizer que faziam trabalhos em instituições. Tinha que ser uma famosinha, nada dessas mequetrefes que ninguém conhecia. Faz um trabalho desses e destrata o primeiro infeliz que aparece na frente? Fala sério! Pelo menos minha mãe dizia que não fazia nada parecido por não ter a menor vocação para isso. Mas nunca a vi deixar de ajudar alguém prontamente, dar desculpa de que estava cansada ou ocupada para atender um pedido de socorro. Sempre tratava a todos, independentemente da classe social, com respeito e igualdade. A faculdade dos filhos dos empregados que trabalhavam em nossas casas, minha mãe fazia questão de pagar. Para ela, só com educação as pessoas podem mudar de vida. Ela não gostava de dar esmolas, mas o ensino, a informação era mais importante do que tudo. Nunca comentou isso com ninguém, ela achava que tinha obrigação em fazer isso, já que tinha condição. Por que não ajudar alguém que está praticamente vivendo embaixo do mesmo teto? Os funcionários de nossas casas adoravam minha mãe.

Certa vez ela ficou muito triste com uma senhora que trabalhou por cinco anos em nossa casa de praia. Descobriu que a mulher usava a casa nos fins de semana que a gente não ia. Fazia almoços para um monte de gente, usando coisas da dispensa. No começo minha mãe não falou nada, só fazia comentários de que estava achando estranho a dispensa esvaziar tão rápido. Quando minha mãe soube de fato o que acontecia, foi conversar com a mulher e ela nem se abalou, disse que era mentira do porteiro, chorou horrores, fez um dramalhão. Minha mãe deu mais uma chance, mas três meses depois voltou a acontecer.

Minha mãe não entendia como uma pessoa que recebia um salário bem acima do mercado, tinha a escola dos filhos pagas em colégio particular, plano de saúde familiar, podia jogar tudo fora por uns pacotes de arroz e feijão que ela mesma poderia comprar pois ganhava bem? Ela ficou inconformada, mas entendeu que nem todo mundo queria ter uma oportunidade e, pior, a mulher acabou tirando a oportunidade dos filhos de terem uma educação digna. Malandragem existe em todos os lugares, e nem sempre a ocasião faz o ladrão, tem gente que não muda e depois reclama da desgraça.

Minha mãe praticava o que minha Lama chamava de "agir com pureza de coração", intenção verdadeira e vontade em libertar os outros do sofrimento.

Por mais perua que ela fosse, tinha seu lado pé no chão. Eram coisas bem opostas, mas vai entender o ser humano.

Não tinha me sentido nada confortável dentro daquela sala, com aquelas pessoas que não compartilhavam e sobretudo com a mulher de óculos que ficava me medindo. Sei que não temos o controle de tudo, mas não sei se poderia ser produtiva ali. Tudo que eu não queria era ter que trabalhar em um lugar onde não me sentisse nada à vontade.

Minha paciência estava sendo testada mais uma vez. Se não superasse esse desafio com resignação, não cortaria esse padrão. Lá estava eu, novamente, numa sala em que não tinha me ambientado, como no meu primeiro dia de trabalho junto com a Sylvia. Precisava meditar a respeito para tentar quebrar esse padrão irritante.

O meditar não requer somente um ambiente quieto e calmo, esse é só um dos vários tipos de meditação. Meditação pode ser feita ao longo do dia, enquanto se trabalha, dirige o carro ou pedala uma bicicleta, vai ao supermercado, ao parque com amigos, lê um livro, ou mesmo quando é xingado no trânsito. Todas são ótimas oportunidades.

A meditação pode ser também uma ação. Parar para analisar se os nossos atos estão de fato alinhados com o bem dos outros. Se vai servir para liberar alguém do sofrimento que permeia a todos os seres sem exceção. Se enquanto estamos fazendo alguma atividade ela é enaltecedora e realmente proveitosa. Se quando estamos falando, não estamos jogando palavras ao vento ou mesmo maldizendo alguém. Se enquanto estamos realizando uma tarefa, durante sua execução, estamos doando nossa energia de forma positiva para quem nos pediu que a fizéssemos, sem resmungar ou se arrepender. Se antes de pensarmos em não fazer porque vai dar trabalho ou não vamos ganhar nada com isso, sair logo fazendo, com o coração voltado à doação de nosso tempo e energia.

Bem, parecia que era o meu caso, deveria fazer o que era preciso e não esperar que alguém fosse legal comigo. Não estava lá para fazer amizades e tomar um cafezinho. Estava lá para ajudar quem precisasse e ponto. Era isso que eu faria. Dane-se o que eu estava sentindo, não tinha que achar nada, tinha que fazer o que havia me proposto a fazer.

Meditação não é algo inatingível, é só questão de hábito. No começo é difícil, mas depois ela vai se tornando parte de todos os momentos. Ir para um retiro ou uma caverna no Tibete é para pessoas que querem alcançar iluminação ainda nesta vida e estão bastante focadas nisso. Mas para a maioria dos seres comuns como eu, meditar era somente uma maneira de se tornar uma pessoa melhor.

Minha Lama dizia que nossa mente é como um cavalo selvagem e que para domarmos esse cavalo, precisávamos começar a trazê-lo para mais perto. Primeiro para um curral ou redondel. Depois, passar uma corda em volta de seu pescoço, depois ir diminuindo o tamanho da corda, e assim sucessivamente, até o cavalo poder ser afagado e por último montado.

Esse cavalo era nossa mente descontrolada, incessante em pensamentos impermanentes e inúteis. Trazer o cavalo para junto e poder acariciá-lo era a prática de meditação.

A dirigente encerrou por aquela noite. Fiquei sentada ainda mais um pouco com o Vinie esperando as pessoas saírem.

– E aí, Amanda? Você tem visto a Sylvia?

– Visto mesmo, faz um tempinho, mas sempre falo com ela. Você que nunca mais ligou pra ela.

– Eu sei. Deixei uns recados e mandei uns torpedos, mas ela nunca mais me ligou. – ele disse, com decepção.

– Não liga, ela tá numa fase ruim.

– Como assim? – parecia preocupado agora.

– Nada de mais, ela sempre tá numa fase ruim. Sabe como ela é né? Sempre reclamando de tudo.

– Ah! Então tá tudo normal! – e deu uma risada.

– É lógico. Nenhuma tragédia aconteceu. São as crises existenciais dela.

Não queria falar que ela estava arrasada por causa do namorado que tinha dado um pé na bunda. Vinie sempre foi apaixonadinho por ela, não estava querendo deixá-lo triste por causa disso.

– Ela anda brigando demais com a mãe, que anda implicando demais com a Sylvia, estão brigando muito. Coisa de família.

Pelo menos não estava mentindo, a mãe da Sylvia sempre implicou com ela.

– Liga pra ela, Vinie. Quem sabe ela tá mais calma?

– Vou ligar. Tenho saudade daquela figura.

Quando todos saíram da sala nos levantamos e saímos por último. Me despedi do Vinie e fui em direção do responsável geral daquela noite. Era uma espécie de bedel de escola, achava engraçado precisar ter um responsável de pessoas adultas. Era tanto controle, processos, padrões. As pessoas estavam acostumadas aos velhos esquemas. Como, por exemplo, ir para a escola com aqueles dias intermináveis, gente robotizada aprendendo por decoreba, sempre tudo igual, ano após ano. Depois, a tão sonhada "firma". Tudo bem parecido com a escola e bem chato também. A hora do recreio, era o horário do almoço das empresas, lista de presença, era bater o cartão, o uniforme escolar, virava o terno e a gravata, o bedel, o diretor, o supervisor. Tem coisa mais chata que o sistema educacional e o de empresa? Acho que não.

Assim que me aproximei do responsável da noite para me despedir, ele me informou, para minha felicidade, que se eu quisesse, poderia continuar a trabalhar na minha sala habitual. Prontamente respondi que preferia, pois já estava ambientada com o grupo. Ufa!

Estava adorando cada vez mais a sala em que eu trabalhava. Até a dona Madalena, que dava das suas, era um mel perto daquelas mulheres que eu acabara de conhecer. Foi bom ter passado pela experiência, ver como era uma outra sala de atendimento, assim eu valorizava mais aquilo que tinha recebido. Estava mais do que de bom tamanho. A sala do seu Homero era maravilhosa!

Que semana cansativa. Precisava dar um tempo. Desligar a máquina. Não pensar em nada. Seria uma boa ideia ir para praia passar um fim de semana de pernas pro ar. Queria que minha companheira de viagem, Maya, estivesse disponível, mas agora ela tinha um namorado. Meu irmão.

Enquanto tomava um demorado banho de banheira, decidia se ligava ou não pra ela. Achava estranho ter que ligar para Maya, sabendo que ela ligaria para o namorado dela, meu irmão, pra saber se ele queria viajar pra casa de praia, da família dele, com a amiga dela, que era a irmã dele, que poderia ter batido na porta do quarto e perguntar diretamente para ele.

Ainda dentro da banheira, decido ligar para minha amigona. Não que o Lucas não fosse um cara legal, mas não éramos muito chegados nos mesmos programas. Se ele fosse com ela tudo bem. Estava com saudades da minha amiga, que andava meio sumida.

– Oi, Maya.
– E aí Amanda? Onde você tá?
– Na banheira.
– Com o novo namorado que você não quer me contar?
– Ah! Me poupe vai, Maya. Tô em casa.
– Quem é o cara?
– Não é nenhuma novidade. É o Daniel, sabe?

– Lógico que sei. O seu amigo secreto que ninguém conhece, só sua melhor amiga Sylvia.
– Tá com ciúmes?
– Não. Você fala de mim e esconde o cara, por quê?
– Eu nunca escondi ele de ninguém!
– Então por que só a Sylvia conhece ele e mais ninguém?
– Porque eu o conheci por causa dela, lembra? Ele fez o curso com a gente...
– Sei. E não vai apresentar seu namorado para as outras amigas?
– Ai, Maya! Você tá chata, hein? Ele nem é meu namorado, nem beijo rolou.
– Jura? O cara é gay?
– Lógico que não.
– Amiga, você gata, livre e desimpedida, o cara solteiro, saindo com você praticamente toda a semana a mais de um ano. Tem alguma coisa errada.
– Acho que eu nunca dei trela. Primeiro eu estava namorando, depois o corno que levei, depois a dor de corno que fiquei. Ele também acabava me contando das namoradinhas dele. Sei lá... Acho que dei zero de abertura. Agora tô meio a fim dele e não sei o que fazer.
– Hum. Quando vira amigo a situação se complica.
– Pois é... Agora não sei mais o que eu faço. Tô naquela situação de achar que se eu fizer qualquer coisa diferente ele vai sair correndo.
– Temos que pensar em alguma coisa, Amanda.
– Você não quer ir pra praia comigo? Quer dizer, você e meu irmão também, né?
– Hahahaha! Não é engraçado? Quem diria que uma coisa dessas iria acontecer com a gente.
– Achei melhor ligar pra você primeiro. Sei que ele mora aqui, mas... Achei estranho pedir permissão pra ele.
– Fala sério! O que ele decidir pra mim tá bom, só que neste fim de semana a gente vai no batizado da minha sobrinha em Campos do Jordão.
– Caramba, Maya! Já tá assim? Nunca imaginei meu irmão tão programa de família da namorada.

– Pois é... E ele tá querendo me apresentar para os seus pais.

– Hahahahaha. Oficialmente, você quer dizer? Reapresentar. Eles não vão acreditar no destino. Vocês mal se cumprimentavam. Vai ser engraçado.

– Também acho. Sua mãe vai ficar tirando sarro de mim, com certeza.

– Ah, vai. Isso não resta a menor dúvida. Você vai ser o assunto dela durante um mês.

– Pelo menos! Se não for uns dois meses, do jeito que sua mãe é exagerada.

Falamos mais um pouco sobre o trabalho dela, o meu, o meu próximo encontro com o Daniel e desligamos o telefone.

Ainda bem que eu tinha ligado para Maya. Estava com saudades dela. Agora quem sabe a gente ia até ser da mesma família. Estava apaixonada pelo Lucas. Meu irmão estava me surpreendendo. Sempre dizem que há uma tampa para cada panela. Estava parecendo que eles estavam se entendendo mais do que eu podia imaginar.

Meus planos de ir à praia ficariam de lado. Iria ficar em casa mesmo. Estava muito cansada para dirigir sozinha até o litoral. Um pouco preguiçosa também. Colocaria em dia todos os filmes que não tinha visto no cinema porque já haviam saído de cartaz. Minha mãe adorava quando eu alugava um monte de filmes para o fim de semana e ficava em casa com ela.

Dona Madalena não apareceu para trabalhar na Fraternidade. Não iria mais, temporariamente. Pediu afastamento, pois estava com problemas pessoais.

Era também o último dia de Armandinho. Sua esposa havia dado à luz no último fim de semana. O tempo que ele teria agora era para trabalhar e trocar fraldas do baby. Achei fofo da parte dele querer ficar com a família, ajudar a esposa com tarefas que a maioria dos homens acha que é coisa de mulher.

Para substituir Armandinho e dona Madalena, entrou em nosso grupo o Natanael. Tinha 51 anos, parecia um pouco tímido, cabelos grisalhos, estatura mediana, olhos claros e amigáveis.

Começamos o trabalho como de costume, logo depois do nosso dirigente dar uma explicaçãozinha de como a coisa toda funcionava. Assim que o procedimento terminou, Nina já estava com uma lista das cores para o trabalho daquela noite. Incluí o amarelo, a única cor que eu havia visualizado e em abundância.

Antes da Manuela ler a ficha toda do primeiro atendimento daquela noite, ela já fez logo um comentário.

– Ele é aquele senhor com quem você viu uma entidade futurista, Amanda. Meio ET, usando um macacão branco, com uma espécie de capacete. Tipo roupa espacial. Lembra? Falou que não era pra gente mexer com o atendido, porque não era da nossa alçada.

Assim que ela comentou, me lembrei prontamente. Não tinha dado muita bola para a visão.

— Você anotou tudo isso? Achei que essas coisas nem se anotavam, que como não tá nos padrões de coisas que acontecem normalmente, ninguém anota.

— Lógico que eu anotei. – e começou a rir – Eu anoto tudo!

Nunca havia visto nada parecido. Era nítido que era um ser futurista, pelo traje, altura, postura, propriedade, firmeza na forma que se expressava. Não tinha energia específica. Não era nem denso, nem sutil. Era totalmente "inodoro". Totalmente diferente de espíritos, vidas passadas, mentores. E o tal ser dizia que aquele atendido fazia parte de uma experiência. Coisa bem fora do que eu havia aprendido e lido.

Parecia coisa de filme de ficção. Mas foi isso que vi e ouvi. Fazer o quê? Nem tudo pode ser verdade, pode ser imaginação e, se for só imaginação, passa e a coisa não dá em nada.

Até eu fiquei incrédula quando vi tudo aquilo e transmiti para meus colegas de sala, mas enfim, como ninguém mais viu nem sentiu nada a respeito do senhor em atendimento, aquilo que vi foi o que se escreveu na ficha.

Depois do caso relembrado e da Manu terminar de ler a ficha, seu Homero foi buscar o senhor na sala de espera.

Com 62 anos, era bastante sorridente. Lembrei-me de tê-lo achado supersimpático da primeira vez e, naquela noite, continuava com um sorriso estampado no rosto, apesar de suas queixas. Achei ele um querido, super alto astral. Apesar de sentir tantas dores, não deixava a peteca cair. Sofria de dor crônica na coluna que irradiava para as pernas. Os médicos não davam um diagnóstico preciso. Ele sentia muita dor, sentado, em pé, deitado, caminhando. Agora que estava aposentado, adorava cozinhar para a esposa, fazia questão de fazer o jantar todas as noites, regado a uma taça de vinho, mesmo sentindo fortes dores.

O senhor disse estar mais conformado com a dor depois da primeira vez que passou pelo atendimento na Fraternidade, que estava se sentindo mais resignado, mas sua velha conhecida ainda continuava ali, exatamente do mesmo jeito.

Continuava fazendo vários exames, procurando especialistas para tentar resolver o problema, mas o único diagnóstico que havia conseguido era um achismo. Nenhum médico sabia dizer o que ele tinha.

Todos nos concentramos para procurar por alguma coisa que pudesse nos dar uma pista. Mas novamente ninguém via, sentia ou ouvia nada. Nos entreolhamos e balançávamos a cabeça em movimento negativo.

Fechei meus olhos novamente. Então vi um *flash* e uma cena apareceu.

Uma esfera grande, do tamanho de uma casa pequena. De dentro desta esfera, saiu correndo um ser com a mesma roupa que vi no último atendimento daquele senhor. Mas sabia que não era o mesmo homem ou ser ou ET, de roupa branca que eu vi anteriormente. Esse era de um outro escalão, um escalão menor.

Agora o via correndo em um ambiente asséptico. Parecia um salão gigante, com teto arredondado todo branco, parecendo um ovo visto de dentro por um pintinho. O chão parecia um piso de cerâmica branca, como o fundo de um prato, sem emenda, liso e brilhante.

Enquanto ele corria, conseguia ouvir seus pensamentos.

– Nos encontraram! Nos viram! Estão nos vendo!

Comentei com meus colegas, meio incrédula, porque afinal, estávamos falando de seres de dimensões fora do que estávamos mais habituados. Talvez em outro planeta, ou sei lá, intraterrenos, os chamados OSNIS, talvez. Não dizem que existe uma população de seres do espaço habitando nosso planeta? Na profundeza dos mares? Aquela roupa parecia de alguém que precisa de uma proteção, assim como nós vestimos quando mergulhamos no fundo do mar para nos proteger e nos manter vivos.

Logo depois que fiz o comentário, vi uma cabeça redonda branca como um ovo lustrado, de superfície bem lisa igual ao chão de porcelana. Na altura dos olhos e nariz, se fosse um rosto como o nosso, havia uma faixa larga preta. Parecia até de outro material. A tal cabeça que mais parecia um capacete, só que era a roupa também, estava praticamente encostada na minha cabeça, e emitiu um som que nunca havia ouvido antes na minha vida. Uma nota totalmente desconhecida. Aquele som era pra fazer com que me afastasse. Era para me repelir, me amedrontar.

Por incrível que pareça, eu nem me abalei. Nadinha! Acho que porque não estava acreditando muito naquela cena toda de ficção científica.

Sinceramente, estava duvidando daquela cena alienígena, mas como havia aprendido e, já comprovado, deveríamos falar tudo, pois se fosse relevante para o trabalho as coisas acabavam fluindo.

Ficamos questionando como lidaríamos com aquilo, por dois motivos. Como no primeiro atendimento daquele senhor, havíamos recebido a mensagem de que não era da nossa conta, respeitaríamos? E segundo, por ser um tipo de visão bem fora dos padrões e novamente eu estar sendo repelida. Natanael somente nos observava com atenção.

Seu Homero então se pronunciou.

– Já que estamos aqui, vamos ver o que acontece e fazer alguma coisa. Vamos enquadrar essa imagem.

Geralmente quando se enquadrava uma imagem, acontecia alguma coisa. Ou rolava uma incorporação, ou a imagem se desdobrava e ficava superclara. Mas nada aconteceu. Continuava vendo tudo como antes, nada havia mudado.

– Seu Homero, não adiantou nada,– eu disse – parece que a gente não tem acesso.

Queria que aquilo que eu via sumisse de vez, mas nosso dirigente ainda insistiu.

– Vamos fazer alguma coisa.

Nesse exato momento, fui tomada por uma energia que nunca senti. Era como se tivesse sido envolvida por um campo magnético e estivesse aprisionada nele. Seria mais ou menos como se tivesse enfiado o dedo na tomada e continuasse com o dedo lá, mas sem sentir a dormência que sempre dá nesses casos de levar um choque elétrico. Somente sentia a carga energética. Alguma coisa me pegou e eu estava sem nenhum controle.

Não conseguia respirar direito. Era como se meus pulmões estivessem paralisados e espremidos por alguma coisa. Sentia um misto de mal-estar, com a certeza de que aquela energia não queria me fazer mal de verdade, só me assustar. Já tinha sido avisada, inclusive repelida com um som desconhecido. Era uma bisbilhoteira e aquela insistência estava me causando aquilo. Só conseguia respirar em solavancos e meu corpo todo doía agora.

Quando fui tomada pela energia, estava com os olhos completamente abertos, e vi que a Nina também foi tomada pela mesma energia, porque também estava com dificuldade para respirar e queria falar mas não conseguia.

Ela mantinha os olhos fechados e emitia sons de desconforto. Ela estava na mesma situação que eu. De completa impotência.

Antes de começar o trabalho daquela noite, lemos uma parte de um pequeno livro de pensamentos, que contava sobre uma passagem que Jesus dizia sobre a fé mover montanhas.

Nina se lembrou da passagem e pedia com dificuldade:

– Geeeeente, lembra que a fé move montanhas? Tenham fé! Muuuita fé!

Vertia tantas lágrimas pelos olhos que achei que fosse me afogar nelas, pois eu não conseguia me mexer para enxugá-las. Era a forma que meu corpo encontrava de tentar contrabalancear a descarga de energia que estava recebendo. Como numa panela de pressão, minhas lágrimas eram o meu excedente.

Nina ainda falava com dificuldade, sem conseguir respirar direito e se movimentar, assim como eu.

– Ge-Gente! Tenhaaaauum fff... éé, fé!

Simplesmente eu não conseguia falar. Parecia que estava engasgada com uma enorme batata atravessada na minha garganta.

Seu Homero agora parecia desnorteado. Ele fazia os procedimentos padrões, na tentativa em vão de nos ajudar. Nada funcionava. Nós estávamos definitivamente entregues àquilo, que não sabíamos o que era, até que ele disse:

– Chamem um mentor para ajudar!

O mentor era sempre o salvador quando o trabalho ficava mais complicado.

Ainda alguns segundos se passaram e como nada acontecia, eu resolvi tentar algo diferente. Pensei que somente um mentor, aquele que sempre acompanha nossos trabalhos no dia a dia, poderia não ser o suficiente porque até aquele momento nada havia mudado. Como estava lendo um livro, "Portões da prática budista", veio-me a imagem de mestres que estão em outra vibração terrestre e que inspiram os mestres budistas. Então, disse com dificuldade, como quem chama a mãe na hora do aperto geral:

– Eu vou chamar os budistas. – e logo que disse isso, já conseguia ver a imagem de seres muito gloriosos, super hiper mega iluminados, muito acima de nossa crosta terrestre. Eles tinham um brilho bem diferente dos que eu já havia visto antes.

Não sei o que aconteceu, mas parecia que, finalmente, eu havia saído daquela energia. Nina também.

Fomos relaxando os músculos, respirando, ufa! Reestabelecendo o controle, mas parecia que eu não conseguia me desligar totalmente. Meu corpo todo tremia dos pés ao último fio de cabelo. Minhas mãos estavam geladas e meu queixo batia freneticamente.

Meus companheiros de sala estavam aflitos, queriam saber o que havia acontecido, pois embora todos os procedimentos houvessem sido feitos, nada pareceu surtir efeito e nós não conseguíamos descrever o que víamos ou sentíamos durante aquele pane. Aquilo foi totalmente diferente do que conhecíamos ou havíamos experimentado. A Nina, então, nem se fale, ela já era bem mais experiente naquela área.

Eu e a Nina repetíamos ainda em perplexidade que era uma coisa que nunca havíamos sentido. Mesmo sem eu ter muita experiência ainda, poderia dizer sem titubear que era realmente uma coisa única. Aquilo não era desse mundo, não era o comum do nosso dia a dia de cura espiritual-energética. E acho que de nenhuma das salas de atendimento. Era algo inédito.

Nina nos disse ter visto, logo depois que invoquei desesperadamente pelos "budistas", uma entidade enorme, gigantesca, que apareceu muito iluminada, irradiando muita luz e só assim nos liberando daquela coisa toda.

Assim como eu, ela não se recordava de mais nada do que havia se passado enquanto estávamos absorvidas por aquela energia. Era como se o tempo tivesse parado.

Como não parava de tremer e sentia um frio glacial, meus colegas me energizaram usando cores quentes, o vermelho e o laranja. Mas foi com o amarelo que eu havia visto no começo de nosso trabalho que me restabeleci totalmente. Minha tremedeira parou de imediato e minhas mãos enfim se aqueceram.

Ainda me sentindo estafada, falei sussurando pra mim mesma:
– Era pra mim.
Natanael sem entender o que eu disse, me perguntou.
– O que era pra você?
– O amarelo, a cor amarela que inclui na lista das cores que usaríamos durante o trabalho. Era pra mim!

Não saberia dizer se o que mais me causou desconforto foi entrar em contato com aquela realidade do desconhecido ou o que senti em meu corpo, fisicamente. A explosão de energia imensurável, maior do que tudo o que eu havia sentido durante minha vivência na Fraternidade, tanto no lado mais denso dos tratamentos, como no lado mais sutil, de luz.

Lembrei de William Shakespeare, para mim, uma pessoa muito inspirada pela forças ocultas, e me perguntei:
– O que há entre o céu e a terra que nossa vã filosofia não alcança? Será que aquilo era uma das coisas?

Realmente há muito mais coisas do que nossa mente pode imaginar. Como somos ignorantes e não sabemos de quase nada...

O que Nina e eu havíamos passado, definitivamente, não era de uma dimensão terrestre. Nina também não conseguia explicar muito bem em palavras. Seu Homero questionou o porquê daquela criatura ter vindo até nós. Afinal, se veio, então queria que nós interferíssemos. Era praxe: quem vem é quem busca, mas não foi esse o caso e eu tentei explicar:
– Não veio até nós, eu não sei como, mas eu apareci por lá e parece que foram pegos desprevenidos. Pelo menos foi assim que eu vi.
– Mas como foi isso? – questionou nosso dirigente.
– Não sei, seu Homero. Fui, mentalmente, uma parte de mim estava lá de intrometida. Quando vi, já estava lá, aconteceu igualzinho quando eu vejo as vidas passadas, sou espectadora.
– Mas você então deveria ter pedido para um mentor te acompanhar. – disse ele, com convicção.

Como assim? Nossos guias, mentores ou anjos da guarda, não estão sempre com a gente? Por que eu deveria ter que pedir uma coisa que já é?

Nunca ninguém está sozinho. Como saberia também o que aconteceria? Aconteceu e ponto. Talvez alguém com uma mente mais fraca, que se deixasse levar demais pela coisa poderia ficar mais tempo naquela situação, pelo menos não era o meu caso nem o da Nina. A gente nunca se entregava demasiadamente, mesmo que a Nina incorporasse, sempre teve o controle, sempre.

Sylvia deu um bom exemplo sobre se deixar levar demais. Contou-me sobre uma mulher que trabalhou na sala dela, não por muito tempo, porque volta e meia ela "apagava". Ficava em transe mesmo quando o tratamento acabava, o que era péssimo. Por causa disso, os portais que eram abertos para o tratamento continuavam abertos, mesmo depois que o tratamento acabava, trazendo um monte de energias que não eram legais para o ambiente e para os médiuns. Era como, por exemplo, abrir uma porta num dia de chuva torrencial, se não fechar logo a porta, o chão fica todo ensopado e o vento pode derrubar algumas coisas mais frágeis.

Sempre se perdia muito tempo tendo que limpar, equalizar e reestabelecer as forças por causa da mulher que se deixava ficar onde quer que fosse. Conclusão: a equipe da sala da Sylvia conversou com o dirigente e pediu que ela saísse da sala e fizesse o curso novamente.

Falta de controle da mediunidade não é nada construtivo e pode sim ser mais prejudicial do que produtivo. Todo mundo acha que é só rezar um Pai Nosso, ou outra oração qualquer, que tudo se resolve. Não é bem assim. A intenção, a força do pensamento e o caráter são os verdadeiros combustíveis nesse processo.

Seu Homero agora me questionava por que não chamamos um mentor. Como eu poderia prever o que aconteceria? Impossível! Quando vi, já estava lá. Vendo a cena toda. Como poderia saber que tinha que chamar meu guia, ele ou ela não está sempre comigo, afinal? E outra, não dizem que nosso mentor está SEMPRE com a gente nos trabalhos espirituais? Nunca pensei que existisse uma separação ou uma pausa para eles fazerem uma refeição, férias, ir ao dentista. Sempre pensei que fôssemos uma equipe, mas que às vezes eles não interfeririam só para que nós aprendêssemos por nossa conta e tudo não ficasse só nas mãos deles. Assim como os pais fazem com seus filhos, que estão aprendendo a andar. Ajudam a levantar, dar os primeiros passos e largam a mão para que comecem a caminhar sem a dependência do apoio, mas se tropeçarem ou perderem o equilíbrio, pegam pelo braço para que a criança não se espatife no chão.

Afinal, mentor ou guia, está sempre de olho na gente. Se não fosse assim, um monte de bêbados e crianças morreriam todos os dias quebrando a cabeça no chão quando levassem um tombo. Costumava dizer que Deus protege as crianças e os bêbados.

– Se eu soubesse o que aconteceria, nem tinha ido, seu Homero! Deus me livre! O que foi aquilo?

Todos nós acreditamos na separação. Em todos os sentidos. No eu e no ele. No desejo e na repulsa. No lá e no cá. Não existe isso de separação o tempo todo, todos "somos juntos". É como o oceano, apesar de existirem as ondas, umas grandes, outras pequenas, umas marolinhas, a espuma da onda, é tudo oceano. Mas eu, como ser separado, vendo-me como uma onda, acho que não sou o oceano, só acho que sou uma onda menor ou maior que aquela atrás ou na minha frente, sou apenas uma onda. Na verdade, não existe a onda sem o oceano. Tudo é uma coisa só. É assim quando eu, como uma onda que vai em direção à praia, acho que morri só porque cheguei na praia. Eu não deixei de ser o que sou, eu estava enganada, porque sempre fui o oceano.

Nunca me vi acompanhada quando estava em outras dimensões, a não ser em meus sonhos. Nos sonhos de viagem astral, tenho pessoas mais experientes do que eu ao meu lado, sempre. Mas fora isso, quando estou dormindo, nunca vejo alguém ao meu lado, indo de mãos dadas comigo para alguma dimensão. Quando vejo alguém mais experiente, um guia, um mentor, está só me olhando, como que me "guardando".

Às vezes o vejo interferindo em alguma situação, trocando uma ideia, negociando, mas nunca fui literalmente acompanhada como alguns descrevem. Se o "bicho pegava", aí sim, via uma movimentação acontecendo na "sala ao lado". Vinha uma galera pronta para interferir. Sempre em grupo, ou quando a situação é de algum mestre do lado sombra, essa entidade que me guardava vai conversar com um mestre ou mago negro, mas é tudo muito pacífico, nada é forçado, é como se houvesse uma política de boa vizinhança estabelecida. Tudo feito de forma educada, amorosa, calma, sem pressa, sem tempo determinado. E os tais seres do lado sombra nunca ficavam irados e esperneando diante da situação.

Pelo menos era assim que acontecia comigo.

Com a dona Madalena, por exemplo, era sempre uma briga. Era o tal do Sete-Flechas, o que adorava bater no peito quando chegava e ia embora. Ele sempre "dava no coro" no pessoal do lado sombra. Um processo que parecia chacoalhar, irritar. Acho que até machucar. Não gostava que tratassem as entidades dessa forma, mesmo que ela fosse "malvada", como dizíamos. Sempre tive dó de quem não conseguiu encontrar a luz. Pode parecer fácil uma coisa que todo mundo quer e deveria querer, por ser bom, mas o medo, a raiva, o apego, a paixão são só falta de luz. Tem que ter compaixão por esses mais do que com qualquer outro sofredor.

Também nunca gostei de usar uma técnica que se chama inverter o spin, que seria inverter o giro. Se usa isso para desestabilizar a energia e assim conseguir controlar melhor uma entidade zangada. Isso machuca, e machucar é negativo. Preferia dar um banho de luz branca e emanar um jato de amor, não existe nada mais poderoso do que isso. Nessas horas, sempre pensava em Jesus, no exemplo pacifista de amor e compaixão que ele não só pregava, mas fazia. Desejar o amor e a evolução para quem quer que fosse, é uma "arma" poderosíssima.

Nina tentava explicar para nosso dirigente que aquele caso não era para ser tratado como sempre fizemos.

– Enquanto o senhor tentava encaminhar o ser para o hospital, eu tentava lhe dizer, mas não conseguia, que aquilo tudo não era desse mundo. Que não estava adiantando, não era caso de encaminhar para hospital espiritual. Não sei mesmo o que era, é uma energia totalmente diferente da que trabalhamos aqui.

Nina ainda disse que não se lembrava de nada do que aconteceu durante o envolvimento pela energia, mas a sensação que a energia produziu fazia ela não querer nem mais lembrar do caso.

Todos nós fizemos uma harmonização no grupo e nosso dirigente foi buscar a próxima ficha de atendimento.

O atendimento seguinte era também um retorno. Era o caso do padrasto que tinha um sentimento de racismo por sua enteada de seis anos de idade. Isso o estava deprimindo.

Perguntamos como ele estava se sentindo. Disse estar melhor, apesar da pequena depressão que ainda o acompanhava. O relacionamento familiar havia melhorado muito. Nos contou que tinha se oferecido para trabalhar na Fraternidade como voluntário e que estava quase certo dele trabalhar na recepção, uma vez por semana.

Ficamos todos muito felizes com a decisão dele. Além do benefício do tratamento ele poderia, e muito, ajudar a limpar seu carma, como costumava dizer minha Lama. Para purificar atitudes negativas ao longo de muito tempo, somente fazendo o oposto para conseguir equilibrar a equação.

Sempre achei uma enorme vitória quando alguém que se beneficia de algo doado, retribui da mesma forma, sem interesse e egoísmo. Não me contive e comecei a bater palmas para ele assim que ele falou sobre ser voluntário.

– Muito bem! É assim que a gente gosta, que bom pra você!

Anunciamos que começaríamos o tratamento. E pedimos que ele pensasse em Jesus, já que ele era da religião católica.

Conforme a harmonização era feita, Nina já apresentava sinais de que estava entrando em alguma frequência. Eu também começava a ouvir:

– Me perdoa, me perdoa!

Escrevi no bloquinho de papel em minha frente o que estava ouvindo e mostrei para Manuela. Disse achar que não era uma entidade e sim, um "nível" do atendido.

Manuela entregou um bilhete para seu Homero e ele pediu que o senhor saísse e aguardasse um pouco na sala de espera. Enquanto isso, mostrei o papelzinho para Nina e assim que ela o leu, emitiu um som abafado, contido, como um murmúrio e então, falou chorando:

– Me perdoa! Me perdoa! – Era um choro sem lágrimas, Nina conseguia expressar os sentimentos sem se envolver tanto. Eu, se incorporasse, estaria ensopada em lágrimas. – Me perdoa! Eu me arrependo tanto.

Manu disse estar vendo uma cena. Era um homem montado em um cavalo. Disse estar vendo a mesma imagem, mas na minha o homem usava uma túnica branca comprida. Ambas também víamos muita fumaça.

– Me perdoa! – continuava Nina, em soluços.

Seu Homero se colocou atrás dela e começou a conversar com o "nível", explicando que arrependimento era um bom sinal, mas que não precisava ficar mais triste, pois estava sendo ajudado. Explicou que agora ele deveria olhar para frente, para o futuro e esquecer do passado. Se libertar dele para poder olhar a vida com novos olhos. Procurar um relacionamento de amor e de igualdade com seus semelhantes e que aquilo ficaria para trás.

Enquanto se dava toda aquela conversa, senti uma aproximação pelo meu lado esquerdo. Entre eu e a Manuela. Podia ver nitidamente. Um homem alto, magro, negro, com a cabeça raspada e com o corpo todo queimado. Tinha a energia muito pesada, densa. Comentei com a Manu e ela me perguntou quem era. Assim que ela fez a pergunta, imediatamente soube: era uma das vítimas do atendido.

– Ele é uma das vítimas dele e está dizendo "Eu odeio todo mundo! Odeio!". Parece que ele foi queimado e ainda jogaram os cavalos em cima dele. Ele tem muita raiva, tá muito perturbado.

Manu pediu que esperasse um pouco e não me desligasse daquela entidade que também sofria. Armandinho fazia muita falta nessas horas, como ele era assistente de dirigente, podia conduzir todos os procedimentos enquanto o dirigente estivesse ocupado. Se eu tivesse mais experiência poderia fazer eu mesma, tudo mentalmente já que não estava incorporada. Mas eu não ia me meter a fazer uma coisa assim, sozinha, por enquanto, só se não estivesse mais aguentando sustentar a energia da entidade. Ele não era tão mal assim.

Imaginei uma pirâmide envolvendo a entidade, mais para protegê-la do que aprisioná-la, projetei uma luz azul calmante e pedi que ela se acalmasse, pois receberia socorro o quanto antes.

Enquanto isso, o nível que estava sintonizado pela Nina foi se acalmando. Dizia querer muito melhorar e não sentir mais aquela sensação. Sabia que tinha errado muito. Dissemos que o ajudaríamos o encaminhando para um local de aconselhamento, num hospital espiritual. Mas o ideal era a vontade dele querer mudar. Ele disse que queria muito e foi conduzido ao local.

Geralmente quando se trabalhava com níveis, algumas pessoas que aguardavam na sala de espera sentiam uma enorme vontade de chorar, um alívio absurdo como se um peso fosse retirado da cabeça. Cada um descrevia de um jeito. Nós nunca dizíamos que trabalhávamos com a própria pessoa, era difícil explicar que não entramos na mente deles, e sim, que eles permitiram serem acessados porque estavam querendo ser ajudados. Dizíamos simplesmente que o que tinha que ser feito foi feito e que tudo iria melhorar. O sucesso nos casos de se trabalhar com os níveis de consciência eram de quase 100%, quando o "nível" aceitava mudar de atitude, perdoar a si próprio ou uma outra pessoa.

Nina abriu os olhos assim que o nível foi encaminhado.

Seu Homero veio em minha direção e se posicionou atrás de mim.

– Ele quer falar?

– Ele diz sentir muito ódio de todos. Ele está queimado e foi pisoteado por cavalos. Está muito irado e a energia dele está muito pesada por conta dessa raiva.

– Está muito bem. – falou seu Homero, respirando fundo e com convicção, – Vamos harmonizá-lo e reconstituí-lo primeiramente. Vá me falando se ele está melhorando.

Conforme o procedimento era feito, via e sentia a entidade se recompor. A energia ficava mais leve e seu corpo ia se curando.

– Como ele está? – perguntou seu Homero.

– Muito melhor. Muito mesmo. – respondi, sentindo alívio pela entidade.

– Então já que ele está melhor, agora podemos encaminhá-lo para o hospital. Ele quer dizer alguma coisa?

– Somente agradece. – disse eu.

– Então muito bem, vamos encaminhá-lo.

Quando esse encaminhamento se deu, somente vi a entidade, um homem, deitando-se em uma cama invisível, como se fosse num daqueles shows de mágica no truque de levitação. Assim que ele deitou, a cena toda desapareceu.

– Ele já foi? – Perguntou seu Homero.
– Foi.

O atendido que aguardava na sala de espera foi trazido de volta à sala para encerrarmos o tratamento. Enquanto ele nos agradecia, antes de levantar da cadeira, Nina começou a falar. Percebemos que não era ela dando um conselho para ele, ela estava de olhos fechados. Estava incorporada.

– *Meu filho.* – Era uma entidade velha conhecida nossa. Toda vez que ele aparecia na sala para dar alguma mensagem, sempre começava com essa frase. –*Todo dia é um dia feliz. Mesmo quando está chovendo lá fora, a flor fica feliz porque precisava da água. O Pai cuida e olha por todo mundo. Desde o menor serzinho vivendo embaixo da terra aos mais evoluídos. Ninguém está sozinho e tem muita gente torcendo por você, mesmo que você não veja. Tenha coragem. Seja feliz. Abrace essa felicidade e seja feliz todos os dias.*

Quarta-feira, dia em que Daniel e eu combinamos de nos ver. Estava visivelmente ansiosa. Não conseguia me concentrar, só pensava nele. Felizmente minhas amigas me ajudaram a aplacar minha ansiedade com um telefonema atrás do outro. Maya me ligou umas vinte vezes, e só perguntava:
— E aí?
E eu respondia:
— Estamos aí, né?
— Então tá. Só liguei mais uma vez pra saber se seu coração ainda continua batendo descompensado. Não vai ter um treco, hein?
— Obrigada... Me liga depois?
— Claro!
Parecia uma adolescente. Era bom me sentir assim com quase trinta anos. O ruim era que não queria que ele percebesse como eu estava ansiosa e, se continuasse assim, até a hora de nosso encontro, ele acabaria percebendo.
Carina me perguntava coisas mais depravadas.
— Você já sabe com que lingerie vai?
— Nem pensei nisso.
— Pois devia. Vai que rola alguma coisa.
— Carina, eu não vou transar com ele, vou só sair com ele, mais uma vez.

– Eu sei, mas vai que rola.

– Por que rolaria justo hoje, se nunca rolou nada antes?

– Porque agora você já sabe, seu corpinho já sabe e ele vai acabar se insinuando pro Daniel, mesmo que você não queira fazer isso. É uma questão de feromônios. Querendo ou não somos como os bichos.

– Que história é essa?

– Você nunca viu aquelas reportagens que falam dos sinais corporais dos pares que querem se acasalar? A mulher não para de mexer no cabelo, olha de ladinho parecendo cachorrinho pedindo comida. O homem estufa o peito como se fosse um pavão exibindo a cauda. É instinto, minha filha! Coisa dos tempos pré-históricos.

– Sei. E no meu caso você acha que vou mostrar os meus peitos e por isso preciso ter que pensar na lingerie que vou usar hoje à noite?

E comecei a rir só de pensar na cena ridícula.

– É, minha filha. Vai achando graça. É isso mesmo! Quando você menos perceber vai estar com os peitos nas mãos dele. Se Deus quiser!

E começamos a rir sem conseguir parar.

– Para Carina! Que exagero! Não usa o nome de Deus em vão, hein? É pecado. Por acaso você esqueceu que é católica?

– Ah, tá! Agora eu voltei a ser aquela carola chata, só pra você não ouvir uma verdade. Deus queira que sim, que você transe logo com ele! Onde já se viu? Tão jovem, tão bonita e pra quê? Pra não usar, ficar criando teia de aranha? Tomara sim, SIM!

– Tá bom. Vou pensar em alguma... – ela me interrompeu antes que eu terminasse o que queria dizer.

– Pensar não! Vai comprar uma lingerie nova pra dar sorte!

– Não vou comprar nada! Tô com preguiça de ficar batendo perna em shopping e nem é ano-novo.

– Depois não diz que eu não avisei, se rolar...

– Chega! – disse parecendo séria – Tchau que eu tenho que trabalhar.

– Tchau. Depois te ligo.

– Tá... Beijo.

O dia foi passando e minha ansiedade aumentando, até que finalmente meu celular tocou e o nome de Daniel apareceu no visor. Esperei tocar umas quatro vezes para não parecer que estava ansiosa esperando a ligação dele para combinarmos onde nos encontraríamos.

— Oi, Dan! — atendi como sempre, embora minhas pernas estivessem um pouco trêmulas.

— Oi, Amanda, como estão as coisas?

— Tudo indo...

— Linda, preciso te falar uma coisa, a gente não vai poder se encontrar hoje. — meu coração quase saiu pela boca quando ouvi aquilo.

— Por quê? Aconteceu alguma coisa? — disse tentando não parecer chocada enquanto dava murros no ar.

— Desculpa, mas eu também tinha esquecido de te ligar ontem. Total falha minha. Acho que tô de cabeça cheia. Minha irmã casa na quinta-feira, e hoje vai haver um jantar para as duas famílias, tipo jantar de ensaio, coisa de americano, o noivo da minha irmã é americano. É um evento para se combinar onde cada um vai se posicionar no altar, onde cada um senta. Essas coisas são meio tradição nos Estados Unidos. Esqueci completamente. Claro que não esqueci do nosso encontro, esqueci do tal jantar de ensaio. Só lembrei porque minha irmã acabou de me ligar pedindo que eu buscasse os familiares do noivo no hotel.

— Sei como é... — disse visivelmente desapontada. — Americano tem milhões de coisinhas de casamento, jantares, ensaios, discursos.

— Pois é, total lapso meu, esqueci totalmente.

— Não faz mal. Acontece. — agora eu já estava sentada na minha mesa totalmente decepcionada.

— Amandita, eu quero te pedir uma coisa então. Você quer me acompanhar no casamento da minha irmã? Sei que casamento é chato, tem muita gente que não gosta, até pensei em te convidar mas achei...

— Claro! — respondi quase dando um salto da cadeira e imediatamente me arrependendo de aceitar tão rápido sem perguntar nada ou me fazer de difícil.

— Você me acompanha, então? Não vai ficar entediada?

— Eu adoro festas de casamento. — Eu não estava mentindo, sempre gostei de festas de casamento.

— Só tem uma coisa, sei que mulheres são complicadas nessas coisas de última hora.

– Fala. O que foi?

– É que o traje do casamento é black-tie, será que você consegue um vestido de última hora? Senão posso dar um jeito.

– Daniel, não se preocupe com isso. Me arranjo. – mal sabia ele que eu tinha váááááários vestidos de festa. Meus pais tinham praticamente dois casamentos por mês, com o convite sempre à família e, como todo mundo se conhecia, minha mãe fazia questão que eu sempre usasse um vestido novo nos casamentos que ela me obrigava a comparecer.

– Jura? Posso resolver isso superfácil.

– Tipo me mandar um vestido em casa?

– Mais ou menos. Posso pedir que uma amiga leve uns vestidos pra você escolher. – Quando ele pronunciou que "poderia mandar uma amiga", fiquei vermelha de ciúmes na hora.

– Ah, sei... Uma amiga... – e dei uma risadinha sarcástica.

– É sério, Amanda. Ela é minha prima e trabalha em uma loja bem bacana.

– Deixa pra lá, Daniel. Já disse que me viro.

– Então, tá. Te pego em casa às oito. O casamento começa oito e meia, me dá seu endereço.

Passei o endereço e nos despedimos.

Nunca me dei conta que o Daniel não sabia onde eu morava. Nós sempre saíamos depois do curso de sábado e quando acabou o curso, sempre nos encontrávamos direto em algum lugar. Ele só sabia que eu morava no bairro dos Jardins.

Precisei ligar para alguém, contar o que havia acontecido. Liguei para Sylvia.

Antes mesmo de ela dizer alô, eu já estava desembuchando:

– O Daniel desmarcou! – eu parecia um pouco histérica.

– Como assim desmarcou? Ele esqueceu que tinha outro compromisso? Amiga, péssimo sinal. Desmarcar, inventando uma desculpa esfarrapada...

– Na verdade, não foi bem assim.

E contei toda a história.

– Aaaah bom! Menos mal.

– Pois é. E agora a coisa do casamento... Tô mais ansiosa do que eu já estava.

– Amanda, você tem noção que vai conhecer a família dele e nem namorados vocês são?

– Então. Que coisa, né? Fiquei surpresa quando ele me convidou.

– Eu tô achando ótimo! Você ainda nem beijou o cara e já vai ser apresentada pra toda família. Você sabe que clima de casamento sempre rola alguma coisa mais romântica.

– Adoro festas de casamento, você sabe, né? Todo mundo presenciando um casal fazer os votos, aquele clima de romance, uma festa de comemoração, todo mundo feliz...

– É, todo mundo bêbado além da conta, soltinho pra beijar.

– Ah, vai Sylvia, não começa.

– Não começa o quê? Não é verdade? Quantas pessoas você não sabe que ficaram em casamento? Você mesma já ficou.

– É, mas isso já faz tempo e não vale a pena mencionar meu equívoco.

Uma vez eu beijei um cara que até era gatinho, amigo da Carina e do marido dela. Um cara meio moderninho, tinha um estúdio de tatuagem e piercing. Ele era superfofo, mas nada a ver comigo. Ele tinha um sorriso lindo, um *gentleman*, ficou me paparicando a noite toda. Tinha bebido além da conta e quando percebi, já estava aos beijos com ele na mesa de jantar mesmo. Nem num cantinho escondido. Tudo descarado. O marido da Carina até tomou um susto quando me viu aos beijos com o rapaz.

Sei que no dia seguinte a Carina me liga logo cedo e perguntou:

– E aí? O que você achou de beijar alguém com piercing na língua?

– Como assim? Que piercing?

Estava tão bêbada que nem senti o tal do piercing.

Esse episódio foi um que minhas amigas sempre me farão lembrar, mesmo que eu queira esquecer.

Sylvia bem sabia como me animava em festas de casamento.

– Então? Vai dizer que o clima não contribui? Pelo menos pra você...

E deu uma risadinha maliciosa.

— Tomara que ele goste dessas festinhas tanto quanto eu. Preciso desencantar, o meu ex deve ter jogado uma praga em mim.

— Então? Acho que saiu melhor que a encomenda esse primeiro encontro depois que só você sabe que tá a fim dele.

Sorri com os lábios pensando no que ela acabara de dizer. Eu, todas as minhas amigas, minha mãe e até meu irmão sabiam que eu estava apaixonadinha pelo Daniel.

— É... Pode ser...Vamos ver se estão mesmo conspirando a meu favor nesse casamento. Espero que sim.

— Mas e aí? E o modelito?

— É black-tie.

— Nossa amiga! Que chiqueria!

— Ele disse que se eu precisasse me ajudava com o vestido.

— Tipo o quê? Entrar no seu closet e ajudar a escolher dentre os trocentos vestidos incríveis que você tem? — e rimos durante um bom tempo imaginando o Daniel escarafunchando no meu armário.

— Acho que vou com um preto básico. Um do Valentino que te mostrei uma vez, o vestido mais bonito que já usei.

— Maaaaraavilhoooooooooooso! Nossa! Você vai estar mais bonita que a noiva. Aquele vestido é "tomba quarteirão", é tão deslumbrante, sexy-chique, elegantérrimo, moderno. É o vestido!

Sylvia estava falando com aquele tom de voz estridente de quando se alterava. Estava quase gritando.

— Quero estar linda, amiga. Quero que ele não veja mais ninguém naquele casamento, só tenha olhos pra mim. Egocentrismo total!

— É isso aí! Além do recheio do vestido, que você faz bonito, ele sozinho já é um escândalo.

— Valeu. Me senti um sanduíche rechonchudo.

— Você entendeu o que eu quis dizer.

— Tô enchendo você. E agora? Vou ter que comprar uma lingerie nova. A Carina não para de me perturbar com esse assunto de lingerie. Acho que vou até investir numa combinaçãozinha mais sexy.

— É isso aí amiga, arrase tá? Quero ver esse homem de joelhos te implorando um beijo. Nem que ele não veja sua calcinha, mas só de você estar com uma lingerie linda e sexy, você já vai se achar mais poderosa.

– Tá bom, deixa eu desligar agora, depois a gente se fala.

– Tá... Beijo.

No final, até que gostei de levar um bolo do Daniel. Adorava festas de casamento, todo mundo comemorando, dançando embalados por champanhe. O clima não podia ser melhor. Não via a hora de chegar o grande acontecimento.

Até que não estava tão ansiosa quanto estava no dia em que o Daniel me ligou cancelando nosso encontro. Engraçado, parecia que tudo o que tinha para ficar ansiosa havia se esgotado. Trabalhei concentrada nos meus projetos, saí para almoçar demoradamente com a Lorena em um restaurante delicioso. Aproveitei para comprar uma lingerie nova em uma loja incrível perto de onde havíamos almoçado. Queria estar impecável essa noite.

Já havia avisado a minha chefe que eu sairia um pouco antes do horário habitual. Por sorte consegui um horário para me produzir em um salão badalado do amigo da Lorena, mega-top-biba-borboleta-saltitante maquiador e cabelereiro.

– Claro que dá pra te atender, *cherie*! – disse o amigo da Lorena, com uma voz bem afeminada e afetada – Vou deixar você mais deslumbrante que a noiva! Você vai arrasar taaaaanto, que todo mundo vai morrer de inveja de você, *cherie*.

O salão era bem diferente dos salões que eu já havia frequentado. Ficava num casarão da década de setenta e sofrera apenas uma pequena intervenção para acomodar o lavatório de cabelo e abrir a parte da cozinha, transformando-a num bar, revestido das paredes ao teto de espelhos pretos, com uma prateleira repleta de copos de cristal e vasos de muranos venesianos coloridos entre os copos.

O lugar tinha um clima de casa. Enquanto se esperava para ir do lugar onde se lavava o cabelo para a cadeira de maquiagem, uma copeira me servia uma taça de champanhe ou um suco de tangerina fresco, se eu preferisse, alojados em uma bandeja de prata e copos de cristal. A sala de espera parecia uma sala de estar de uma casa moderna e elegante. Sofás de couro preto de linhas retas, uma mesa de centro linda do Joaquim Tenreiro e mais vasos de murano servindo de suporte para as enormes rosas colombianas vermelhas. Muitas revistas de moda importadas e livros de fotografia ficavam à disposição para serem folheados enquanto se esperava. Em uma das paredes, várias fotos de gente famosa dividiam o espaço com capas de revistas emolduradas como diploma de faculdade ou MBA. O lugar era superbacana. Não era nada lotado, um local bem exclusivo mesmo e os assistentes do top-maquiador amigo da Lorena pareciam dançarinos *go-go-boys*. Todos sarados e bem vestidos em seus jeans de marca e camisetas apertadas.

Demorou um pouco, mas valeu a pena. Ele tingiu umas mechas de meus cabelos, realçando o loiro com luzes um tom mais claro que a cor que já tinha na parte da frente. Deu uma leve repicada na franja e tirou um pouco do cumprimento, deixando logo abaixo dos ombros, e por fim só alisou meus cabelos. Fez uma maquiagem deslumbrante. Usou bastante preto esfumaçado nas pálpebras e abaixo dos olhos, marcou minha sobrancelha com um lápis marrom e colocou cílios postiços somente no canto superior. Nas maçãs do meu rosto usou um blush em tom mais terroso. Nos lábios, passou batom "cor de boca", que segundo ele, era para deixar toda a atenção voltada para os meus olhos azuis.

Enquanto me maquiava, ficava dizendo.

– Que escândalo esse seus olhos, vamos deixar eles mais azuis com essa maquiagem, *cherie*.

Cheguei em casa uma hora antes de Daniel passar para me pegar. Deixei minha lingerie nova com a empregada para que ela fosse lavada rapidamente e colocada na secadora de roupa para dar tempo de secar até eu estar pronta. Tomei um banho de banheira não muito demorado para não correr o risco de pingar alguma gota de água no meu rosto e no meu cabelo. Retoquei a maquiagem, e passei um óleo corporal nas minhas pernas, já que elas iriam aparecer bastante na fenda nada recatada do meu vestido que só parava no alto das minhas coxas. A parte de cima era de um ombro só e sem nada de decote.

Para acompanhar meu modelito negro, coloquei uma joia bem discreta, um par de brincos de diamantes, um delicado fio de várias pedrinhas que desciam até a metade do meu pescoço. Minha empregada me entregou a lingerie enquanto tentava disfarçar um sorrisinho pela porta entreaberta do meu quarto. Vesti minha lingerie nova, meu deslumbrante Valentino, calcei minhas sandálias prateadas altíssimas e arrematei tudo com um clássico Chanel Número Cinco, o perfume imortalizado pela Marilyn Monroe.

Agora precisava de uma bolsa, uma carteira. Me enfiei dentro do closet para procurar minha bolsa de mão preferida, que eu não tinha ideia onde estava. Depois de quase me descabelar toda enfiada dentro dos armários, acabei achando minha carteira preta superdescolada que comprei em um brechó de Paris há anos.

Meu celular tocou, era Daniel:

– Oi, Amandita! Sei que mulheres não são pontuais, mas estou ligando pra dizer que estou chegando mesmo assim e não estou encontrando o número de sua casa.

– Ah, normal, cresceu o cipreste na frente do portão e acho que ainda não podaram, é uma casa de muro marrom com os portões pretos.

– Hum, deixa eu ver... Muro marrom... Achei! Nossa Amanda, você nunca me disse que era da família Onassis brasileira!

Comecei a rir.

– Tinha medo que, se te contasse, você não quisesse mais ser meu amigo.

E rimos os dois enquanto eu descia as escadas e me despedia avisando que estava saindo.

Quando abri o portão, Daniel estava mais lindo do que nunca, encostado no Land Rover preto. Mexia no celular e vestia um smoking bem cortado, que com certeza não era alugado. Os cabelos estavam puxados para trás, brilhando pelo gel ainda molhado.

Assim que me viu pude ver que ele ficou visivelmente surpreso.

– Amanda, como você está linda!

— Obrigada. – e queria ter continuado, dizendo que foi tudo feito pra ele, para que ele pudesse prestar atenção em mim, que eu era uma mulher, não somente uma amiga, uma confidente que ele podia contar tudo, mas também uma mulher que estava apaixonada.

— Na verdade você já é bonita, mas agora só está diferente, bonita diferente. Você está deslumbrante, todos os homens vão olhar pra você e as mulheres também, claro.

— Para com isso Daniel, que exagero. – disse, em falsa modéstia sabendo o trabalho que tinha dado para ficar toda bonita para ele.

— Exagero? Você vai ver. – disse, enquanto abria a porta do carro para que eu pudesse me acomodar no banco do carona.

— Você também tá um gato.

— Obrigado, mas nem se compara a você.

Agora que eu estava sentada ao lado dele, comecei a sentir o seu perfume. Estava sentindo até o calor que emanava do corpo dele. Meu rosto agora parecia mais quente do que o normal. Comecei a torcer para que ele não percebesse. Bem que a Sylvia ficou falando "o seu corpo vai querer, antes que você se dê conta vai estar com os peitos nas mãos dele".

A igreja onde aconteceria a cerimônia religiosa era uma daquelas badaladas, que para marcar uma data precisava de dois anos de antecedência. A decoração estava linda! Toda de copos de leite brancos e algumas velas pequenas espalhadas pela igreja e pelo caminho até o altar. Tudo clean e de muito bom gosto. Nada daquelas coisas rebuscadas, entuchadas de tanta flor, mais parecendo velório do que casamento, que a maioria gostava de fazer. Dizer que gastou uma fortuna na decoração da igreja, para mim, não tinha nada de chique. Pelo menos nisso parecia que era de família, o Daniel tinha bem esse perfil *low profile*, de que não precisava se mostrar e ostentar nada embora fosse muito bem-sucedido.

Ele me acomodou na primeira fileira, ao lado de seu sócio e sua esposa, que eu só conhecia pelas histórias que Daniel contava. Conversamos um pouco e não muito tempo depois, a noiva chegou, vestindo um tomara-que-caia longo e sequinho no tom marfim, uma flor branca pequena presa na lateral dos cabelos soltos e um buquê de hortênsias lilás. Ela se atrasou somente dez minutos. Detestava casamento em que a noiva atrasava meia hora. Aquele banco de igreja duro, o traseiro já achatado sem conseguir mais dar nenhuma viradinha de um lado para o outro, mais o tempo da cerimônia, que dependia do padre estar com dó dos convidados e não fazê-los passar por mais tortura. Com sorte aquele seria rápido.

A cerimônia foi fofa. Emocionei-me com os noivos fazendo declaração de amor engraçadinha. O padre era superbacana, jovem, animado. Foi bem legal.

A festa seria em um buffet badalado e com certeza teria mais convidados que a igreja. Daniel me falou que a irmã contratou uma banda que tocava música dos anos oitenta, e que eles eram superbadalados em festas de casamento. Provavelmente eu saberia quem eram, de tantos casamentos bacanudos que já fui na minha curta vida.

O local estava lindo como a igreja. Decoração toda em tons de violeta e azul claro. Nunca havia estado em casamento que a decoração não fosse branco, bege, rosa bebê, ou para os mais metidos: off white. Os móveis eram uma mistura de moderno com móveis antigos, e a iluminação estava toda no tom âmbar. Estava tudo muito bonito e acolhedor.

Daniel me pediu que o acompanhasse até o jardim, onde a família toda faria uma foto. Ele aproveitou para me apresentar a todos, e quando a noiva me conheceu, foi muito sincera:

– Uau! Até que enfim conheço uma namorada de meu irmão!

– Somos só amigos. – me apressei em corrigi-la.

– Ah, mas linda desse jeito, ele só pode ser viado!

E todos rimos enquanto Daniel continuava:

– É maninha, é que eu a trouxe nessa festa com a condição de que ela me emprestasse esse vestido depois, – e pegou minha mão levantando até o alto de minha cabeça, enquanto me rodopiava me fazendo dar uma volta de 360 graus.

– Só que não vai ficar tão bem em você. – disse a mãe dele, enquanto pegava uma taça de champanhe da bandeja de um dos garçons.

Ela era bem chique. Cabelos presos em um coque muito bem feito, um vestido longo cinza escuro com um pouco de pedraria somente no decote canoa, brincos pequenos no tom esverdeado. O marido estava a tiracolo, trajando um fraque, assim como Daniel. Ele havia chorado mais que todo mundo durante a cerimônia. Era bem quieto, de poucas palavras, mas muito simpático.

Depois das fotos para o álbum, fomos nos sentar em uma das mesas reservadas para a família. Da parte do noivo, estavam somente os pais e os dois irmãos, ainda solteiros. Por parte da noiva não havia muitos familiares. Como ela morava nos Estados Unidos há muito tempo, não fez questão de convidar todos, somente os que ela mantinha contato, mas os amigos eram muitos e muita gente veio do exterior especialmente para o casamento.

Nossas taças de champanhe não paravam vazias, os garçons as enchiam assim que elas baixavam um pouco. Daniel estava ficando mais altinho e começava colocar a mão no encosto da minha cadeira, como se quisesse mostrar que era meu dono. Estava adorando me passar pela namorada dele, embora fosse uma fraude, pois nem um beijo havíamos trocado.

Começou a tocar uma música, que eu considerava a top dos casamentos chiques, Barry White, "Can't Get Enough Of Your Love Baby". Enquanto rolava a introdução da música, eu já meio altinha resolvi me empolgar mais do que devia, e disse:

– Nossa, adoro essa música! Vamos dançar?

Não acreditei na minha ousadia e falta de semancol. Tinha acabado de tirar o Daniel pra dançar. Por que não ficava de boca fechada pelo menos de vez em quando e me fazia de princesa?

Ele deu um sorriso e levantou-se imediatamente enquanto falava:

– Não posso negar um pedido de uma mulher tão linda, certo? – E saiu da mesa me conduzindo pela cintura enquanto eu dava umas reboladinhas empolgadas, me dirigindo até a pistinha a alguns passos de nossa mesa.

Ele até que dançava bem e não pude evitar de pensar naquela coisa que dizem sobre homens que dançam bem. "Se dança bem, é bom de cama". Fiquei vermelha só de pensar naquilo e meu rosto ferveu por causa de meu pensamento obsceno e também por causa do champanhe. Rodopiamos animados na pista. Enquanto Daniel tentava me trazer para mais perto dele, dava um jeito de deixar meu rosto a poucos centímetros de distância do dele. A música acabou e outra tão boa quanto aquela continuou tocando. Era uma mistura de tango com eletrônico, "Gothan Project". Sentia-me a própria dançarina de tango, crente que sabia o que estava fazendo, até dar um pisão no pé dele.

– Desculpa! Tô me achando!

– Melhor você pisar no meu pé do que eu no seu, com essa sua sandalinha delicada. Pode ser caso de hospital e tudo. – e deu uma risadinha charmosa, enquanto me trazia pra mais perto.

Continuamos nossa dança, agora sem minha empolgação inicial do ritmo argentino. Senti que o clima da música o havia contagiado, pois ele me mantinha colada ao corpo dele, e nossos rostos estavam bem pertos. Queria muito que ele me beijasse, como queria.

Depois de nossa expremessão de corpos na pequena pista de dança, ele me afastou, olhou pra mim, me trouxe de volta colando o corpo dele no meu, como aquele típico passo de tango de empurra puxa, jogou meu corpo para trás, enquanto me segurava firme pela cintura e deu um beijo no meu pescoço. Quase tive um treco! Logo depois, quando voltamos a nossa posição inicial, ele sussurrou no meu ouvido, com uma voz meio rouca:

– Não é assim que se faz?

Estava sem ar, tentando não demonstrar minha respiração ofegante, enquanto respondia:

– Acho que sim, nunca dancei tango, mas acho que sim.

Continuamos dançando até o final daquela música e, antes que eu perdesse o controle e ele percebesse minha mente gritando desesperada por um beijo, disse que precisava ir ao banheiro.

Deixei-o praticamente plantado no meio do salão. Passei pela nossa mesa, peguei minha carteira e fui em direção ao toalete. Fiquei uns cinco minutos sentada na poltrona dentro da antessala do banheiro, esfriando minha cabeça e me sentindo uma verdadeira idiota por ter saído praticamente correndo do Daniel. Afinal, não era isso o que eu queria? Como eu podia ser tão estúpida!

Me recompus e tive muita vontade de pedir pra camareira, que sorria pra mim, dar uns tapas na minha cara pra ver se eu criava algum juízo. Como eu poderia querer que algo acontecesse entre eu e o Daniel, se eu me apavorava daquele jeito? Voltei para a mesa e Daniel sorriu pra mim enquanto se levantava e puxava minha cadeira.

O jantar estava sendo servido. Os garçons percorriam as mesas deixando nossos pratos, enquanto outros continuavam a encher nossas taças. A comida estava maravilhosa. Uma salada de folhas verdes com pera e gorgonzola, um risoto de aspargos com filé mignon envolto em pimentas trituradas com um molho delicioso que não soube identificar e uma sobremesa daquelas francesas, toda esculpida pra cima numa canoa de chocolate, mas que eu só dei uma garfada porque não gosto muito de doces com bebida.

Depois do jantar, a música começou a ficar mais animada, não dava mais para dançar grudado. O pai do Daniel estava todo empolgado na pista de dança enquanto sua mãe fazia um passinho mais comedido sem tirar os pés do chão, balançando somente os quadris. Os noivos ainda passavam nas mesas dos convidados tentando dar a devida atenção a todos. Quando a irmã de Daniel passou na nossa mesa, cochichou algo nos ouvidos dele e ele olhou em direção aos pais com ar de preocupação.

Daniel mantinha o braço no encosto de minha cadeira o tempo todo e em alguns momentos, mexia nos meus cabelos, como nunca havia feito antes. Estava divertido. Em nossa mesa não havia parentes, mas os melhores amigos da noiva e alguns eram bem amigos de Daniel. Depois de uns minutos que a noiva passou pela nossa mesa, ela voltou e cochichou novamente no ouvido de Daniel. Ele se virou para mim e cochichou no meu ouvido:

— Amanda, mil desculpas, mas vou ter que levar meus pais pra casa. Meu pai está um pouco alto demais da conta. Vou ter que dirigir o carro dele, você se importaria de ficar com meu carro? Você pode ficar o quanto quiser na festa. – e eu disse o interrompendo:

— Daniel, fica tranquilo.

— Desculpe, eu pego meu carro amanhã na sua casa, ou alguém pega pra mim. Fica mais um pouco, se diverte.

— Imagina, pode ficar tranquilo, eu já tô cansada também.

Saímos juntos, enquanto ele conduzia o pai discretamente pelo braço até a porta. Acomodou o velho bêbado no banco da frente, colocou o cinto de segurança nele, e me deu um abraço muito apertado enquanto colocava meu cabelo atrás da orelha e me dava um beijo na bochecha.

– Amanhã te ligo, obrigado por ficar com meu carro, e desculpe.

Nem preciso dizer que foi de longe uma decepção pra mim. Tanto o imprevisto, como meu comportamento na pista de dança. Fui uma vergonha de mulher, decepcionante, imatura, besta. Onde estava aquela mulher fatal que tinha se arrumado toda para seduzir? Eu era um blefe! Minhas amigas com certeza iriam me esbofetear enquanto gritavam:

– Incompetente! Não sabe fazer nada sozinha!

Fui pra casa naquele carro, sentindo o perfume dele dentro daquela caixa com rodas que o levava pra cima e pra baixo, só para me deixar na vontade. Ou será que ele estava me torturando e pediu pra família fazer aquela encenação toda? – Claro que não! – pensei caindo na real. Foi azar e pronto! Só isso!

Cheguei em casa mais irritada do que desapontada. Tirei minhas sandálias que estavam me matando e fui direto até o bar do meu pai. Procurei uma garrafa de Red Label, mas não havia nenhuma. Peguei um Black Label mesmo, já que não tinha nada mais baratinho para eu encher a cara na esperança de anestesiar minha decepção. Tomei a primeira dose numa golada só. Quase engasguei e resolvi pegar uns gelinhos na cozinha. Aquela coisa era muito forte pra engolir a seco. Enchi o copo de gelo e derramei bem devagar, aquele malte nobre e bem caro que meu pai servia para os seus amigos metidos.

Não tenho ideia de quantos tomei, só sei que em determinada hora resolvi ligar no celular da Sylvia. Já era madrugada, mas eu precisava falar com alguém.

– Aconteceu alguma coisa? – atendeu Sylvia meio assustada depois do telefone tocar três vezes.

– Acontezzceu amiga. Um desastre. – disse sem medir as consequências de uma resposta dessas na madrugada.

– Você tá bem? Onde você tá?

– Tzzô bem. Tzô viva apesar de estar me sentindo um coco de urubu.

– Xiiiiii! Tô entendendo... Você tá em casa e bêbada! Conta, o que aconteceu?

– Putzzz, nem xsei por onde comezzar.

— Do começo...? Você foi no casamento, ou não? – perguntou Sylvia preocupada com o fato de isso poder ter acontecido devido ao meu estado alcoólico.

— Fui! Fui! Mazz deu tudo errado... eu voltei pra casa no carro dele.

— Você tá com o carro dele por quê? – perguntava Sylvia como se estivesse conversando com uma criança pequena.

— Entzão... O pai dele ficou bêbado e ele teve que dirixchiir o carro do pai pra levar o velho, que nem conseguia andar, embora. Ele deixou o carro comigo pra eu ir embora, soczinha.

— Mas bêbada desse jeito? Esse cara é louco?

— Nãããum, eu não tava assim, é que tô tomando o whixxsky do meu pai.

— Sei... E que mais? Vocês se beijaram?

— Nãããummm. Eu saí correndo pro banheiro quando o clima esquentou. Eu sou uma burra! Sou ridícula!

— Ô meu pai... – disse Sylvia, agora sentindo pena de mim – Amanda, acontece né? Tanto tempo saindo com o cara como amigo, quando o clima esquenta a coisa fica confusa, é normal. Mas uma hora a coisa vai.

— Ele deu um beijo no meu peszzcozo. Isso conta?

Sylvia agora ria.

— Ah conta! Pescoço é zona erógena.

— Mas não vale, eu tô em casa sozinha, sem ele e com o seu carro. Tem coisa erradza.

— Tem amiga, tem... Tem que você tá doidona. Vai dormir. Amanhã é outro dia.

— Maixxx Sylviaaum, eu tô um ezzzcândalo. Num acredito.

Eu não conseguia mais falar, minha língua parecia morta dentro da boca. Resolvi desligar porque percebi depois de um tempo que a Sylvia não falava mais, só eu. Lógico ela não devia estar mais entendendo nada do que eu tentava dizer.

— Tão tzá... Eu vou dormir. Beijxxo

— Beijo. Amanhã te ligo.

Cheguei até a cama não sei como na noite anterior, só sei que quando acordei estava de vestido, brinco, maquiagem toda borrada. Um estrupício. Meu despertador tocou, mas meu corpo estava lento. Só me senti melhor depois de comer um pouco. Ainda bem que não tinha mais ninguém em casa quando desci para tomar café da manhã. Não queria falar com ninguém.

Deixei avisado para os empregados e os seguranças que alguém viria buscar o carro do Daniel, e segui para a confecção.

Assim que Lorena me viu, já foi logo falando:

– Pela sua cara você foi atropelada, não amassada em uma noite de amor louco!

– Pois é... – respondi olhando para baixo enquanto colocava as coisas sobre minha mesa.

– Tá sem aquele brilhinho nos olhos...

– Enchi a cara, mas foi em casa mesmo. – mal terminei de falar e ela já foi logo me cortando.

– Você não foi ao casamento???

– Fui, mas é que aconteceu uma merda de imprevisto. – disse agora bem irritada sentindo um pouco de tontura da ressaca.

Contei toda a história nos mínimos detalhes e, ao final, Lorena concluiu:

– Mas não foi tão mal assim. Veja pelo lado bom. Agora você tem certeza que o cara tá na sua.

— Como assim, na minha?

— Amanda, pelo amor de Deus! Você tá tão focada no final, que não tá percebendo todo o meio. O cara te tratou como a namorada dele. Ficou o tempo todo mexendo no seu cabelo, com a mão atrás da sua cadeira, rolou um clima na performance de tango. Sério que você não tá vendo?

— Cara! Nem tinha me dado conta! Tô tão irada com o desfecho que fiquei burra e cega.

— Gata, o cara tá definitivamente na sua. Aliás, sempre achei, nenhum homem fica saindo sozinho de amiguinho com uma mulher, sempre só vocês dois. Nunca tem mais ninguém.

— Nossa! Não tinha nem me dado conta disso.

— Pois é. Por isso eu tô – e deu uma piscadinha – Se liga meu bem, o cara SEMPRE esteve na sua.

Fiquei com um sorrisinho besta na cara depois do que Lorena me disse.

Lá pelas tantas da tarde, Daniel me liga no celular.

— Oi, Amandita! Tudo bem com você, meu anjo? – Ele nunca tinha me chamado de meu anjo – Desculpe por ontem, queria ter te levado pra casa, mas infelizmente meu pai deu vexame. Ele nunca bebe, já viu né? Casamento da filha, estava feliz...

— Imagina, Daniel, essas coisas acontecem nas melhores famílias.

— Obrigado pela melhores famílias.

— Adorei todo mundo, gente animada, assim que é bom. – disse eu, agora me sentindo melhor sabendo que ele poderia estar mesmo "a fim" de mim.

— Amanda, eu quero reparar a noite de ontem.

— Ah vai. Só me convida pra jantar que tá bom.

— Isso é pouco. Tenho outra proposta. Preciso ir para Argentina e queria que você fosse comigo.

Engoli seco e tentei parecer natural, enquanto pulava como uma criança. Lorena me olhava com cara de indagação e os olhos arregalados querendo saber o que estava acontecendo.

— Nossa! Mas se for assim você pode sempre pedir pro seu pai passar mal. – e dei uma risadinha, só que de nervosa pensando em como seria estar alguns dias com o Daniel.

— Não se preocupa que eu tenho duas suítes reservadas, meu sócio não poderá ir, e já está tudo pago mesmo. Pensei que seria uma forma de me redimir.

— Você não tem que se redimir, pode ficar tranquilo que... — e Daniel me cortou antes que eu continuasse.

— Amanda, quero que você venha comigo. Não disse que precisa de férias? Quero sua companhia, de verdade. Quero que a gente passe alguns dias juntos, não só algumas horas durante a semana.

Fiquei muda na hora e parei de saltitar como pipoca em panela quente, tentando raciocinar com meu cérebro ainda rodopiando dentro da minha cabeça. Ele queria passar mais tempo comigo!

— Sério? — assim que respondi, vi a bobagem infantil que eu tinha pronunciado: Sééério? Ele por acaso estava falando com uma problemática que não entendia nada direito?

— Amanda, — ele agora dava uma risada, que eu bem conhecia toda vez que eu falava bobagem ou pirava em minhas ideias — fala logo que você aceita, e pronto.

— Tá.

— Tá o que? — perguntou, ainda rindo.

— Tá. Eu aceito.

— Ah bom! Não aceitaria um não como resposta.

— Olha, vou para o Rio de Janeiro daqui a pouco. Volto em menos de duas semanas. Está tudo reservado para quatro dias no Hotel Faena, conhece?

Claro que eu conhecia. Esse hotel foi projetado por um dos meus designers favoritos, Philippe Starck. Achava um luxo.

— Conheço super, quer dizer, nunca fiquei lá, aliás acho que da última vez que eu fui para Buenos Aires esse hotel ainda nem tinha sido inaugurado. Lá tem um show de tango contemporâneo com as mulheres de peito de fora.

E ele riu de novo.

— É verdade. Você está bem informada, hein?

— A Carina foi para lá comemorar o aniversário de casamento e adorou o show.

— Bom, se você quiser ver temos que reservar antes, porque o teatro do hotel é minúsculo.

— Eu quero!
— Então já vou pedir para minha secretária providenciar.
— Oba! Estou amando a ideia de Buenos Aires.
— Ideia não. Pelo que eu saiba você aceitou meu convite, agora não vai dar para trás.
— É jeito de falar.
— Ah, sua gírias.
— Eu já disse que vou.
— Prometo mimar bastante você pra compensar a última noite. – O tom de sua voz estava mais rouco agora, mais sensual.

Fiquei sem reação e não disse uma palavra. Ele percebeu que eu havia ficado quieta por alguns segundos e decidiu encerrar a conversa de uma vez.

— Então, tudo resolvido. Assim que eu voltar partimos, na quinta-feira. O voo sai às sete da noite. Te ligo assim que chegar. Vai fazendo as malas.
— Pode deixar e boa viagem.
— Obrigado. Um beijo no pescoço.

Fiquei vermelha assim que ele disse aquilo.

— Tá, – corei só de imaginar o beijo que ele tinha me dado no casamento. – Um beijo pra você também.
— No pescoço? – agora ele ria charmosamente.
— Onde você quiser, seu engraçadinho. Um beijo e se cuida lá no Rio.

Desliguei o telefone olhando para os olhos curiosos da Lorena vidrados em mim.

— Você não vai acreditar! – disse enquanto me esparramava em minha cadeira, relaxando todos os músculos do meu corpo, passada com o convite.

Enquanto contava, ela dava um sorrisinho malicioso e balançava a cabeça em afirmação e me interrompia às vezes, dizendo:

— Não te disse? Eu disse que ele tava na sua...

Depois daquele telefonema tudo mudou de figura. Se iluminou. Como uma paixão correspondida faz milagres. Até minha ressaca tinha sumido de repente.

Claro que tive que sair com minhas amigas no fim de semana para contar todos os detalhes do casamento e do convite do Daniel para "dar um pulo" na Argentina. Segunda-feira eu já estava exausta ao invés de estar descansada do fim de semana. Terça-feira havia chegado e eu estava com a minha cabeça na Argentina. Só pensava nisso e Daniel, Daniel, Daniel. O trânsito estava uma maravilha e consegui chegar um pouco antes do horário que eu sempre chegava na Fraternidade.

Nesse dia, uma nova integrante estava em nossa sala. Minha colega de curso, Paula. Morena, trinta e poucos anos, tipo bem brasileira, alta, magra, cabelos compridos e sempre carregando uma garrafinha de água. Se saía alguém do grupo, entrava alguém no lugar para substituir. Natanael disse que não ficaria mais do que quatro meses na nossa sala, ele tinha combinado de ficar somente um tempo até que mais uma pessoa o substituísse. Natanael, além de empresário, era professor de passe energético, uma espécie de Reike, que é a canalização de energia para as mãos com o propósito de cura. Ele ensinava voluntariamente essa técnica em um instituto de curas alternativas, em Campinas, interior de São Paulo. Um grupo estava sendo formado para aprender a técnica justamente às terças-feiras e ele teria que trocar de dia de trabalho na Fraternidade.

Paula chegou com um sorriso estampado no rosto e fazendo brincadeira comigo e com a Nina. Manuela e seu Homero simpatizaram com ela imediatamente. Ela tinha um ótimo humor e uma forte presença.

Seu Homero nos disse que somente um atendido dos quatro marcados para aquela noite havia comparecido e foi buscar a ficha de atendimento.

Lemos a ficha. Uma mulher em seu terceiro retorno. Ela escreveu na ficha que estava se sentindo ótima. A recebemos na sala, fizemos uma harmonização e demos alta.

Como estávamos com bastante tempo e ainda não havia aparecido nenhum dos outros atendidos daquela noite, Natanael perguntou se poderíamos ajudar o filho de uma amiga que estava internado, em coma, na UTI. Nosso dirigente consentiu e pediu que nós nos concentrássemos, enquanto Natanael dizia o nome completo, a idade e o hospital onde o rapaz estava internado.

Alguns segundos se passaram até percebermos que foi Nina que sintonizou com o nível de consciência presente do rapaz. Assim que ocorreu a sintonia, ela colocou as mãos sobre a garganta e começou a dizer:

– Água, água... Eu estou com muita sede... Minha garganta está doendo... A minha cabeça...

A voz de Nina estava impregnada de dor e agonia.

Seu Homero se colocou atrás dela e pediu que nós imaginássemos uma água crística. Um fluído curador, de cor branca leitosa. Essa água entrava pela boca dele, ia descendo pela garganta, aliviando a dor e matando a sede, descia pelo esôfago e também alimentava e nutria o rapaz com energia crística.

– E aí? Melhorou? – perguntou nosso dirigente para Nina.

– Ele melhorou, mas parece que está com um machucado na cabeça... No lado esquerdo – ela fez uma pausa – acho que ele tomou um tiro.

Natanael não dizia nada, somente observava.

– Então, vamos ajudá-lo, vamos fazer um curativo nesse local.

E mais um procedimento foi feito. Limpamos o ferimento, reconstituímos e deixamos um curativo em tom verde cicatrizante no local.

– Que mais? – perguntava seu Homero para Nina.

– As pernas, ele tem alguma coisa na perna... Na perna direita.

E mais um procedimento de cura e harmonização foi feito.
– Como ele está?
– Bem melhor. Ele está bem melhor. – Nina respondia, enquanto mantinha seus olhos ainda fechados. A forma como ela falava agora não apresentava mais nenhum sinal de desconforto.

Seu Homero cortou a ligação, encaminhou o rapaz para continuar o tratamento no hospital espiritual e irradiou uma energia branca leitosa em toda a coluna, desde o alto da cabeça da Nina para harmonizá-la e não deixar nenhum resquício do atendimento a distância.

Em alguns casos, quando se está em muito sofrimento, muita dor, pode acabar impregnando o corpo físico e mental do médium que fez a conexão. Equilibrar e reenergizar era um procedimento que seu Homero nunca deixava de fazer nos médiuns. Isso demonstrava muito respeito e cuidado com os membros da equipe dele. Ele cuidava tanto dos "da sala ao lado", quanto dos de cá.

Assim que Nina se recuperou totalmente, Natanael nos disse que o rapaz estava em coma porque havia tomado um tiro na cabeça. Foi durante um assalto e antes de ser baleado, havia tomado uma surra muito violenta. Quebrou a perna direita em dois lugares e deveria estar com dor na garganta e sede por estar entubado e ligado a equipamentos. O estado dele era gravíssimo e os médicos disseram que não poderiam afirmar se ele sairia ou não do coma e, se saísse, poderia não se lembrar de nada ou ter alguma sequela.

– Nossa! Coitado, quanta violência. – comentou Paula – Tão novo ainda por cima.

Ainda ficava impressionada com o trabalho de "níveis" de consciência. Para mim, era um dos fatores nos tratamentos que tinham mais impacto. Tirar obsessores era importante, claro, mas entrar na mente da pessoa e vasculhar o presente e passado trazendo a harmonia e curando traumas, era realmente mais surreal que fazer contato com mortos e seres de outras dimensões.

Ainda estávamos com bastante tempo de folga, então Manuela pediu para vermos se podíamos ajudá-la em sua vida profissional. Estava ansiosa, esperava o retorno sobre uma entrevista de emprego que havia feito há um mês em uma multinacional. Diziam que ela era a única candidata com o perfil que eles queriam e dariam a resposta logo. Três semanas já haviam se passado e ainda nada.

Ela era proprietária de um salão de beleza de luxo e já havia oferecido sua parte do negócio para a sócia comprar, ou que ela comprasse a parte da sócia. Elas não estavam mais compartilhando da mesma visão e Manuela estava bem de saco cheio do salão. Não aguentava mais ter que resolver o problema de todo mundo e ainda por cima não se entender mais com a sócia. Estava reclamando com bastante frequência do trabalho e se sentia esgotada. O que antes era prazeroso, havia se tornado um estorvo.

Pediu para nosso dirigente ver se podíamos auxiliá-la a abrir as portas, como já fizemos várias vezes em alguns atendimentos, onde a vida da pessoa parecia estar estagnada.

Estávamos todos tranquilos, conversando, deixando o tempo passar e já que não havia mais nenhum atendimento, poderíamos fazer uma mentalização para ela.

Enquanto ela falava sobre estar apreensiva com a empresa que ainda não havia dado um retorno, comecei a sentir um calorzinho, como se alguém tivesse ligado um aquecedor ao meu lado. Alguns segundos depois de sentir esse calorzinho "vi" alguém de túnica branca.

Enquanto isso, Natanael conversava com seu Homero sobre uma tal de Fraternidade Branca. Achei que poderia estar vendo uma entidade de túnica branca, porque estava ouvindo a conversa dos dois sobre a tal Fraternidade Branca.

Resolvi fechar meus olhos, para mim, sempre foi mais fácil "ver" de olhos fechados.

Vi alguém ao meu lado, pairando, flutuando. Não enxergava seu rosto nitidamente, mas a túnica branca, o camisolão, enxergava bem definido. Também não via os pés, a veste era bem comprida, se houvesse um chão, ela com certeza estaria a arrastando. A entidade, ou mentor – tinha mais a energia de mentor, de um guia – estava lá por causa da Manuela. Isso eu podia sentir claramente. Estava oferecendo conforto a ela. "Ouvia" uma comunicação, não verbalizada e dizia resumidamente:

– Tudo já está arranjado, já está feito, tudo vai dar certo no final.

Comecei a sentir uma enorme vontade de escrever. O tal ser da camisola branca que estava lá flutuando, parecia estar participando de nossa conversa. Até podia "ouvir" os pensamentos dele.

Ele queria nos falar sobre o poder da oração, de como a vontade e o desejo podem ser materializados e como nossos pensamentos são poderosos e não nos damos conta. Tudo que pensarmos com muita vontade e força pode se materializar, acontecer. Ele "dizia" sobre a fé, sobre nossa capacidade de fazer as coisas acontecerem, mas que por ignorância nossa não usamos esse poder com a frequência que poderíamos.

Comentei com a Manuela que eu estava sentindo um calorzinho. Um calorzinho bom e que achava que a fonte deveria ser muito boa porque estava muito agradável. Um acalento gostoso. Ela disse que também estava sentindo e ria enquanto aproveitava a sensação. Estava até sendo providencial, pois aquela noite fazia um pouco de frio. Comentei com ela que parecia que aquele ser estava lá por causa dela, para apoiá-la.

Resolvemos encerrar e nosso dirigente começou o procedimento. Enquanto se dava todo o processo, peguei a caneta que estava na minha frente e agora ouvia o que deveria escrever.

A princípio era uma mensagem para a Manuela, depois fiquei confusa, pois senti que deveria ser pra todos. Eu com a caneta na mão, tentava organizar minha mente para separar pensamentos meus e a inspiração vinda do ser. Eu estava racionalizando muito, e isso atrapalhava o processo. Resolvi organizar aquilo na minha mente e fiz uma pergunta mentalmente para a vacuidade:

- Afinal, começo como? Pra ela, pra eles, pra vocês...? Ou é uma coisa mais individualizada e pessoal?

Imediatamente depois de minha indagação mental, comecei a escrever no bloquinho que estava na minha frente.

Esperei seu Homero terminar a conversa com o Natanael e fazer todo o procedimento de encerramento. Sempre um pouco antes do desfecho final, seu Homero perguntava a todos se alguém tem alguma mensagem. Às vezes acontecia, mas não era muito comum.

– Eu tenho. Primeiro era só para a Manuela, depois entendi que era pra todo mundo. Então lá vai.

Meus irmãos,
A vida vai dar aquilo que vocês precisam.
A dúvida, a dificuldade, a ladeira acima, faz parte do processo;
Mas a recompensa e a serenidade são conquistas de vossas ações.
Não se preocupem, pois vocês têm um poder imensurável e sempre podem modificar as vossas vidas.
Só tenham paciência, para depois de vossos méritos, darem tempo ao universo para ele interceder por vocês.
Tenham fé e orem sempre.

Natanael balançava a cabeça afirmativamente enquanto eu terminava de ler.

– Nossa... Parece que foi pra mim. – disse a Paula enquanto colocava a mão na altura do peito. – Era o que eu estava precisando ouvir.

Agora entendia porque a mensagem deveria ser para todos.

Manuela estava com ar pensativo.

– É... Acho que estou um pouco ansiosa demais com meu trabalho. Tenho que deixar rolar que o que tiver que ser vai ser.

– Fica tranquila – falava Nina com seu ar de professora de *yoga*, – nós sempre queremos controlar tudo, tem horas que a gente deve deixar as coisas acontecerem simplesmente, em vez de ficarmos atrás de soluções precipitadas. Ansiedade tem a ver com controle, você está querendo controlar o que seu futuro te reserva, isso é impossível. Você já semeou seu solo, agora tem que esperar a hora de colher, não adianta querer apressar as coisas. Quem sabe sua amiga não resolve te passar a parte dela no salão em vez de você ter que mudar radicalmente sua vida profissional? Fica calma que tudo vai se resolver da melhor maneira.

Manuela deu um suspiro profundo, sentindo-se um pouco mais aliviada com o que a Nina disse e demos as mãos para a fazer a oração de São Francisco de Assis, como sempre fazíamos ao final dos trabalhos.

Agora que eu iria viajar, tudo no meu trabalho estava sem a menor prioridade. Minha cabeça já estava na Argentina, no Daniel... Já fazia tempo que eu queria viajar, tirar férias de verdade, não só alguns dias, mas com certeza aqueles dias pareciam semanas na minha cabeça.

Meu rendimento criativo estava bem abaixo da minha média, até a Lorena percebeu. Já havia avisado para minha chefe que não iria trabalhar na sexta-feira e na segunda-feira seguinte. Ela nem se preocupou muito. Como ainda estava longe do lançamento da próxima coleção, não se preocupava com o fato da Lorena ficar sozinha. Lorena não era muito confiável em relação a prazos de entrega.

– Nossa chefinha ficou em pânico por eu ficar sem minha babá?

– Nem se abalou. Acho que você está começando a ganhar pontos agora que parou de se atrasar tanto para o trabalho.

Desde que a Lorena começou a frequentar o Narcóticos Anônimos, nunca mais se atrasou. Tinha dias que ela só aparecia para trabalhar à tarde, com a maior cara de ressaca. Achava que uma hora ela seria dispensada por justa causa, mas por sorte, ela resolveu se tratar antes que isso acontecesse. Adorava trabalhar com ela. Por mais complicado e desgastante que fosse, ela era divertida e com uma criatividade irretocável.

O semblante dela havia mudado radicalmente. A vibração e a energia. Ela parecia mais bonita, a pele, que tinha um aspecto pálido, sem vida, quase acinzentada, estava mais corada. A mudança era inegável. Pessoas que usam drogas ficam parecendo uma casa que está na hora de ser repintada, naquele estágio em que a poluição tomou conta das paredes. As drogas fazem as pessoas perderem o brilho, aquela energia vital iluminada. É como se fosse uma pessoa que está recebendo fortes doses de quimioterapia. Que também é uma droga, mas com esperança de cura após o tratamento. A Lorena estava radiante novamente. Todos que a encontravam falavam que ela parecia ter rejuvenescido uns cinco anos. Perguntavam se ela tinha feito Botox, preenchimento de rugas, cortado o cabelo.

– Amanda, também queria que alguém me convidasse pra passar um fim de semana romântico em Buenos Aires. Será que vou arrumar alguém legal? Não estou mais namorando, não porque não gostava mais dela. Pedi pra ela parar de usar drogas, pelo menos enquanto estivéssemos juntas, mas quando eu via ela já tinha ido no banheiro cheirar. A via ligando pro traficante levar droga na porta do restaurante. Poxa, aguentar vê-la ficar bebendo enquanto eu não posso nem dar um gole no copo dela ainda vai, mas ver a "maldita" circulando assim na minha frente é difícil de resistir. Tive que parar de sair com ela, senão ia ter uma recaída.

– Que pena que ela não te respeitou. Deve ser difícil pra ela parar, já parou pra pensar? Você só resolveu parar com a palhaçada porque quase morreu.

– Se ela gostasse de mim de verdade...

– Não faz drama. Você sabe que não tem nada a ver com gostar de você ou não.

– É... Eu sei... Vício não aceita concorrência. Tô falando bobagem. Quanta gente esquece de filho, família, some por dias, só pra se drogar. Ainda bem que eu não fiz isso com ninguém.

– Mais ou menos, né Lorena? Quantas vezes você não me largou no Militz e saiu correndo atrás de algum amigo drogadito e me deixou lá plantada com um monte de gente que eu mal conhecia? Você me chamava pra sair com seus amigos e dava um perdido na primeira oportunidade e se trancava no banheiro pra cheirar. Voltava depois de um tempão e ainda por cima uma chata.

— É verdade, — ela falou abaixando os olhos com ar de arrependimento — desculpa.

— Isso já é passado, é só pra te lembrar que drogas e vício não têm competidor. Sua ex não está querendo deixar você, ela não quer deixar as drogas, isso é bem diferente.

— Às vezes faço julgamentos e esqueço por alguns segundos que eu mesma fiz isso centenas de vezes...

— Você vai ficar com alguém legal. Espera que você vai ver. Se sua vibração mudou para melhor, você com certeza vai estar aberta pra gente do bem. Olha eu? Quanto tempo até eu me dar conta que o Daniel era o cara? Eu tava com tanta raiva do vira-lata que me botou corno que mal prestava atenção no bofe lindo que tava ali do meu lado.

— Você não tá nervosa de viajar com ele sem nunca ter ficado com ele? Afinal não rolou nem um beijinho... E se for uma merda?

— Nem me fala! Claro que eu tô nervosa. Mas vou fazer uma coisa que nunca fiz antes, se eu fizer sempre tudo igual como vou querer alguma mudança? Dane-se o que pode acontecer, já fiz tanta coisa superpensada, calculada e nada funcionou muito bem. Quem sabe dessa vez não funciona. Minha mãe achou o fim da picada eu viajar com ele, ficou falando que é coisa de mulher fácil, blá, blá, blá.

— Que você tá facinha, isso você tá.

— Tô mesmo. O que tiver que ser será. Ele é adulto e bem diferente desses babacas que ficam dando nota. Homem machista nunca foi a minha praia.

— Bom... O máximo que pode acontecer é você quebrar a cara. Se isso tiver que acontecer que seja no começo, assim tem menos cacos pra juntar.

— Não acho que ele é do tipo que vai me julgar depois que a gente transar, só porque eu deveria ter feito tipo de mulher difícil. Pra ele eu tô superfacinha.

Lorena ficou rindo enquanto eu continuava minha teoria de que fazer tipo não tá com nada.

— Quando é para ficar junto, nem macumba separa minha filha. Quantas histórias a gente não conhece de gente que tinha tudo pra dar errado e no final dá certo?

— Mas isso é um em um milhão, vai?

— Nossa Lorena, como você é incrédula! Tem um monte.

— Bom, eu sendo gay, é mais complicado do que pra quem não é.

— Mesmo assim, ainda tem um monte. Minha mãe tem um casal de amigos que estão juntos há 25 anos. Imagina na época deles? Quer coisa mais difícil? E os caras estão casados há mais tempo que muita gente, e ainda passando por um monte de preconceito. Sua vida tá bem mais fácil.

— Ah, tá. Eu retiro sobre ser gay. Eu tô parecendo mulher amarga querendo micar a história de alguém que tá feliz.

— Eu só sei que vou pagar pra ver.

— É inegável que seu bofe é um *gentleman* e um gato. Até eu que não gosto da fruta quero transar com ele. — Rimos só de imaginar a cena da Lorena com o Daniel. Era como óleo e água, impossível de se misturarem.

Estava meio desanimada naquela terça-feira, mas assim que cheguei na Fraternidade meu ânimo voltou, ainda bem. Não tem nada pior do que trabalhar com energia e pessoas fragilizadas, você mesma necessitando de colo.

Passei na cantina, peguei uma lata de refrigerante e fui para minha sala de trabalho. Nina não estava, era a primeira vez que chegava antes dela.

– Ué? Cadê a Nina? Aconteceu alguma coisa?

Perguntei assim que me sentei, depois de cumprimentar todos com um beijo no rosto.

Foi Natanael quem me respondeu.

– Nada demais, ela tinha uma consulta marcada no final do dia e talvez não venha. Quem sabe ela ainda aparece antes de começarmos. Aliás, antes que eu me esqueça. – continuou Natanael – Aquele caso da semana passada, o tratamento a distância daquele rapaz que estava em coma, eu tenho excelentes notícias. Ele saiu do coma na sexta-feira passada e já está num quanto comum.

– Sério? – fiquei realmente surpresa com a notícia.

– Nem os médicos conseguem explicar a melhora tão rápida. E ele não ficou com nenhuma sequela.

Toda nossa equipe ficou muito feliz com a notícia. Tinha casos que eram bem impressionantes, como esse do rapaz baleado na cabeça.

Esse tipo de trabalho que fazíamos era mais um suporte para a própria pessoa alcançar o que veio procurar na Fraternidade. A cura e a solução dos problemas vêm de dentro da própria pessoa. É a confiança em si mesmo que trabalha a favor de bons resultados. Obsessores que são encaminhados para lugares melhores, obviamente deixam o caminho da pessoa mais leve. Mas somente o equilíbrio, o autoconhecimento e a boa vibração são as chaves para o sucesso. As mudanças feitas na atitude atrairão consequentemente experiências melhores. Isso é fato. A maior parte dos tratamentos consiste em ajudar o atendido a se fortalecer, a olhar pra si de forma diferente, buscar a evolução e a melhora como um todo. Haviam esses casos incríveis, o acesso aos níveis e mais do que tudo era a própria pessoa em atendimento dizer o que a incomoda. O rapaz foi dizendo onde doía, sem ninguém saber o porquê de ele estar hospitalizado. E no final todos deram um pouco da sua própria energia para alguém que estava quase sem nenhuma. Agora essa notícia maravilhosa: ele acordou do coma e sem nenhuma sequela. Caramba! O cara tomou um tiro na *cabeça*!

    Depois da alegria toda, seu Homero fez a abertura e foi buscar a primeira ficha. Era um retorno. Quando a Manuela começou a ler a ficha lembrei-me do caso. Era uma senhora que tinha um problema na língua há mais de dez anos.

    – Ela é aquele caso de dormência e uma sensação de descargas elétricas na língua. – resumiu Manuela depois de passar os olhos pela ficha da atendida.

    – Ela precisava falar, lembro como se fosse ontem. Ela dizia que o marido era um tremendo grosso e nunca prestava atenção no que ela dizia. Tapava até os ouvidos quando ela insistia. Tadinha...

    – Alguém sentiu alguma coisa? Posso chamá-la? – perguntou nosso dirigente antes de sair da sala para buscá-la.

    Assim que a senhora entrou na sala, pudemos ver sua expressão de alegria.

    Ela estava sorrindo, estava até mais bonita que da última vez. Perguntamos como ela estava se sentindo, se houve alguma melhora. E para nossa surpresa, ela nos respondeu:

— Estou ótima! Vim aqui procurar solução para um problema, e além de receber esse presente, recebi outro! O meu marido de volta. Eu posso dizer que estou vivendo uma segunda lua de mel.

— Nossa! Isso é que é coisa boa! — disse Paula em tom de brincadeira.

— Então, a senhora está curada? — perguntou nosso dirigente em tom sério e preocupado.

— E como! E meu marido até veio junto comigo, está sentado lá fora me esperando. Minha vida mudou tanto... Até ele que não acreditava em nada, era um cético, até participa do meu ritualzinho, quando faço minhas orações e coloco o copo d'água onde mentalizo meu remédio para minha cura. Ganhei uma vida nova! Muito obrigada!

Natanael, que ainda não trabalhava na nossa sala quando ela foi atendida, perguntou:

— Ele sabia que a senhora estava vindo aqui?

— Sabia. Eu até pedi para ele fazer o tratamento também, porque eu nunca vi pessoa mais mal humorada. Imagina! Não tinha conversa. Ele só me dava coice. Ele mudou depois que vim aqui e comecei a fazer o que vocês me falaram.

— Mas e a língua, dona Zilda? A senhora não disse nada da língua. — perguntou Manuela curiosa.

— A minha língua quase não tem mais nada. Posso dizer que já está noventa por cento boa!

— É normal. Doze anos é muito tempo, está muito enraizado, continue fazendo o que a senhora está fazendo, e ficará boa cem por cento! — disse seu Homero.

— Obrigada mesmo! Jamais poderia imaginar que isso tudo pudesse acontecer nessa altura da minha vida. Uma segunda lua de mel com meu marido e ainda estou curada, muito obrigada.

Ela realmente parecia ótima. Somente harmonizamos os chacras dela e demos alta.

O segundo atendimento também era um retorno. Assim que a Manuela começou a ler a ficha, ela me olhou e disse:

— Esse é aquele caso do lugar que não era pra ir... O caso da experiência que estavam fazendo naquele senhor fofo, naquele lugar etézico.

– O da cabeça de ovo branca? O pra gente não se meter? – eu estava com cara de quem estava em pânico.

– Esse mesmo. – Manuela me respondeu dando uma risadinha, achando graça do meu ar de pânico.

– Aaaah, eu não vou lá de novo não. Nem a pau!

Paula quis saber do que se tratava. Resumimos a história de termos sido envolvidas por uma energia que nunca sentimos antes, de não conseguirmos sair com facilidade, da sensação de tomar um choque e de ter certeza que aquilo não era desse mundo mais terreno.

– Como assim? Vocês acessaram tipo uma nave espacial de experiência de abdução de corpos sutis?

– Hahahaha, que complicado Paula. Mas pode se dizer que foi bem parecido com isso. – achei engraçado como ela colocou tudo. Até que era bem convincente.

Seu Homero foi buscar o atendido na sala de espera. Assim que o senhor se sentou, nosso dirigente fez a pergunta de praxe – como ele se sentia.

Ele disse que as dores ainda eram fortes e não teve melhora. Os médicos receitaram vários remédios, mesmo sem eles darem um diagnóstico preciso.

Como eu não queria entrar no campo vibratório do atendido, não fechava meu olho. Paula estava mais empenhada em ajudá-lo do que eu. Na verdade, estava com medo do que havia sentido no último tratamento dele e não queria voltar naquele espaço-tempo novamente, ainda mais sem a Nina estar presente. Sentia-me muito mais segura com a Nina por perto.

Seu Homero fez uma harmonização no senhor e, enquanto isso, Paula dizia baixinho para nós, com o cuidado do assistido não conseguir escutar, que estava vendo uma sala totalmente branca. Asséptica na verdade, e o lugar parecia ser uma cápsula, uma enorme bola branca, muito branca, mas que ela não conseguia ver mais do que aquilo.

– Parece que é só até onde dá para chegar. Não dá pra ir mais adiante. – disse Paula olhando para nosso dirigente que estava prestando atenção no que acontecia na mesa.

Seu Homero imediatamente olhou pra mim. Como eu que tinha "entrado" no lugar da última vez, ele achava que eu me conectaria novamente. Disse, olhando ainda para mim, como se estivesse me cobrando.

– Bom, já que estamos aqui, devemos fazer tudo que podemos para ajudar.

Olhei pra Manuela e seu Homero, e disse:

– Eu não vou até lá. De jeito nenhum!

Enquanto seu Homero perguntava algumas coisas para Paula, eu e a Manu conversávamos baixinho.

– Eu não vou nem a pau! – estava decidida com meus pés fincados no chão.

– Não vai mesmo. Te falei que tem coisa que eu fico com medo, essa é uma delas. Nem tudo é para ficar remexendo, isso é curiosidade pura. Você viu o que aconteceu da última vez. Aliás, na primeira vez não falaram que não era da nossa conta? Pra que ir lá de novo? É pura exploração baseada em curiosidade, pra quê?

Seu Homero me olhou de novo e perguntou:

– E aí?

– Eu não vou não, seu Homero, essa eu passo.

Paula vendo minha aflição, resolveu interceder por mim.

– Olha, é só até aqui mesmo. Eu não consigo ir, e se isso tá tão explícito de não ter que ir, é melhor deixar assim.

Seu Homero finalmente parou de insistir.

Ufa!

Terminamos a harmonização e, ao final, todos da sala decidiram que o atendido deveria ser transferido para outra sala, assim, outras pessoas poderiam acessar outras frequências. Afinal, cada um tem a sua vibração e seu nível de evolução e, quem sabe, conseguem ajudar aquele homem. Desde que eu trabalhava com cura espiritual, era o primeiro caso de nenhuma melhora. Seu Homero não gostava de encaminhar atendidos para outra sala, mas como a maioria resolveu, e ele era um dirigente democrático e gostava de decidir em grupo, assim foi feito.

Meu irmão apareceu na copa para tomar café da manhã mais cedo do que de costume.
— Bom dia!
— Bom dia, Lucas. Caiu da cama?
— Eu vou para aula de *yoga*.
Quase engasguei quando ouvi aquilo.
— O que? Eu ouvi direito?
— A Maya me encheu o saco. Eu nem curto essas coisas, mas eu prometi que ia pelo menos uma vez, então...
— Eu nem sabia que ela tava fazendo *yoga*.
— Vai começar hoje. E lá vou eu junto pagar esse mico.
— Hahahaha, Lucas, como você tá mudado. Quem te viu e quem te vê...
— Por ela eu faço tudo.
— Uau! Isso se chama amor, meu irmão.
— Acho que sim.
— Caramba! A coisa tá quente mesmo. Será que ela vai ser minha cunhada?
— Se depender de mim...
Quase me engasguei pela segunda vez.
— Não me diga que você vai apresentá-la para os nossos pais e pedir ela em casamento?

– Eu não sou nem louco! Eles iriam ter um treco, ainda mais sendo a Maya.

– Não entendi... Você acha que eles têm alguma coisa contra ela? A mamãe adora a Maya!

– Não é isso. É que precisa dar um tempo pra eles se acostumarem com a gente. Nosso pai vai ficar falando que ela é mais velha do que eu. Só para não ter crise, por mim.

– Você não deveria ligar pra o que ele vai falar. Ele é daquele jeito, preocupado com as aparências. Nunca ninguém está à altura dele e da família dele. Nem liga.

– Eu quero me casar com a Maya.

– Gente! Que manhã é essa? Onde eu estou?

– Não vai comentar com ela, por favor. Eu quero falar isso pra ela primeiro.

– Nem pensar que eu vou falar. Vai que você muda de ideia...

– Não vou mudar de ideia. Eu estou decidido.

Olhava para o meu irmão sentado à minha frente e via uma pessoa diferente da que eu estava acostumada. Ele estava mais sereno, mais tranquilo, mais presente de verdade. Antes era como se ele sempre estivesse buscando alguma coisa e nunca encontrava. Agora ele parecia ter encontrado o que estava procurando. Ele finalmente encontrou o amor, a coisa mais preciosa do mundo. Isso ele não poderia comprar com seus presentes caros, seus jantares em lugares da moda. O amor era dado e, o mais importante, era ele quem estava dando seu coração sem esperar nada em troca. O amor verdadeiro é isso, é dar sem esperar receber, é querer a felicidade do outro, antes mesmo da sua. O verdadeiro amor é libertador. Sorte ainda, ele estar oferecendo seu amor para a pessoa certa. Alguém que valorizaria isso à altura, não uma garota qualquer que tem ilusão sobre o amor e confunde com paixão e posse. Minha amiga certamente corresponderia à altura. Ela também estava amando o meu irmão, disso eu já sabia.

– Lucas do céu! Então teremos um casamento em breve nesta casa?

– Se depender de mim...

– Para de ficar falando, *se depender de mim...* Lógico que a Maya vai aceitar. Ela te ama!

– Ela te disse isso?
Lucas me olhava desesperado pela minha resposta.
– Não. Mas eu sei, né? Ela é minha amiga e eu a conheço muito bem pra saber.
– Sério? Você acha mesmo?
– Tô falando, caramba!
– Eu tenho que ir. Já tô atrasado. Obrigado, maninha. Valeu.
– Valeu pra você também.
Que grata surpresa. Por essa eu não esperava. Meu irmão querendo pedir a Maya em casamento tão rápido. Essa vida é muito maluca mesmo.
Fiquei pensando durante o caminho enquanto dirigia para a confecção como seria o casamento da Maya com meu irmão. Meus pais querendo uma festa de arromba e a Maya planejando algo mais descolado. Isso iria ser engraçado de ver.
Assim que liguei meu computador, as mensagens na minha caixa postal começaram a aparecer. Mas foi um remetente que nunca aparecia na minha lista de mensagens recebidas que me chamou a atenção, o Daniel. Ele nunca me mandava e-mails. Todo mundo sempre manda um ou outro que seja. Pelo menos um filminho bonitinho de cachorro, um abaixo-assinado, frases do dia... Senti um frio percorrer minha coluna, pensando na hipótese de ele estar me mandando um e-mail para cancelar nossa viagem.
Cliquei em cima da mensagem com o coração querendo sair pela boca. O título da mensagem era "Poema".
Para minha surpresa, a mensagem começava com um título que me fez derreter na cadeira em alívio.

PARA MINHA ETERNA
Ah... Quanta saudade... Quanto amor ainda eu podia te dar... Quantos abraços...
Que vida cheia de milagres, quanta bobagem, quanta alegria e quantas risadas...
Quem eu seria se não fosse você, minha eterna amizade?
Quem eu seria se não fossem seus beijos, minha eterna namorada?

Quantos caminhos eu não veria, se não fossem seus braços me guiando?
Uma jornada maravilhosa, com sabores e perfumes vindos direto dos céus.
Que eu te encontre de novo, no partir de um trem, no chegar de uma carta.
Que eu veja sempre sua sombra, em todas as árvores que balançam por onde eu passo. Que eu seja sempre aquele que venha a te reconhecer primeiro, pois só assim eu poderei segurar a sua mão, antes de todos."
Amanda, minha linda, eu escrevi esse poema (sim, eu escrevo algumas coisas quando estou inspirado), pensando em você. Pode ser estranho isso que vou te revelar, só faço isso neste momento, porque quero que você fique muito à vontade com nossa viagem. Eu sei o que pode estar se passando nessa sua cabecinha que eu conheço bem...
Eu sempre quis estar com você, eu só estava esperando você me reconhecer – digo reconhecer, porque nós já nos conhecemos de longa data, temos um passado juntos, em outras vidas.
Espero que você não se assuste, achei oportuno te mandar esse poema, escrito para você, numa noite logo após nosso primeiro encontro depois das aulas na Fraternidade. Quando eu te vi pela primeira vez, te reconheci na hora.
Sinto-me à vontade de falar sobre isso, porque você, com certeza, compreende sobre o que estou falando.

Quanto mais eu lia o e-mail, mais impressionada e chocada eu ficava. Como eu nunca percebi nada! Em que planeta estava? Logo eu que tinha uma facilidade enorme em "ler" as pessoas.

Eu precisava que você quisesse estar comigo, antes de mais nada. Que você baixasse sua guarda, deixasse suas amarras caírem. Se eu te falasse qualquer coisa sobre isso antes, você provavelmente já me olharia diferente logo depois e não deixaria a atração surgir naturalmente. Eu jamais tiraria proveito de uma informação, ainda mais com respeito a isso. (Risos)

Ele e suas brincadeirinhas sacaninhas, eu até podia ver a cara dele dando a tal risadinha.

Daniel sempre soube que ficaríamos juntos, então? Por que me deixou na ignorância, caramba? Ele sempre sabia de umas coisas antes dos outros, eu já tinha notado. Era um dos dons que ele tinha. Às vezes ele poderia até falar o que a pessoa estava para dizer, antes mesmo de ela abrir a boca. Mas, eu e ele? Já nos encontramos em vidas passadas e ele manteve segredo? Jamais conseguiria guardar um segredo desses.

Amandita, estou louco para te ver.
Amanhã passo para te pegar às sete da noite.
Um beijo (no pescoço)

Fiquei sem ar de repente.
Precisava falar com alguém desesperadamente. Onde estava a Lorena???
Liguei para ela em estado de choque com o que acabara de ler.
Assim que ela atendeu, já fui falando:
– Nem vem que eu não estou atrasada.
– Não é isso. Cadê você?
– Tô entrando no portão da confecção.
– Corre pra cá. Você não vai acreditar.
– Calma. Já tô subindo em dois minutos. Posso estacionar o carro pelo menos?
– Tá. Tchau.
Lorena estava em pé atrás da minha cadeira, olhando para a tela do computador, de braços cruzados e repetindo a cada cinco segundos enquanto lia o e-mail:
– Tô passada! Tô passada! Tô passadaaaa! Como é issooo? Isso parece coisa de filme! Paaaaaaaaaaara! Esse cara não é real. Ele não pode existir. Com esse, eu até caso!
– Você tá entendendo, Lorena? O cara sempre soube, e eu achando que...
– Fala sério, Amanda? Esse bofe sempre te quis! Ai, isso é tão romântico!

— Eu tô anestesiada... Me dá um tabefe na cara pra ver se eu sinto alguma coisa.

Continuava esparramada na minha cadeira. Mal podia sentir as minhas pernas.

— O que eu faço? Respondo?

— Nossa! Pra você responder à altura você precisa incorporar o Vinícius de Moraes, gata.

— Sério. Respondo?

— Lógico.

— Mas o que?

— Como eu vou saber? Eu tô tão passada com esse bofe quanto você!

— Ai, meu Deus.... Deixa eu ver...

E escrevi:

Oi Dan,
Nem sei o que dizer... Quer dizer... Você me deixou sem palavras.
Não sabia desse seu lado tão romântico. Estou envaidecida.
Te espero às sete em casa.
Beijos

— Que horror! Você não vai mandar isso! Apaga já!

— Por quê?

— Lê isso. Você parece a mulher geladeira.

Realmente não estava muito bom.

— Me dá licença, eu vou escrever pra você. Você ainda está em choque, sai daí.

Lorena empurrou minha cadeira para o lado e começou a digitar no meu computador.

Amei o seu poema.
Vem logo. Estou com saudades.
Beijo

— Posso mandar? — Lorena estava em pé, apontando para a tela do computador, esperando minha resposta.

– Só isso?

– Melhor que isso chama o Vinicius de Moraes. Liga pra ele lá no céu e pede uma canja pro seu e-mail. Filhinha, simplicidade é a melhor coisa. Com isso aí que eu acabei de ler do seu bofe, não tem como competir. É de arrepiar!

– Mas não tá meio... "oferecida"?

– Para tudo! Acho que vou atender o seu pedido de te dar uns tabefes. Ele te escreveu falando pra você relaxar. Resumindo, ele não tá dando a mínima se você aceitou viajar com ele sem nunca ter ficado com ele. Ele foi chique. Tá fazendo você se sentir super à vontade, gata. Ele quer você tanto quanto você quer ele. Aliás, ele quer mais do que você, não deu pra perceber ainda? Vocês dois estão prestes a explodir! Eu não queria estar por perto quando a coisa rolar.

Fiquei com as bochechas coradas.

– Tá, entendi... Pode enviar. Manda logo antes que eu me arrependa.

E Lorena apertou a tecla *enter*.

Não consegui dormir direito. Ficava pensando no que Daniel havia escrito, nas roupas que colocaria na mala. Ficava imaginando como seriam nossos dias. Se ele seguraria na minha mão enquanto caminhássemos pelas ruas de Buenos Aires.

Meu sono foi superleve. Fiz todos os exercícios de respiração que eu conhecia, recitei todos os mantras do meu repertório, mas nada. Dormia um pouquinho, e logo depois já estava com os olhos estatelados novamente.

Seis horas da manhã, joguei a toalha. Ninguém ainda estava acordado, nem mesmo os empregados.

Coloquei um tênis, camiseta e moletom e fui caminhando até a padaria perto da minha casa.

Achei que só eu estaria lá, mas ela estava supermovimentada. A primeira fornada de pão do dia saía às seis e meia. Lá estava eu sentada no balcão, comendo um pãozinho fresquinho com manteiga e tomando um café com leite num copo grande.

Sete horas da manhã, já havia terminado meu café. Peguei um dos jornais disponíveis numa parede cheia de revistas velhas e pedi mais um café com leite. Estava uma delícia. Eu adorava tomar café na padaria.

Precisava fazer as unhas antes de ir. Me depilar. Mas nenhum salão abria tão cedo. Resolvi voltar para casa e dar um tempo.

Os empregados já estavam acordados. Meus pais logo desceriam as escadas para tomar o café da manhã. Sentia-me ainda como se estivesse dormindo e não queria encontrar ninguém aquela hora. Resolvi voltar par ao meu quarto e esperar uma meia hora até ligar para o salão e marcar um horário para fazer minha recauchutagem corporal. Tirei meu tênis e deitei novamente na minha cama. Fiquei olhando o teto, pensando no Daniel, na minha mala... E adormeci.

Ouvi uma batida na porta, era Daniel perguntando se eu já estava pronta. Eu ouvia o som abafado dele me chamando...

– Amanda! O que aconteceu?

Minha mãe estava em cima de mim com olhar preocupado.

– Estou há horas batendo nesta porta. Achei que tinha acontecido alguma coisa. Você não foi trabalhar?

– Nossa! Que susto mamãe! Se eu estou aqui como que eu fui trabalhar?

– Que susto você me deu, Amanda!

– Esqueceu que eu vou viajar hoje?

– Esqueci. Mesmo assim, onze da manhã? Você tá doente?

– Não. Eu só não dormi bem.

– Vai tomar café, vou pedir pra fazer um fresquinho pra você.

– Não precisa. Eu já tomei café da manhã.

– Hum... Regime assim não funciona. Ficar sem comer mais engorda que emagrece.

– Eu tomei café na padaria, às seis e meia da manhã.

– Filhinha, você deve gostar mesmo desse rapaz. Não dorme, não come. Isso é amor.

Finalmente ela saiu do meu quarto.

Consegui horário no salão logo para depois do almoço. Tomei uma chuveirada e tratei de começar a arrumar minha mala.

Sete horas da noite. Estava na cozinha tomando um copo de suco de laranja quando a governanta veio me avisar que Daniel estava me esperando no portão.

Minha mala já estava do lado de fora da casa, ao lado do portão. Saí apressada, enquanto a governanta perguntava atrás de mim se eu não queria ajuda.

– Pode deixar que eu me viro. Obrigada.

Assim que abri o portão, vi Daniel encostado no carro segurando um buquê de rosas vermelhas. Foi uma visão maravilhosa. Ele estava de jeans, tênis e camisa branca com as mangas arregaçadas. Eu pude sentir o cheiro dele mesmo de longe.

– São pra mim?

Lógico que eram pra mim. Eu e minhas perguntas estúpidas.

Ele deu um sorriso como que prevendo minha pergunta.

– Lógico que são.

Veio em minha direção, me puxou pela cintura com uma das mãos para perto dele e disse com uma voz meio rouca.

– Essas são as primeiras de muitas.

Enquanto eu pegava o buquê das mãos dele, Daniel colocou uma das mãos atrás da minha nuca e, carinhosamente, trouxe meu rosto de encontro ao dele e me beijou.

Senti meu corpo todo tremer. O beijo dele era quente, suave e ao mesmo tempo repleto de desejo carnal. Nossas bocas pareciam saber o que queriam. Eu não conseguia parar de beijá-lo. Senti o chão fugir de meus pés e o mundo parecia ter parado para contemplar nosso beijo.

Afastei-me um pouco, o suficiente para que eu desse um suspiro e conseguisse falar com meus lábios quase tocando os dele.

– Daniel, eu quero te falar uma coisa. Nós não vamos precisar de dois quartos.

Ele me olhou no fundo dos olhos, como que já sabendo que eu falaria aquilo.

– Amanda, eu nunca mais vou deixar você escapar. Você sabe disso?

– Eu espero que sim.

E nos beijamos novamente. Os primeiros beijos de muitos.

Contato com a autora:
anoviski@editoraevora.com.br

Este livro foi impresso pela Gráfica Paym em papel *Offset 70* g.